P分署捜査班

誘拐

・デ・ジョバンニ

管内の美術館から子どもがひとり消えた。愛称はドド、バットマンのフィギュアを片時も離さない十歳の少年だ。激高しやすいロマーノと気取り屋アラゴーナのコンビが初動捜査を進めるうち、事件は誘拐らしき様相を呈してくる。いっぽうロヤコーノ警部が担当するのは、スポーツジム経営者夫婦の自宅が空き巣にはいられた一件。室内は荒らされているものの、金品が盗られた様子はない。さらに副署長が独自に調べる一連の自殺案件にも新たな展開が……。ナポリの街で同時進行する事件をP分署の型破りな刑事たちが追う、〈21世紀の87分署〉シリーズ！

登場人物

ルイージ・パルマ……………………………ピッツォファルコーネ署長
ジョルジョ・ピザネッリ……………………同副署長
ジュゼッペ・ロヤコーノ……………………警部
オッタヴィア・カラブレーゼ………………副巡査部長
フランチェスコ・ロマーノ…………………巡査長
アレッサンドラ（アレックス）・
　ディ・ナルド……………………………巡査長補
マルコ・アラゴーナ…………………………一等巡査
ジョバンニ・グイーダ………………………巡査
ラウラ・ピラース……………………………検事補
エドアルド・チェルキア（ドド）…………美術館から消えた少年
アルベルト・チェルキア……………………ドドの父
エヴァ・ボレッリ……………………………ドドの母

マヌエル・スカラーノ……エヴァの恋人、画家
エドアルド・ボレッリ……ドドの祖父、エヴァの父
カルメラ・ペルーゾ……エドアルドの秘書
シスター・ベアトリーチェ……ドドの担任教師
シスター・アンジェラ……修道院長
サルバトーレ・パラスカンドロ……}スポーツジムの経営者夫妻
スージー・パラスカンドロ……}
マリオ・ヴィンチェンツォ・
　エスポージト（マーヴィン）……スポーツジムのトレーナー
マドレーナ（レーナ）・ミロスラーヴァ……ドドの元ベビーシッター
ロザリア・マルトーネ……広域科学捜査研究所の管理官
レティツィア……トラットリア店主
マリネッラ・ロヤコーノ……ロヤコーノの娘、十五歳
ジョルジャ……ロマーノの妻
レオナルド・カリージ……神父、副署長の友人

P分署捜査班

誘　拐

マウリツィオ・デ・ジョバンニ

直良和美 訳

創元推理文庫

P分署捜査班

誘　拐

謝辞

P分署捜査班はひとつのチームである。先に行く者も遅れる者もいない。チームとはこういうものであり、こうあるべきだ。

そこで、P分署捜査班の今回の活躍を支えてくれた三つのチームに、感謝を述べたい。

まずは、他に類を見ない奇妙で美しいこの街で、日々犯罪と闘う人々のチームに。司法官のシモーナ・ディ・モンテ氏、よき友ルイージ・メロッラ警察署長。市中や研究所、オフィスで、あるいはコンピューターの前で、正直に生きたいと願う人々のために闘っている、ファビオラ・マンコーネ、ヴァレリア・モッファ、ジジ・ボナグーラ、ステファノ・ナポリターノ。

ついで、ストーリーと各ページ、わたしのひとつひとつの言葉、登場する人物ひとりひとりに、想像を超えた誠意と情熱を以て労力を注いでくれた人々のチームに。セヴェリーノ・チェザーリ、フランチェスコ・コロンボ、ヴァレンティーナ・パッタヴィーナ、パオロ・レペッティ、パオラ・ノヴァレーゼ。

最後に、もっとも愛する人々のチームに。〈I Corpi Freddi《イ・コルピ・フレッディ》〉彼らのおかげで、本書を含めた多くの作品が、あたかも実際に起きたことであるような、いや、それ以上の真実味を帯びた。

第一章

バットマン。

バットマァァン！

闇のなかのひそかな物音。じめついたにおい、土埃。

バットマン。

ドドの視界を断ち切る闇のなかで、マントがカサコソこすれる音がした。

バットマン。

ものすごく暗くて、ドドにはなにも見えなかった。夜よりも、ドドの部屋のギシギシときしんで自然にドアが開いてしまう納戸よりも、暗かった。

ドドの部屋は暖かい。アベンジャーズのポスターを貼った壁、アルバムやフィギュアを並べた棚。フィギュアは大きさやエピソードの順になっていて、お手伝いが掃除をしたあとはいつも整理し直す。自分の部屋やアベンジャーズ、フィギュアのことを思い出してこぼれそうになった涙を、ドドは懸命にこらえた。

ここは真っ暗だ。闇はさまざまな物音で満ちている。闇は決して沈黙しない。

自分の部屋では、毎晩母親の寝室のドアが閉まるのを待って小さなランプを取り出す。三歳のときからの習慣だ。壁のソケットに直接嵌め込むタイプで、申し訳程度のかすかな光を放つその小さなランプのことは、誰も知らない。

納戸のドアが自然に開いてもいい、自分の部屋に帰りたい。ドドは痛切に願った。どこかで物音がし、ドドはすすり泣きを飲み込んで身をすくめた。どのくらい広いところなのか、まったく見当がつかなかった。もちろん、探検する勇気はない。

バットマン。汗ばんだ小さな手でフィギュアを握りしめ、ドドは呼びかけた。今朝、学校に持っていってよかった。もう十歳になったんだし、学校におもちゃを持っていくと先生に叱られる。でも、きみはおもちゃじゃない。ヒーローだ。

バットマンは、ヒーローのなかのヒーローだ。パパといつもそう話していた。最強で最高だ。パパはその理由を説明してくれた。ぼくがまだ小さくてパパと一緒に暮らしていたころのことだ。肩車をして、ドドは小さな王さま、パパは忠実な巨人だ、どこへでも連れていってあげるよ、って言ってくれたころのことだ。

バットマンには超能力がない、だから一番すごいヒーローだ。パパはこう説明してくれた。空を飛び、怪力を使い、目から緑の光線を出して悪者をやっつけるヒーローは、素晴らしい。超能力があれば、簡単にやっつけることができる。

いっぽうバットマンは、ふつうの人間だ。だけど、勇敢でものすごく頭がいい。空を飛べない？　代わりに、ユーティリティベルトを発明したし、ワイヤーを発射して壁をよじ登る。超高速で走ることができない？　代わりに、もっと速いスピードが出るバットモービルを持っている。バットマンは、ヒーローのなかのヒーローだ。なぜなら、超能力のなかで一番すごい超能力、勇気を持っているからだ。パパみたいにね。

夜に引き出しからこっそりランプを出すことは、パパには内緒にしている。意気地なしと思われたくない。ぼくはまだ小さいから、しょうがないんだ。でも、パパに似ているって、みんなに言われる。そして、パパはすごく強い。

こんな真っ暗なところに閉じ込められたら、無敵のヒーローだって少しは怖いよね、バットマン。ぼくも怖い。ほんのちょっとだけど。でも、心配しなくて大丈夫。パパが来て外に出してくれるよ。

飛べ、バットマン、飛べ。闇の騎士《ダークナイト》、夜の帝王だ。真っ暗闇なんか怖くない、ぼくもバットマンにつかまって空を飛ぶ。飛べ、バットマン！

ガーン。金属の仕切り壁を叩く音。心臓が止まりそうになる。汗ばんだ手から、プラスチックのフィギュアが滑り落ちた。

ドドはびくっとして悲鳴をあげ、縮こまった。慌てて、とがった小石や砂利、ゴミにまみれた床をまさぐる。フィギュアを見つけて頬に当てると、涙がぽろぽろこぼれ落ちた。壁の向こうで、誰かが知らない言葉で怒鳴っている。

ドドは壁に背中を押しつけて、隅にしゃがみ込んだ。心臓が飛び出しそうな勢いで、ドクンドクンと鳴る。

バットマン、心配ないよ、バットマン。パパがきっと迎えにきてくれる。パパは忠実な巨人、ぼくはパパの小さな王さまだ。

第二章

アラゴーナ一等巡査は刑事部屋の戸口から室内を見渡して、口をとがらせた。

「ほーら、やっぱりね。八時二十九分なのに、もうおそろいだ。私生活ってものが、ないのか？　帰る家や家族のある人もいるだろうに。朝何時に来ても誰かしらいるなんて、どうなってるんだよ」

いつも定刻ぎりぎりに到着し、ピッツォファルコーネ署捜査班が全員出勤しているのを見てこうして文句を言うのが、アラゴーナの日課だ。

ジョルジョ・ピザネッリ副署長は調書から顔を上げ、老眼鏡の縁越しにアラゴーナを見てにやりとした。

「あと一分で遅刻だぞ、アラゴーナ。そうしたら、報告する手間がかかってかなわない」

一等巡査はデスクについて、濃い青のサングラスをもったいぶってはずした。「おれがしゃべらなかったら、いま出勤してきたことに気づかなかったんじゃないっすか、大統領《プレジデンテ》。年を取るって、残酷だよなあ――」捜査班最年長のピザネッリが劣等生を叱る教師のような口調でたしなめると、最年少のアラゴーナは、耄碌《もうろく》した老いぼれと減らず口を叩く。これもほぼ日課になった。「外は晴れて気持ちがいいのに、なんでみんなこんなところに閉じこもってるんだ? 誰か説明してくれよ」

オッタヴィアがコンピューターのうしろから顔を覗かせた。

「午前八時までに他殺体が発見されなければ、遊びにいってもかまわないの、アラゴーナ? それに、ピザネッリ副署長を大統領と呼んでからかうのはやめなさい。悪いでしょ」

「それって、やきもちかい、オッタヴィア。自分も大統領って呼ばれたいんだろう。あいにくだけど、おふくろさん《マンミーナ》以外は考えられない。副署長をよく見てごらんよ。まさに大統領って感じじゃないか。それにあっちもジョルジョ(ジョルジョ・ナポリターノ 在二〇〇六―一五)って名前で、年も同じくらいだし――」と顎をしゃくって、緑色の壁にかかっている肖像画を示した。捜査班の刑事たちが起きている時間のほとんどを過ごす、殺風景な刑事部屋の唯一の装飾である。それから、花模様のシャツのボタンを三個はずして誇示している、人工日焼けとワックス処理を施した胸を掻きながら、芝居がかった動作でピザネッリのほうを向いた。「ねえ、正直に認めたらどうかな、大統領。お国に奉仕するために、ピッツォファルコーネ署のろくでなし刑事たちのなかに潜り込んだって」

オッタヴィアは反論する気を失って、頭を引っ込めた。アラゴーナの言葉は、いまの捜査班が生まれる原因となった不愉快な騒動をあらためて思い起こさせた。ろくでなしと呼ばれるのも当然で、この署の刑事が四人もコカイン密売容疑で逮捕されたのだ。オッタヴィアはピザネッリとともに事件の参考人として、公私にわたって徹底的に調べられたが、神のご意思だったのだろう、さしもの峻烈な監察官たちもふたりが不祥事に関与していないことを認め、職場に留まることができた。分署の閉鎖も取り沙汰されたが、ピッツォファルコーネ署のろくでなし刑事たちと世間で呼ばれた腐敗警官に代わって、新たに四人が着任した。しかし、汚名は残った。決着がついたあとも、人々は分署や後任の刑事たちに対して蔑称を使い続けている。オッタヴィアはそれに納得がいかなかった。

　新しい捜査班のメンバーはいずれも各人各様の欠点を持ち、市内の分署から放逐された鼻つまみ者だったが、卑屈に蔑称を受け入れるか、反発するかに際して、逆手に取ってプライドの証にすることを選んだ。さらには、各人にあだ名がつけられた。「だってさ、有名人は理由がなんであれ、みんなあだ名があるだろ」とは、アラゴーナの弁である。それを聞いたオッタヴィアは思わず吹き出した。なかなかの名案だ。〝おふくろさん《マンミーナ》〟というあだ名は少しくすぐったい気がするが、決して嫌いではない。最初は文句を言おうと思ったが、捜査班の母親役であることは間違いない。オッタヴィアの目を逃れるものはなく、愛すべきコンピューターの奥深くに隠れていても必ず見つけ出すので、捜査班の面々はなにかが必要なときはいつも頼ってくる。母親を頼るのと同じだ。それに、実生活でも母親だ。捜査班の女性で子どもを持っているのは、オッタヴィアしかいない。

「で、中国人《チネーゼ》は？　今朝はまだ来ていないんだ」

マルコ・アラゴーナの次なる標的は、『クロコダイル事件』の真相を突き止めた、東洋的な風貌のジュゼッペ・ロヤコーノ警部だった。

オッタヴィアは、あてつけがましく言った。

「来ていないどころか、捜査中よ。七時十分ころに、マンションに泥棒が入ったという通報が入ったので、調べにいったわ」

アラゴーナは目を丸くした。

「七時十分？　ここで夜明かししたとか？」

「それに、アレックスも一緒に行ったわ」

アレックス・ディ・ナルドは捜査班のもうひとりの女性で、ほっそりした愛らしい若い娘だが、三十メートル先のハエを撃ち落とす銃の腕を持つ。週に二度は射撃練習場に通うのだから、〝カラミティ（カラミティ・ジェーン。西部開拓時代の女性ガンマン）〟と呼ぶほかない。「このあだ名なら、恐るべき女だってことがみんなにわかる」ある朝、アラゴーナは手鏡を覗き込んで念入りに髪を整えながら、説明したものだ。エルヴィス・プレスリーもどきの前髪を立てた髪形は、上背を数センチ水増しすると同時に、最近とみに薄くなってきた頭頂部を隠す役目もあった。

「じゃあボスは、オッタヴィア？　言うまでもなく、もうご出勤か」

アラゴーナは、隣のジジ・パルマ署長の部屋に通じる、少し隙間を残して閉めたドアをちらりと見た。それから薄笑いを浮かべて、フランチェスコ・ロマーノのほうを向く。コンピューターの陰で黙りこくっているロマーノは、猪首で肩幅の広い大男で、ちょっかいを出す気にはとてもなれない険悪な面構えをしている。もっとも、マルコ・アラゴーナはものともしなかった。

「なあ、ハルク！　おまえは前の分署でこのあだ名をもらったんだよな？　おっ、やばいぞ、怒ったな。国旗の緑と同じ色になってシャツを引き裂き……」

ロマーノは苦虫を嚙み潰したような顔をして、ぶつくさ言った。

「おまえのシャツを引き裂いてやろうか。それにしても悪趣味なシャツだな」

「おいおい、このシャツはみんなのボロ服全部を合わせたよりも高いんだぞ。おまえみたいな流行遅れのダサいやつには、ほんとうのお洒落はわからない。カジュアルな恰好をしているのは、警官と見破られないためだ。おまえなんか、一キロ先からでもおまわりだとわかる。あだ名のことだけどさ、おれのことはセルピコと呼んでくれ。おれって、アル・パチーノそっくりだろ」

ロマーノは鼻で嗤った。

「おまえには〝頓馬《アル・クレチーノ》〟がぴったりだよ。少しは口数を減らして、阿呆な真似をやめたらどうだ。たしかに、警官には見えない。三流のコメディアンってところだな」

アラゴーナはむっとしてロマーノを見返した。

「田舎者はどうしようもないな。刑事も進化しているのがわからないのか。おまえみたいな石頭はそのうち恐竜みたいに絶滅してしまうんだよ。けどさ……」

電話が鳴った。

第三章

ルイージ・パルマ署長は書類から顔を上げて、ドアの隙間から漏れてくる話し声に耳を澄ました。

誰もがいつでも入ってこられるように、パルマは原則として署長室のドアを閉めない。だが、ここピッツォファルコーネ署では二つあるドアのうちひとつは、自身がカフェを改造させた広い刑事部屋に通じているので、監視しているように思われそうで心配だった。一方的に命令を下すのではなく、みなの意見に耳を傾けて統率する立場でありたいという意図に反して、部下の様子をこっそり窺う最低な上司だと取られかねない。

何気ない言動が思わぬ誤解を招くことは、ままある。簡単でないことは、重々承知だ。県警本部長はパルマを任命する直前に、こんな苦労を背負い込むことはない、と辞退を勧めた。きみはキャリア組だ、遅かれ早かれもっと楽で有利なポストに空きが出るから、そこで思い切り腕をふるったほうが報われるぞ。

だが、県警本部長は知る由もないが、パルマは楽な仕事を好まず、失うものもなかった。熱心な仕事ぶりから他人が想像するのとは異なり、パルマはキャリアにはいっさい興味がなかった。真相は単純で、彼には仕事のほかはなにもないのだ。

父母は数年前に相次いで他界した。パルマはいわゆる〝年寄り子〟で父が五十、母が四十を過ぎたときに生まれたため、ふたりとも高齢だった。ダウン症の兄は家族に苦悩と安堵の入り混じった深い虚無感を残して、二十歳で世を去った。子どもが欲しかったが、医者である妻は仕事に専念することを望んで反対した。こうして妻とのあいだに亀裂が生じ、望んだわけではないが年を経るごとに溝が深まったため、別居を経て離婚が決まったときは互いにせいせいしたくらいだった。

このときパルマは、客観的に自己を観察した。柔和で感性豊か、情が深い。親兄弟も妻も子もいない。これが運命なのだろう。

生まれつきリーダーシップがあったので、次第に仕事が家庭の代わりになった。これが周知され、やがて閑静な住宅街にある分署の副署長に任命され、署長が大病を患うと、市警で最年少の事実上の管理職となる栄誉を得た。

その署長が闘病を理由に辞職した際、後釜にはパルマが座るものと本人も周囲も期待していた。部下の大多数はパルマよりも年長であったが、彼の真摯な姿勢と人間性を高く評価していた。だが、浮世とはままならないもので、パルマに勝る肩書と政界の後ろ盾を持った女性がほかの街から署長として転任してきたのだった。

分署を去ろうと決めたのは、怒りや嫉妬が原因ではない。管内を知り尽くした自分がいる限り、刑事たちはどんなことについても、見ず知らずの新署長ではなく、自分を頼ってくる。それでは組織がうまく機能しない。道を譲る必要があった。

ちょうどそのころ、ピッツォファルコーネ署のろくでなし刑事の件が起き、市警察の評判を地に落とした。朝から晩まで骨身を削って、街路や小路に潜む腐敗や犯罪に立ち向かっている多くの警官と同様に、パルマも心底仰天し、激しい怒りを覚えた。だからこそ、県警本部長が事実上の敗北を認めて、分署の閉鎖を考えていることを知ると、断固反対した。

そして、分署の指揮を執ることを願い出た。

衝動的で大きな賭けだった。だが、キャリア――すなわち人生が足踏みしている現状から脱出する機会でもあった。新しい職場、新しい状況。新しいグループ。新しい疑似家族。

与えられた人材は、書類を見た限りではお先真っ暗だった。違法薬物密売の中心人物として排除された四人のろくでなし刑事の後任は、いずれもほかの分署が嬉々としてお払い箱にしたろくでなし刑事だった。コネで入庁したアラゴーナは無能なうえに傍若無人で騒々しい。つかみどころのないディ・ナルドは前任署内で発砲騒ぎを起こしている。無口なロマーノは怒ると自制を失い、容疑者や同僚の首を絞めた前歴を持つ。では、ロヤコーノは？　アーモンド形の目を持ち、中国人《チネーゼ》と呼ばれるシチリア人警部は？　自らの手で選んだロヤコーノがろくでなしであるはずがない。ロヤコーノの元上司、ディ・ヴィンチェンツォは目の上の瘤《こぶ》がなくなって大喜びしている。ロヤコーノが故郷からこの地に転任させられたのは、警察に寝返ったマフィアの一員が彼を内通者と名指ししたためだ。疑惑は立証されなかったものの、警察組織内では断じて許されない汚点がついた。だが、数ヶ月前に市中を恐怖に陥れた連続殺人犯〝クロコダイル〟を追うロヤコーノを見たとき、ぜひとも一緒に仕事をしたいと思った。ロヤコーノには優秀な警官に不可欠な才能と怒り、情熱がある。

厳しい内部監査による粛清を生き延びた残留組のふたりは、重荷どころか大きな財産になった。

定年間近のピザネッリ副署長はこの管区で生まれ育ち、長年にわたって勤務しているので、管区内のことはなんでも知っている。感情が細やかで正義感が強い。地域に密着した無尽蔵の情報源でもあって、着任して日の浅い身にはありがたかった。自殺を他殺と信じ込んで、連続殺人犯がいると言い張りさえしなければ、完璧だった。

オッタヴィアについては、初めは捜査班からはずすことを考えたが、やがてなくてはならない存在であることが明らかになった。コンピューターを駆使する聡明な彼女の貢献度は、足を使って捜査をする同僚たちのそれに勝るとも劣らない。オッタヴィアが必要な情報をネットから瞬時に拾いあげてくれなければ、捜査員が苦労して何時間もかけて調べまわらなければならないところだ。

それに正直なところ、刑事部屋でアラゴーナのたわごとを笑う彼女の声が聞こえてくるとつい胸がときめいた。

その危うさがわからないほどの青二才ではない。一緒に働く楽しみが別種の思いに変化するとろくなことにならない。自分には部下を統率して分署を効率的に運営し、存続させる義務がある。オッタヴィアには重要な仕事がある。それ以外の目的を持って毎朝出勤することは、どちらにも許されない。おまけに独身の自分と異なり、オッタヴィアは結婚していて、そのうえ自閉症の息子を抱えている。

そもそも、とんでもない勘違いをしているのかもしれない。あの微笑や思いやり、やさしい口調は自分に対するときだけだと感じるのは、思い過ごしだろうか。人はなんでも自分に都合のいいように解釈してしまうものだ。きっと、そうであってほしいと願っているからだろう。家とはとても呼べない雑然としたワンルームマンションに帰る気になれずに署長室のソファで過ごす夜やビールを手にぼんやりとテレビの前に座って過ごす日曜日、心の隙間を埋めるために作り出した幻かと思うほどに色褪せた思い出が、あまりに多いからだろう。

セックスが恋しいわけではない。感情を伴わない肉体関係は虚しいばかりだ。数少ない友人たち、たとえば何人かのクラスメイトと二ヶ月に一度集まったときなどは、〝禁欲主義者〟とからかわれる。友人たちには、色気づいたニキビ面の少年たちに瞑想生活の喜びを説く、老いた説教師と映るのだ。だが、後腐れのない肉体だけの関係を持ちたいとは思わない。孤独を癒してくれる存在が欲しいのだから、家庭や恋人、自分自身の問題や生活のある女性はそぐわない。

こうしたりっぱな論理は毎朝、誰よりも早く出勤してくるオッタヴィアを見たとたんに砕け散る。そしてパルマは成す術《すべ》もなく敗北し、ひそやかな喜びに満たされるのだった。なにも起きていないのだから、どこが悪い？　パルマは無意識のうちに自問する。思いを口に出さなければ、行動に移さなければ、仕事上の興味を超えていると認めなければ、かまわないじゃないか。自分に嘘をついているのは承知だが、あまり高い防護壁を張り巡らすこともないだろう。そもそもやり方がわからない。

オッタヴィアが、最近は聞き慣れてきたぬくもりのある声で電話に応じている。パルマは微笑んだ。

が、ふと笑みを消した。

第四章

ロヤコーノは、にぎにぎしく言葉を交わしながら店先に商品を並べる店員たち、爆音を立てて次々に狭い空間をすり抜けていくオートバイ、バックパックを背負った眠たそうな若者たちのあいだを縫って進んだ。早朝に泥棒被害の捜査をするのは、定例といってもいいくらいだ。家宅侵入による泥棒被害はたいがい、夜が明けて住人が寝ぼけ眼《まなこ》で室内を見まわして異変に気づき、悪夢に突き落とされて初めて表面化する。

家に泥棒に入られるというのは、一種独特の意味を持つ。ドアを閉めたくらいでは、恐怖や苦悩が渦巻く外界の脅威を防ぐ役に立たないことを情け容赦なく教えられ、家に守られている安心感は微塵もなくなる。なにも悪いことをしていなくても、自分だけは犯罪の醜悪さとは無縁だと信じていても、被害に遭う。苦労して築いた秩序も安らぎの場の静謐《せいひつ》も失われ、平穏な日常は二度と戻らない。

だから泥棒の被害を調べにいく警官は、気が重い。市民の安全を守る役目を果たせなかったうしろめたさを、感じずにはいられない。被害者の目つきには、税金を払っているのにという無言の非難が込められている気がする。汗水垂らして働いて、どうにかこうにかやり繰りして、あんたたちの給料になる税金を払っているのに、その結果がこれだ。室内は荒らされ、犯罪者の薄汚い手がわたしの持ち物を探り、金目のものだけでなく家庭の平安も盗んでいった。自分にも責任があるって認めたらどうだね、おまわりさん。泥棒が市民の安全と平和を脅かしているとき、どこにいたんだい？　税金でたらふく食って、高いびきだったんだろう。

ロヤコーノはメモを見て住所を確認した。通報が入ったとき、刑事部屋にはほかにオッタヴィア・カラブレーゼと、到着したばかりのアレックス・ディ・ナルドしかいなかった。ピッツォファルコーネ署の同僚たちは早起きだ。仕事が好きでたまらないというより、ほかにすることがないからだとしても、いい傾向である。通報してきた男は涙声で途切れ途切れにまくしたてたが、ロヤコーノはその方言がまったく理解できず、アレックスに受話器を渡して聞いてもらったのだった。

ロヤコーノはアレックスを振り返って、マンションの表玄関を身振りで示した。アレックスは、なにか変わったことが起きると必ず数秒後にはできる野次馬の人垣と、その少し先で腕組みをしてパトカーに寄りかかっている警官に視線をやって、うなずいた。

変わった娘だな、とロヤコーノは思った。ほかの連中が変わっていないというわけではなく、おそらく一番変わっているのはロヤコーノ自身だろう。だが、アレックスは謎めいていてつかみどころがない。繊細で愛らしい顔立ちをしていて口数が少ないが、なにかに変身しようとしているかのような、強烈なエネルギーを内に秘めている。前任分署の建物内で発砲して警官一名にかすり傷を負わせたことは噂好きのアラゴーナから聞いたが、詳細は知らないし、知ろうとも思わない。どのみちピッツォファルコーネ署では、誰もがなにかしら汚点を背負っている。

ロヤコーノはふと、故郷を思った。シチリアの田舎町に満ちあふれる光と影、風に乗って漂う潮の香、満開の花をつけたアーモンドの木。それに、ロヤコーノの人生を一変させた、かつては同じ学校で学んだマフィアのディ・フェーデの証言。

でも、悪いことばかりではなかった。野次馬を掻き分けて中庭に入り、上階へ続く大きな階段に向かいながら、ロヤコーノは思った。たとえば、ソニアは躊躇なく夫を切り捨て、たまに電話で話す機会があればこのときとばかりに悪口雑言をまくしたてる。こんなとんでもない本性が早くわかって、よかった。それに、新しい同僚たちを含め、シチリアにいたら知り合う機会のなかった人々と出会うことができた。なにより大きいのは、娘のマリネッラとの関係が変わったことだ。これはじつに幸運だった。

ソニアは父と娘とのあいだに高い垣根を築きあげたので、長いあいだ娘と言葉ひとつ交わすことができなかった。まだ十四歳に満たない娘を思って文字どおり胸を痛め、人生でもっともつらい時期を送らなければならなかった。しかし、その後再び電話で話をするようになって少しずつ関係が改善していった。そして、二ヶ月前のある雨の夜、ロヤコーノが帰宅すると、母親と喧嘩をして家出をしたマリネッラが待っていた。

容易に片づく問題ではない。シチリアに残してきたとき、娘はまだ幼さの残る感受性の強い女の子だった。おとなの真似をして友人とお茶や買い物の約束をし、母親の服を拝借して鏡の前で大笑いしていた。思春期に入ったいまは、いつも物思いにふけっていて口数が少なく、黒い服ばかり着ている。自分そっくりのアーモンド形の目を見ても、なにを考えているのかさっぱりわからない。どのくらい滞在するつもりか、と訝りはしても尋ねる勇気はない。歓迎されていないと誤解されたくなかった。母親には電話をして、延々と続く恨み言の合間に娘が来ていることを話して、安心させた。だが、果たしてこのままここにいるのが娘にとっていいことなのか、と疑問に思う。仕事に追われてほとんど一緒に過ごす時間のない父親と暮らしながら慣れない環境に耐えていくのと、うまくいかないことがわかりきっている場所に戻るのと、どちらがいいのだろう。

アレックスの小さな声が、ロヤコーノを現実に引き戻した。

「あそこが入口だわ」

二階の踊り場には一ヵ所しか戸口がなく、そこの木製のドアが半開きになっていた。この建物も近隣の大多数と同じく、かつてはひとつの家族が所有して住んでいた貴族の館だったが、何世紀ものあいだ没落の一途をたどり、さらには界隈一帯が数十年にわたって不況の影に覆われていた。しかしながら、ここ十年は賃貸料の値下げと街中心部の物件の需要増加とが相まって形勢が逆転し、ゆるやかに人気が上昇している。外壁は落書きを削り取って漆喰を塗り直し、古色蒼然たる中庭は熟練した庭師の手になるアジサイやバラが、さわやかな五月の空のもとで咲き誇っていた。

泥棒に入られたアパートメントは、主要階《ピアノノビレ》（貴族の館のもっとも美しいフロア。通常は二階）にあった。ほかの階と違って賃貸、あるいは売却用に内部を分割していないので、とてつもなく広いはずだ。戸口の上部に防犯カメラが設置されている。ロヤコーノが見上げているとディ・ナルドも倣《なら》い、それから玄関ドアのこじ開けた形跡のない錠前を指さした。踊り場に設けられた大窓は、留め具が大理石の窓台にしっかり嵌められ、完全に閉まっていた。ロヤコーノはハンカチを手に巻いて窓を開け、中庭に面していることを確認した。渦巻き模様の飾り彫りが施された真鍮製の表札に〝S・パラスカンドロ〟と刻まれていた。

玄関前に立っていた制服警官が敬礼をして言った。

「おはようございます。リスポであります。指令センターからの連絡を受けて、二十分ほど前に到着しました」

広々した玄関ホールを抜けた先の廊下の右は、おそらく大広間だろう。廊下に衣類やバッグなどが散乱している。玄関ドアの脇に、スーツケースと革製のキャリーケース。どちらも口は閉まっていた。

リスポが言った。

「スーツケースとキャリーケースはこの家の夫婦の所持品で、今朝イスキア島から戻って被害に気づきました。ふたりともあちらの大広間にいます」

アレックスは、目立たないように設置された複数の防犯カメラを指さした。外にあったものと同じく、警報システムにつながっている。S・パラスカンドロが何者であるにしろ、防犯をおろそかにしたと責められる恐れはない。もっとも、並々ならぬ用心は効果を発揮しなかったようだ。

大広間から、しゃくりあげる声が聞こえてきた。誰かが泣いている。

ロヤコーノはアレックスを伴って、大広間に入った。

第五章

分署にかかってくる電話の要件は千差万別だ。

矢継ぎ早に鳴る電話は必ず誰かが取って、ガヤガヤザワザワやかましいなかで相手の声に耳を澄ます。分署の刑事部屋は不安や憤り、熱意などさまざまな感情が渦巻いてとがった声や興奮した声、怯えた声が満ち、ダンテの描いた地獄の環《ジローネ》もかくやの状態だ。

オッタヴィア・カラブレーゼが二度目の呼び出し音で受話器を取ったとき、室内にいる全員がなんらかの言葉を発していた。アラゴーナは内線電話で警備当番のグイーダに大声でコーヒーを頼み、ロマーノはピザネッリに、分署の近くで手頃な賃貸ワンルームマンションを探したいと頼んだ件の結果を尋ね、それに対してピザネッリは友人の不動産屋の名前を教えていた。

パルマはちょうど署長室から顔を覗かせて、おはようと全員に挨拶をしたところだった。

だが、オッタヴィアが片方の耳を手で覆って騒音を閉め出し、「なんですって？　子どもが連れ去られた？」と言ったとたんに、誰もが凍りついて口をつぐんだ。オッタヴィアは顔をこわばらせてペンをつかみ、冷静にてきぱきと質問をしてメモを取った。目だけが感情を表わしていた。

パルマは眉を曇らせて、つかつかとオッタヴィアのデスクへ行った。子ども――子どもが連れ去られた。

オッタヴィアが受話器を置くと、全員の視線が集まった。

「この近所のヴィッラ・ローゼンバーグ美術館に見学にきていた男子生徒が、いなくなったんですって。ほんの少し前に到着したばかりで、すぐに姿が見えなくなった。引率していた修道女の教師が通報してきたわ。ペトラルカ通りにある私立学校よ」

オッタヴィアは心配そうな口調ながらも、落ち着いて手際よく報告した。全員に向けて話しているが、視線はパルマに据えられていた。子どもがいなくなった。

パルマが訊く。

「連れ去られたと決まったわけじゃないだろう？　迷子になったか、どこかに隠れているか、それとも……」

「クラスメイトがそばにいました。女についていったと話しているそうです。金髪の女だったと」

周囲は瞬時に静まり返り、緊張と懸念が広がった。パルマはため息をついた。

「わかった。ぐずぐずしてはいられない。ロマーノ、アラゴーナ、すぐに向かってくれ。車で行け。ピザネッリ、生徒の氏名を聞き出して家族について調べよう。連絡する必要があるかもしれない。オッタヴィア、ヴィッラ・ローゼンバーグに電話をして、出入口の封鎖だ。わたしは指令センターに連絡して、本部からパトカー二台を急行させる。さあ、始めよう」


アラゴーナは相も変わらぬ無謀な運転に、今回は気まずい沈黙も加えていた。アラゴーナは、フランチェスコ・ロマーノ、通称ハルクが苦手だった。ときおり空《くう》の一点を見つめているときの目つきや、なにかに悩んでいるような顔が薄気味悪かった。極端に短く刈った髪、猪首、頑丈な顎は、爆発寸前の感情を抑え込んでいる印象を与える。その点に関しては、うれしくない話を聞いた。友人の制服警官の話では、ロマーノは容疑者に揶揄されて逆上し、首根っこを絞めて病院送りにしたそうだ。「なあ、マルコ」と、友人の警官は語った。「おれはその場にいた。三人がかりでやっと引き離したんだぜ。あと五秒遅かったら、間違いなく殺していた」

クラクションを押しっぱなしにして突っ込んでいくと、日本人観光客がわらわらと散って避けた。友人の話はほんとうなのだろう。いかにも乱暴者らしい見てくれだ。それに、奇妙なユーモアのセンスがあって、こちらがジョークを飛ばすたびに切り返されて恥ずかしい思いをする。アラゴーナは、助手席に視線を走らせた。当の本人は左手を座席に突っ張り、右手でドアのハンドルをつかんで体を支え、こめかみを不気味に痙攣させていた。

ブレーキの音を響かせて美術館の正面に車が止まると同時に、ロマーノはアラゴーナがその場にいないかのように、つぶやいた。

「頭の程度は、運転させてみればすぐわかる」

ふたりが車から降りたところへ、パトカーが別々の方向から一台ずつ到着した。十八世紀のヴィッラに併設された美術館の入口では、混乱が起きていた。チケット売り場の近くで、入場券を求める観光客グループがドイツ語訛りのたどたどしいイタリア語でさかんに文句を言い、守衛が両手を高く掲げて大声でなだめていた。その横でシスターがすすり泣き、年配のシスターに叱責されていた。ホールの片隅には、十歳くらいの子どもたちが怯えて固まっていた。

ふたりのシスターが駆け寄ってきた。

「警察ですか？」

「ええ、ロマーノです。これは同僚のアラゴーナ。なにが起きたんですか、シスター」

丸顔の六十代とおぼしきシスターは、黒のヴェールの下で青い瞳を光らせた。

「わたしはマリア・デラ・カリタ女子修道院のシスター・アンジェラ。こちらは——」まだしゃくりあげている若いシスターを示す。「シスター・ベアトリーチェ。通報したときに、事情は話してあります。男の子が連れ去られたのよ。一時間足らず前に、ここの美術館から」

アラゴーナは咳払いをして、サングラスをはずした。

「その子の名前は？　なにが起きたのか、具体的に話してみてよ」

シスター・アンジェラはつんとして、言った。

「あなたみたいな若造が、これほど重大な件に対処できるのかしら？」

アラゴーナに返答する隙を与えず、ロマーノがきっぱり言った。

「この際、こいつの年齢はどうでもいいじゃないですか。われわれは正規の訓練を受けた警官です。それより、子どものほうがだいじでしょ。通報によると、あなたとこちらのシスターが監督しているあいだに、その子の姿が見えなくなったそうですね。質問に答えてください」

ふだん口答えされることのないシスターは、目をぱちくりさせた。

「わたくしは本校を運営している女子修道院の院長でして、こちらにはおりませんでした。シスター・ベアトリーチェが生徒を引率し、ドドが……エドアルド・チェルキアがいなくなってすぐに連絡を寄越したのです。そこで急いで駆けつけて、通報したんですよ」

アラゴーナは思いもよらずロマーノの援護を受けて、張り切った。

「つまり、おたくはここにはいなかった。おまけに、さっさと通報すればいいものを、ぐずぐず相談していて貴重な時間を無駄にした。お見事！」

ロマーノは剣呑な顔つきでアラゴーナを睨んだ。シスター・アンジェラは赤くなった。

「あの……その……シスター・ベアトリーチェは経験が浅くて、まさかこんなことが起きるとは思っていなかったし、実際、いままで……」

ロマーノは若いシスターに質問を向けた。

「シスター、どんな具合だったんですか？　いいですか、できるだけ詳しく思い出してみてください。アラゴーナ、メモを頼む」

シスター・アンジェラが口を出す。

「あのですね、今朝は学校で……」

ロマーノは苛立たしげに手を振った。

「院長先生、生徒たちの様子を見にいったほうがいいんじゃないですか。われわれにはおかまいなく」

年配のシスターは再び目をぱちくりさせて、ロマーノに押されたかのようにあとずさりした。くるりと背を向け、肩をそびやかしてひとかたまりになっている生徒たちのほうへ歩いていった。

シスター・ベアトリーチェは頼みの綱の院長がいなくなって意気阻喪し、すすり泣いた。

「わたし……あの……あの子はわたしと一緒に水彩画を展示してある部屋にいて、それから……全員で、ほかの子もみんなそろって……ちっとも気がつかなくて……」

手帳とペンを手にしたアラゴーナが、口を挟んだ。

「落ち着いて。落ち着いて、シスター。深呼吸して、こっちにわかるように話してくれないかな。これじゃあ、メモが取れない」

年若いシスターは深呼吸をして鼻をすすり、涙を拭った。

「ええ、おっしゃるとおりね。すみません。つい取り乱してしまって。こんなことが起きるなんて、夢にも思わなくて。でも、慈悲深い主は、きっと力を貸してくださいます。一度にひとつずつ、質問をしていただけませんか。言い忘れたりしないように」

ロマーノはシスターの提案を歓迎してうなずいた。

「いい考えだ。では、まずいなくなった生徒について。名前はエドアルド・チェルキア?」

「はい。学校ではドドと呼ばれています。わたしが受け持っているのは、本校では最高学年の五年生のクラスで、来年は中学校に進みます。あそこにいる子たちはドドの同級生で、みんな一年生からわたしが受け持っています。ドドはとてもおとなしい素直な子で、勉強もできるし、態度も申し分ありません。少々幼いところがあって……おもちゃが大好きで学校に持ってくるので、叱ったりもしますが……ちょっと内気ですが、友だちと仲よくできますし、礼儀正しい子です」

アラゴーナがじりじりして言った。

「あのね、シスター、通信簿の中身を聞いてるんじゃないんだ。肝心なことを話さなくちゃ。今朝、なにが起きたんです?」

ロマーノは不作法な同僚を睨みつけた。シスター・ベアトリーチェはうつむいて考えをまとめた。

「この美術館見学は二ヶ月ほど前に予定を立てました。生徒たちが見学する際、美術館は特別に朝早く開館してくれます。もちろん、この年齢の子たちにとってはあまりおもしろくないし、春になって昼間は暖かいのでテーマパークなどの遊ぶ場所のほうが喜ぶでしょうが……院長さま……シスター・アンジェラが、最高学年は芸術教育も必要だというご意見なので、毎年五年生をここに連れてくることになっているんです」

アラゴーナはあきれ顔で生徒たちを振り返った。

「かわいそうに。とんだ災難だな。それで、シスター?」

シスター・ベアトリーチェは、アラゴーナの皮肉が耳に入らなかったらしい。

「ここに来るときは、通常の始業時刻よりも早い七時四十五分に集合して、ふだん生徒の送迎をしているバスを使います。点呼をして、全員がそろっていることを確認してから出発する決まりです」

ロマーノが質問する。

「生徒の人数を確認するのは、出発するときだけですか」

「とんでもない! わたしは人数の確認のほかはなにもしていないと言っていいくらいです。展示の説明は学芸員がやってくれますから、わたしは四六時中、生徒に目を配っています」

「では、チェルキアがいなくなったことに、すぐ気がついたんですね? クラスメイトが、金髪の女についていったと話したそうですが、たしかですか? その子の名前は? それほど注意を払っていたのに、なぜこんなことになったんです?」

シスターは再び泣き出した。

「クラスメイトは……クリスティアン・ダートラという子です。ドドが連れ去られたとき一緒にいて……わたしは……」

刑事たちの様子を気にして、シスター・アンジェラが近づいてきた。そして、高飛車に宣言した。

「ちょっと、わたくしどもを告発するなら、はっきりそうおっしゃい。弁護士を呼びますから。こちらは被害者であって、加害者ではないんですよ。生徒たちの家族に対して責任がありますし、本校は生徒に最大の関心を払い、大切に扱っていることで有名です。ご存じないでしょうが、街で指折りの有力者や資産家の子息が何人も……」

アラゴーナはサングラスをはずした。

「つまり裕福な家庭の子は大切に扱い、貧乏人の子は互いに殺し合っても知ったこっちゃない。なにが〝慈悲《カリタ》〟だ」

シスター・アンジェラはずかずかと歩み寄って、アラゴーナの顔に指を突きつけた。

「よくお聞き、若造。わたくしを侮辱するとただではおきませんよ。階級、登録番号、氏名をおっしゃい。ただちに……」

シスター・ベアトリーチェが院長の袖を引っ張って目配せし、美術館の正面玄関に注意を向けさせた。女性が連れを伴って、入ってくるところだった。

「院長さま、チェルキア夫人です。ドドの母親ですよ」

第六章

大広間も、散らかり放題の気の滅入る有様だった。

引っ越しの最中に荷物を詰め忘れたかのようだ。キャビネットは空っぽで、飾り棚やサイドテーブルの上にもなにもない。対照的に、床は贅沢品の蚤の市と見紛うばかりだ。置物や本、絵画、それに皿やグラス、銀器もある。

ロヤコーノは、多種多様な色彩や材質、形が乱舞しているさまになぜだか違和感を抱いた。それから、はたと気づいた。混乱のなかに細心の注意と秩序がある。床やカーペットの上に繊細なクリスタル製品や陶器が積み重ねられているが、壊れているものはひとつもない。品物を床に広げて持ち去る準備をしたところへ邪魔が入って、逃げたかのように見える。

混沌としたなかでひと組の男女がソファに浅くかけていた。ソファの大部分は二枚の絵とコーヒーセットを載せた盆に占められ、盆の上のコーヒーカップは大きさ順に並んでいた。

女は注目に値した。アレックスには女の年の見当がつかなかった。むき出しの腕や首を見る限りでは五十の坂をとうに越しているようだが、外科医の力を借りた顔や体型と、二サイズは小さい派手な衣服とで、不自然ではあるが若々しい。さめざめと泣いていたために、美容整形でぱっちりさせた目は充血し、そこにあふれる涙を濡れそぼったハンカチで拭っては、テニスの観戦よろしく首を左右に振っていた。

いっぽう男のほうは三重顎に太鼓腹、ブルドッグを思わせる仏頂面。七十過ぎであることが、ひと目で見て取れる。すっかり動転して、両手をよじり合わせ、唇を震わせていた。もっとも、赤、白、青の花模様のシャツを着ているために、いまひとつ切実さが欠けている。

ロヤコーノが名乗った。

「ピッツォファルコーネ署のロヤコーノ警部とディ・ナルド巡査長補です。この家のご主人ですね」

男は座ったまま答えた。外見と大きくかけ離れた、喉を痛めた女児のような声だった。

「ああ、こんな有様じゃ家とは言えないけどな。サルバトーレ・パラスカンドロだ」

隣に座っている女を紹介する気振りはない。アレックスは無表情な顔で男を見つめたのち、女に話しかけた。

「奥さんですか？」

女は苦労して泣き声を飲み込み、首振りを止めた。

「ええ、スージー・パラスカンドロよ。ねえ、ひどいでしょう。あんまりだわ」

ロヤコーノはぐるりと腕を一巡させて、室内を示した。

「いつ、気がついたんですか？」

パラスカンドロは呆然と前を見つめて、答えた。

「今朝八時に、イスキア島から戻ったときだよ。海の空気をちょっぴり吸って、ゆっくり週末を過ごしてリラックスしようと思って出かけたのさ。でもって帰ってきたら、世界一安全だと思っていた場所が……このザマだ」

獰猛《どうもう》な顔つきからは想像もつかない細い声が苦悩に満ちて震えていなければ、さぞかし滑稽だったことだろう。

アレックスは、天井の一角に設置された防犯カメラを見上げた。

「あれはどうなっているんです？　ライトが消えているようですが、故障しているんですか」

パラスカンドロ夫妻は、奇妙な反応を示した。夫は妻が泥棒であるかのように、ゆっくり彼女のほうを向いた。

「いいや。家内がスイッチを入れ忘れたんだ。どれだけ金目のものがあろうと、どうでもいいんだとさ。おれが汗水垂らして稼いだ金で買って、自分では一ユーロも出していないからね。だから、出かけるときにスイッチを入れようと思わない。番号を打ち込むだけなのにさ。数字をたった四個打ち込めばすむのに、やらなかった」

夫人は再び激しく泣き出した。

「なにもかも覚えていろなんて、無理よ！　あれは一年足らず前につけたばかりなんだもの。ころっと忘れていたのよ。それに焦っていたの。スーツケースだとかいろいろ持っていくものがあるのに、あんたは玄関で待っているし、タクシーがもう来てクラクションを鳴らしているし。まるきり頭から抜け落ちていたのよ」

夫婦仲の悪いことは、観相術の助けを借りるまでもなく見抜くことができた。

ロヤコーノは質問した。

「泥棒がどうやって侵入したのか、わかりますか」

パラスカンドロは顔をゆがめた。

「それを調べるのが、あんたらの仕事だろうが。おれはこのバカ女を玄関で待っていたんだ。長々と。阿呆だから、ドアを開けっぱなしにしたのかもしれない。窓はどれも無傷だし、おれがよろい戸をきっちり閉めておいた。玄関ドアをこじ開けた形跡がないから、鍵を持っていたとしか考えられない」

スージーがイルカみたいな唇を噛みしめて、引きつった声で言った。

「なにさ、捜査の真似事なんかしちゃって。最初は判事、次は警官ってわけ？」

アレックスは話題を窃盗に戻そうと努めた。

「なにを盗まれたか、わかりますか。ざっと見て、どうです？」

パラスカンドロが立ち上がった。身長は一メートル六十センチに満たない。

「こっちに来てくれ」

アレックスとロヤコーノは散乱している衣服やバッグなどを避けて、パラスカンドロのあとをついて廊下を進んだ。彼が向かった先は、寝室だった。ここもやはり、クローゼットや引き出しが開け放たれて中身が床に積み重ねられ、整然とした無秩序が展開していた。窓から遠い側のベッドの横にあるナイトテーブルには、クレジットカードと名刺の入った赤の革財布が、陳列窓の商品のように扇形に開いて立ててある。右手側の壁の床から一メートル半ほどのところに、空の金庫がぱっくり口を開け、その下に風景画が一枚、きちんと立てかけられていた。ロヤコーノは金庫の前に行って仔細に観察した。鍵とダイヤル錠を使う仕組みの扉の数ヵ所が黒ずみ、亀裂が入っている。酸素バーナーを使ったのだろう。

ロヤコーノはパラスカンドロに尋ねた。

「金庫にはなにが入っていたんです？」

パラスカンドロはためらいがちに言った。

「たいしたもんじゃない。腕時計と二束三文の個人的な書類。あとは現金が少々、二千ユーロくらいかな。ま、そんなところだ」

アレックスとロヤコーノは顔を見合わせた。パラスカンドロは明らかに出まかせを言っている。なぜだろう。

アレックスは訊いた。

「ほかの部屋はどうです？　なくなっているものは？」

泣きながらついてきたスージーが、答えた。

「ないわ。運よく、なにも盗られていない。こんなにごちゃごちゃではたしかなことは言えないけれど、なにもなくなっていないみたいよ。銀器も全部残っているわ」

パラスカンドロが金切り声をあげた。

「黙ってろ、バカ！　なにも盗られていないって、なんでわかる？　ろくすっぽ家にいないおまえに、わかるわけがない」

アレックスがふいに口を挟んだ。

「盗難保険には入っていますか、パラスカンドロさん？」

「いいや。こうやって警報装置をつけているし、ほとんどの時間、使用人が家にいるんだ。保険なんかかけるのはもったいないじゃないか。警察がちゃんと義務を果たして、税金を払っている市民の安全を守ってくれさえすれば、保険会社のあこぎな連中は飢え死にするだろうに……」

ロヤコーノはパラスカンドロの繰り言をさえぎった。

「そうですか。いまはこれ以上なにもできませんが、間もなく科学捜査班が到着するので、なにも触らないでください。いま玄関にいる警官を、残しておきます。科学捜査の結果が出たら、すぐに連絡します。で、ふだんはどちらに？　連絡は仕事場か、それとも……」

「バーとレストランを併設した、総合フィットネスジムを経営しているんだ。マストリアーニ通りの丘の上にあって、小さなプールもある。ここかそっちのどちらかに必ずいる」

「奥さんは？」

「同じだ。いや、女房はジムにいるときのほうが多い。フィットネスを担当しているんでね」


分署に向かって歩きながら、ロヤコーノはアレックスに尋ねた。

「どう思う？　かなり妙だな」

アレックスは考え込んだ。

「ええ。妙な点がいくつかありますね。ひとつには、金目の品がなにも盗まれていない。父が好きなので、絵には少々詳しいんですが、どの絵も値打ちものでしたよ。水彩画は全部十九世紀末の作品で、小さくて売りさばきやすい。あと、ずっしりと重たそうな銀器や奥さんの宝石類が、包装を解いたばかりみたいに整理箪笥の上に並べてありましたね」

警部はうなずいた。

「そのとおり。それに、雑然としてはいたが、あらゆる品がまるで展示するみたいに置かれていて、どこか秩序があった。あんな現場は見たことがない。玄関ドアにこじ開けた形跡がなく、警報装置のスイッチが入っていなかったことは、言うに及ばず。どうも腑に落ちない」

　ディ・ナルドは唇を噛みしめた。

「稚拙な方法で被害を偽装したのかと疑って、保険について訊いたのだけど、違ったようですね」

「そうだな、その線はないだろう。それに、ふたりともあまり賢そうに見えないが、偽装するとしたらもう少しうまくやれたんじゃないか?」

　分署まであと少しだ。アレックスが言った。

「泥棒の目的は金庫の中身だったと見て、間違いありませんね。でも、パラスカンドロによれば、たいしたものは入っていなかった」

「あれは完全に嘘だ。実際は、なにが入っていたんだろう。それに、なぜ嘘をついたのか。こいつはオッタヴィアと大統領《プレジデンテ》にぴったりだ。なにか見つけてくれるだろう」

　アレックスは笑った。

「大統領……?　アラゴーナの影響かしら。ピッツォファルコーネ署のろくでなし刑事たちをあだ名で呼び合うなら、警部のことは中国人《チネーゼ》って呼ばなくちゃ」

「ふん、慣れっこだよ。学校でもそう呼ばれていた……そうそう、科学捜査班のほうを頼む。そろそろ結果が出るころだ。花模様のシャツを着たパラスカンドロ閣下は頑として認めないが、実際はかなり貴重なものを盗まれたんじゃないかな」

ディ・ナルドはため息をついた。

「それにしても、最悪のカップルだった。あんなに憎み合っているのを見ると、滅入ってしまうわ」

アレックスは、陽気な刑事部屋に戻るのが楽しみだった。

だが、それも部屋に入るまでのことだった。

第七章

ドドの母親は懸念よりもわずらわしさを滲ませて、美術館のロビーをつかつかと歩いてきた。入口で立ち止まって薄闇に目を凝らし、シスターと警官に付き添われている子どもたちに気づいて歩き出す。

ロマーノは近寄ってくる彼女を観察した。エレガントで自信たっぷりだ。その少しあとから、ふさふさしたグレーの髪に、同じ色の口ひげをたくわえた男がついてくる。

「シスター・アンジェラ、なにがあったんですか？　ドドはどこ？」

アンジェラ院長は、全責任はこの若造にあると言わんばかりにアラゴーナを横目で睨んでから、母親に笑顔を向けた。

「おはようございます、奥さま。あいにく、こんなことになってしまいまして、手を貸してもらうためにこの人たちに来てもらいました。どうやらドドは……迷子になったらしくて、見つからないんです。でも、大丈夫ですよ。きっと……」

ロマーノは院長をさえぎって自己紹介をし、それから言った。

「われわれはつい先ほど到着しました。一時間以上お子さんの姿が見えないと、シスターが通報してきたので。ドドのお母さんのチェルキア夫人ですね」

チェルキア夫人はロマーノをじろじろ眺めた。隙のない身だしなみでいかにも気位が高そうだ。青のブラウスと藍色のジャケットが、瞳の色を際立たせている。容貌は月並みで口が大きく、整形手術で鼻を小さくしたことで顔が間延びして見えた。夫人は、シスター・アンジェラに向き直った。

「警察まで呼んだの？　外で誰かと一緒に遊んでいるんじゃないの？　ちゃんと捜したんですか？　美術館のなかかもしれないわよ。あの子はときどき自分の世界に入り込んで、ぼうっとしていることがあるから。お手洗いは？　なかで寝ているのかもしれない」

アラゴーナが鼻を鳴らした。

「そんな単純なことなら、世話はないんだ。姿が見えなくなって一時間以上経っているって、さっき言ったでしょ。警察を呼ぶ前に、シスターたちがトイレを見にいかなかったとでも？　ご主人とか叔母さんだとかが、シスターたちの気がつかないうちに連れていったってことはないですか。それだったら、ちょっと電話をかければ解決する。でもって、みんな家に帰れるって寸法だ」

「あなた、なにを言っているの？　授業が終わる前に、誰かが息子を連れていくことになっていたら、わたしが知らないわけがないじゃない。そんなことは絶対にありませんよ。あり得ない。息子を連れ帰る人なんかいないし、許可もしていない。わたしかわたしの頼んだ人以外は連れ帰ることはできません」

「チェルキアさん……」

「チェルキアって呼ばないで。その名前は何年も前に捨てたんだから。わたしの名前はボレッリよ。エヴァ・ボレッリ」

ロマーノは夫人をなだめた。

「ボレッリさん、みんな同じことを目指して一生懸命やっているんですよ。息子さんの居場所を突き止めて、ここへ連れ帰ろうとしているんです」

夫人はヒステリックな声をあげた。

「だったら、さっさとやりなさいよ。息子を見つけて！」

エヴァに付き添ってきた男が、うしろから遠慮がちに声をかけた。

「エヴァ、落ち着いて。きっと、うまくいくよ」

アラゴーナは、男とそのゆったりしたコーデュロイのズボンを眺めた。

「おたく、名前は？」

夫人が答えた。

「この人は関係ないわ。でもまあ、教えておくわ。パートナーのマヌエル・スカラーノ。マヌエル、口を出さないで」

パートナーじゃなくてペットだろうが。平手打ちでも食らったかのようにあとずさりする男を見て、アラゴーナは思った。男は刑事たちに紹介されただけでも満足そうだった。

これでは埒が明かないと判断して、ロマーノはシスター・ベアトリーチェに話しかけた。

「シスター、あなたはドドが連れ去られたときに一緒にいた男の子に、話を聞きましたね。その子をここに連れてきてもらいたい」

シスター・ベアトリーチェは、許可を求めるかのように院長のシスター・アンジェラを不安げに窺った。院長が渋々うなずくと、シスター・ベアトリーチェは生徒たちのところへ行って、ピンクの頬をしてころころ太った男の子の手を引いて戻ってきた。男の子は得意げに友だちのほうを何度も振り返って歩いてきた。ロマーノは男の子に言った。

「やあ、きみ、なんて名前?」

シスター・ベアトリーチェは男の子を見てうなずき、答えを促した。

「クリスティアン・ダートラ」舌足らずで、ｒの発音がはっきりしなかった。

「きみはドドが……いなくなったとき、一緒にいたんだろう？　そのときのことを、話してよ」

クリスティアンはこっくりして、シスター・ベアトリーチェに訊いた。

「先生、ドドはいつ帰ってくるの？」

ロマーノが尋ねる。

「帰ってくるって、ドドが言ったのかい？　なんて言ったのか、詳しく話してごらん。全部話してくれよ。ドドが行ってしまったときのことを、全部」

「ぼくたち、最初の部屋で絵を見ていたんだ。馬に乗った戦士が描いてあったけど、刀に血がついていないんだ。だから、この絵は間違っているねってドドに言った。人を殺して、地面に死んだ人がたくさん倒れているんだから、刀が血だらけになっていなきゃおかしいでしょ？そしたら、ドドが……」

アンジェラ院長が苛々して口を挟んだ。

「ダートラ、余計なおしゃべりはしないで、訊かれたことに答えなさい」

アラゴーナがやり返す。

「あのさ、シスター――なんて名前だっけ、とにかく質問はこっちに任せて、この子の好きなように答えさせてやってよ。どんな小さなことでも役に立つんだから。それにここにいられると、この子が話しにくいから、あっちで生徒たちの面倒を見ていて、邪魔をしないでもらいたいな」

院長は黒いヴェールの際まで顔に血を上らせて唇を引き結び、頭から湯気を立てて歩み去った。歯に衣着せぬ物言いにあきれて、ロマーノはアラゴーナを睨みつけた。もっとも、いまだにマイナスではあるものの、彼に対する評価は上がりつつある。

「ドドは、自分もそう思うって答えた。絵のことだよ。そのあいだにシスター・ベアトリーチェやみんなは次の部屋へ行っちゃったから、追いかけようとしたんだ。そうしたら、ドドは入口のほうを向いて手を振った」

ロマーノが訊いた。

「誰に手を振ったのか、見えた？」

クリスティアンは鼻の頭をこすった。

「あそこのチケットを買うところ。あそこに、女の人がいた」

「それから、どうなった？」アラゴーナが訊く。

「ぼくはシスター・ベアトリーチェのところへ行った」

「それで、ドドは？」母親が口を挟む。

クリスティアンはそちらを向いて肩をすくめた。

「わからない。そのあとは見ていない」

ロマーノは粘り強く質問した。

「どんな女の人だった？　なにか話していた？　洋服は……」

「スウェットシャツを着て、フードをかぶっていた。金髪がはみ出していたよ。ドドに手招きしていた。ぼくはすぐに部屋を出ちゃったから、ドドがそっちに行くところは見なかった。シスター・ベアトリーチェが人数を数えるときにいないと叱られるし、帳面に書かれちゃうから」

ロマーノはアラゴーナが氏名を書き留めたことを確認し、これ以上情報を引き出せないと判断して、少年を級友たちのもとへ帰した。

ドドの母親は次第に落ち着きを失った。息子がふいに現れることを期待しているのか、そわそわと振り返ってはパートナーに小声で耳打ちする。そして、言った。

「これからどうするんですか？　なにをするの？」

アラゴーナは両手を広げた。

「定番の捜査方法ってのはなくってね。息子さんを連れ去ったのが金髪の女だとすると、そうした女に心当たりは？」

母親は一点を見据えて記憶を探ったあとで、力なく答えた。

「いいえ、ないわ。友人か、顔見知りか、ほかの生徒の親か、わたしにはわからない。誰だか見当もつかないわ」

ロマーノは言った。

「そうですか。では、住所そのほか基本的な情報をこちらに伝えてから、帰宅してください。もしかしたら、息子さんは誰かと一緒に、もう家に帰っているかもしれませんよ。父親にはあなたが知らせますか？　ご希望なら、こちらで……」

「いいえ、父親は……ここではなく北部に住んでいるの。わたしが知らせます。わたしの役目よね？　そうでしょう？」

ドドの母親が帰ると、アラゴーナは言った。

「これからどうする？」

ロマーノは思案した。

「美術館のなかを徹底的に捜すくらいしかないな。外にいる制服警官ふたりにも応援を頼んでくれ。防犯カメラが設置してあるから、分署に電話をして画像を押収する許可をもらおう」

アラゴーナはうなずいた。

「それから？」

「ひたすら祈る」

第八章

刑事部屋に戻ったロヤコーノとディ・ナルドは、まったく予想外の雰囲気に迎えられた。ロマーノとアラゴーナの姿はなく、ピザネッリとパルマがオッタヴィアのデスクの前で、彼女が電話を終えるのを黙って待っている。

オッタヴィアは短い受け答えを挟みながら、熱心に聞き入っていた。警備のグイーダまでもが玄関の定位置を離れ、二階の刑事部屋の戸口から遠慮がちに覗き込んでいた。

「なにかあったのか？」ロヤコーノは訊いた。

パルマはオッタヴィアを顎で示し、待ってくれと合図した。オッタヴィアが会話を中断して報告する。

「ゼロです。公園にも美術館にも形跡はなし。守衛や、案内所やチケット売り場の係員も、少年が通るのを見た覚えがないそうです。あの時間帯は人の動きがあまりないから、少年がひとりで美術館を出ていったのなら気づいた人がいるはずだと、ロマーノは言っています。だから誰かと一緒だったに違いないというのが、ロマーノとアラゴーナの意見です」

パルマは緊張した面持ちでうなずいた。

「防犯カメラは？」

アレックスは、みんなを見まわして言った。

「なにがあったのか、説明してくれない？」

オッタヴィアはパルマの質問に答えた。

「四台あるうちの二台は故障中でした。クリスマスのあとにショートして故障し、三度も修理を依頼したけれど、まだそのままだそうです。稼働している二台のうち一台は、ずっと先の展示室についていて、少年はそこには行っていません。もう一台はロビーにあるので、なにか見つかるかもしれない。検事局にメールで押収令状を頼んだので、来たらすぐに美術館に転送してロマーノとアラゴーナにテープを持って帰ってもらいます。それまで待つように、ふたりには伝えてあります」

ピザネッリが静かに口を挟んだ。

「なあ、オッタヴィア、少年や両親の氏名はわかったのかね」

一瞬にして、空気が張りつめた。ベテランの副署長が誘拐の可能性を考えていることは、誰の目にも明らかだった。

パルマは緊迫感をやわらげようと努めた。

「誘拐の心配をするのは、早計じゃないかな。ほかの生徒の親が連れていった、あるいは友だちの家で昼飯を食べているとも考えられる。子どもはそういうことをするからね。まだ三時間も経っていない。しばらく様子を見よう」

ピザネッリがおだやかに反論する。

「時間が経つほど不利になることは、署長も承知でしょう。準備をしておくべきだ。無駄になってもいいじゃないですか。ちょっと調べるだけなんだから。それで少年の両親の名前は、オッタヴィア?」

オッタヴィアは、電話をしながら取ったメモを確認した。

「少年の名前はエドアルド・チェルキア、愛称ドド。母親によると、父親のアルベルトは北部地方在住。母親はエヴァ・ボレッリ、少年とふたり暮らしで住所はペトラルカ通り五一B」

「クソっ」ピザネッリがつぶやく。小さな声だったが、罵言を吐いたことのない副署長の口から出たその言葉は、雷鳴が轟いたに等しかった。「ボレッリの娘だ。なんてこった……ボレッリの娘とは」

「たいへんだ！」グイーダが声をあげる。

刑事たちは副署長を怪訝そうに見つめた。ピザネッリはそれに気づいてパルマに説明した。

「エドアルド・ボレッリは街でも指折りの資産家です。エヴァはそのひとり娘で、少年はたったひとりの孫にあたる。ぐずぐずしていられませんよ。ただちに捜査に取りかかったほうがいい」

オッタヴィアはきつく目をつぶり、パルマはぼさぼさの頭を掻いた。

アレックスが再び言った。

「なにがあったのか、説明してくれない？」


パルマとロヤコーノは署長室で、書類の山積みになったデスクを挟んで向かい合っていた。

「こんな具合で、いまのところ確定的ではない。全員がそろってるときなら、経験豊富なきみに行ってもらったんだがな。もっとも、空騒ぎに終わる望みは、まだ捨てていない。こういう件は扱いにくくて、まいるよ」

ロヤコーノは無表情を保ち、身じろぎひとつしない。容貌のみならず、思案している際のこの様子が、東洋的な印象をさらに強くした。

「でも、署長、実際に誘拐だったら、本部が捜査に乗り出すんじゃないか。重大事件を、おれたちに任せるはずがない」

パルマはため息をついた。

「いや、本部とはもう話した。公式発表以外の内部情報を漏らした不届き者がいて、マスコミがつきまとっているそうだ。ハイエナみたいな連中だよ。捜査権を移せば、すぐにマスコミに伝わってどっちにとっても具合が悪い。そこで、本部はいまのところはわれわれに捜査を任せ、進展を報告するよう求めている。進展があるといいが」

「なるほど。で、今後は？」

「ロマーノとアラゴーナが戻り次第、情報を全部伝えさせるから、捜査を担当してくれないか。いや、ロマーノにきみを補佐させよう。時間の節約になる」

ロヤコーノは考え込んだ。

「いや、それは賛成できない」

パルマは怪訝そうにロヤコーノを見つめた。

「なぜだ？」

「言うまでもなく、おれたちは世間一般の基準からはずれた人間の集まりだ。いわば傷物です。常に観察され、試されている気がしている。そして、この仕事に欠かせないのは、全員の連携プレーですよ」

パルマは指を絡め合わせて顎を乗せた。

ロヤコーノが続ける。

「いきなり捜査を横取りされたら、ロマーノとアラゴーナはどう感じるだろう。ふたりとも重要な戦力ですよ。署長に、つまりはおれたちに信頼されていない、重大な事件を扱う能力がないとみなされた、とふたりともとらえる。そうなったら、ロマーノとアラゴーナを失い、二度と取り戻せない」

パルマ署長は頭を掻いた。

「うーん、それもそうだが、あのふたりに任せておくわけにはいかない。ひとつには、ロマーノは重大な性格的欠陥を抱えていた。いや、いまも抱えているだろう。アラゴーナは遊び半分で警官をやっている。強力なコネがあったからこそ、警官になれた。わかるだろう？」

「ロマーノは優秀な警官だし、仕事中に自分を見失うようなことは絶対にない。それに、アラゴーナは見かけよりずっとまともだ」

「正直なところ、あまり期待はできないな」

　ロヤコーノはアラゴーナの口汚い言葉遣いや不作法な態度、それに乱暴な運転を思った。

「ええ、まあね。でも、この分署全体がふつうじゃない。このままやりましょうよ。うまくいかないときは、全員で話し合い、各人ができる限り力を貸せばいい。大丈夫。ロマーノとアラゴーナはほかの捜査員と同じように、気づくべきことには気づき、やるべきことはやる」

　パルマはしばし口をつぐみ、それから答えた。

「いいだろう。それに、少年が家に戻っていないとも限らない」

第九章

「もしもし」

「おれだ」

「わかっている。三十分遅れたぞ」

「あの子が眠るまで、待ってたんだ」

「どうして？　彼女は？」

「きょうは仕事の帰りが遅くなる。奥さんに探されるとまずいから、行かないわけにいかなくてさ」

「そうか。用心しろと伝えておけ。誰にも見られるなよ」

「了解。とにかく、うまくいった。あんたが言ったとおり、問題なかった」

「ああ。それは承知している」

「あそこにカメラがあって、面が割れたら……」

「いや、その心配はない。下調べをしてある。どんな具合だった？」

「おれは車で待っていて、彼女はあんたの指示どおりにフードをかぶって、行った。入口のところからあの子が見えたんで、声をかけた。そしたら、喜んでついてきた。全部、計画どおりだ」

「それで、いまは……いまはどうしている？」

「元気だ。倉庫にいる。水と食い物を持っていった。大丈夫さ。それより、いつ電話をすればいい？」

「打ち合わせたとおりだ。最初は、あしたの午後だ。用件だけ伝えて、すぐに切れ。二回目は二十四時間後。必ず、おまえがかけろ」

「わかった。もし……もし問題が起きたら？」

「問題？　起きるものか！　いいか、金は……」

「うん、前金とあとで残りって約束だもんな。だけど、たとえば病気になるとか、騒いだときは……」

「何度言わせる気だ？　騒がないように、工夫しろ。それから、真っ暗なところに置いておくな。おまえか彼女が必ずそばにいて、ひとりきりにしないように。通りかかった人に助けを求めたりしたら、おしまいだ。いいな？」

「わかった、わかった。どのみち、通りかかる人はいない。誰も通らない。それに、ゲートには新しい南京錠をつけた。鍵を持っているのは、おれと彼女だけ。それで、金は？　子どもの面倒を見るだけで、難しいことはなにもない、金はすぐにくれるって約束だ」

「前金は渡しただろうが。残金は、そのときが来たら必ず渡す。落ち着け。失敗するなよ。おまえのかける電話が鍵を握る。うまくやらないと、金が手に入らないどころか、後悔する羽目になるぞ。いいな」

「心配するな。おれたちは失敗しない。だから、あんたもするな。おれたちは役目を果たす。あんたも果たす。おれが失敗したら、みんなが後悔する。あんたが失敗したら、あんたが後悔する。それに、子どももも」

「わかっている！　じゃあ、切るぞ。その携帯の電源は切っておいて、四時間ごとに入れろ。そして着信履歴があったら、かける。いいな？」

「ああ、任せときな」
「それから……ちゃんと面倒を見ろよ。危害を加えるな」
「うん。あんたが失敗しなければ」

第十章

マリネッラ・ロヤコーノはバルコニーから身を乗り出して、眼下の雑踏を夢中になって眺めていた。パレルモに似ていなくはないが、どこか違う。でも、どちらの街もアグリジェントとは大違いの別世界であることは、間違いない。

アグリジェントには、中学三年を終える十三歳まで住んでいた。大勢いる幼友だちのなかでもイレーネとはとくに仲がよく、一緒に育ったと言ってもいいくらいだ。いまもフェイスブックを通じて交流があるが、書き込む頻度は互いにだんだん減っている。イレーネにはボーイフレンドがいて、アンジェロがどうした、こうしたとそれしか書かないから、少しもおもしろくない。

父親が難題に巻き込まれたあと、マリネッラと母はパレルモに移された。マリネッラは押し合いへし合いする人々を見下ろしながら、パレルモに引っ越したばかりのころを思い返した。マリネッラも母親も気持ちが落ち込んでいたので、余計苦労した。衝突を繰り返す母娘のクッション役を務めていた父親の不在は、とりわけ大きかった。母親のソニアは精力的で気が強く、寡黙で内気な娘のすることにいちいち干渉した。

もっとも、たいしたことをしていたわけではない。新しい環境で苦労し、転校先の同級生とは話が合わず、優秀だった成績は危機的なレベルにまで急降下した。やがて、苦労した末にようやくできた友人は、彼女がマリネッラの部屋でタバコを吸っている最中に、母親がずかずかと闖入してさんざん小言を垂れたために失った。

それが決め手となった。マリネッラは冷静に計画を立て、フェリーボートの出航時刻を調べ、口頭試問を三日間ですべて終わらせて全課程を修了したうえで、わずかな身の回り品をバックパックに詰めて家を出た。

スクーターが交通の流れに逆らって進んでいくと、一台の車が止まって道を空けた。スクーターの青年がありがとうと手を振り、車の運転手が短くクラクションを鳴らして応じる。マリネッラはにっこりした。この街の人は風変わりだ。風変わりだけど、親切だ。パレルモ人は、こちらが垣根を作っていたせいかもしれないが、警戒心が強くて親しみにくかった。ここでは買い物や散歩にいくと、誰もがさりげなく笑みを浮かべ、なかには親しげに挨拶をする若者もいる。

マリネッラは、室内を整理するのが楽しかった。ロヤコーノは短期間ひとりで住むつもりで無頓着にアパートメントを選び、ろくに掃除もしないで散らかり放題にしていた。父とは対照的に几帳面なマリネッラは、少しでも住み心地をよくしようと張り切った。家事などする必要はない、バカンスとして楽しめと、父親は言う。だが、家事はいっこうに苦にならなかった。それに、バカンスではなくなるかもしれない。

　春の甘い空気と五階まで届く陽気なざわめきをあとにして、マリネッラは室内に戻った。父親は二日前の夜、最初はこの街が大嫌いだったが、少しずつなじんできた、と語った。いっぽうマリネッラは、すぐになじんだ。父親は生まれ育った地を追われてこの街に来たが、マリネッラは違う。だから、街に対する反応も異なるのだろう。ふだんはたいてい、意見が一致するのだ。父とのあいだには特別な絆があり、瓜二つのアーモンド形の目を見交わすだけで、心が通じた。そのため、引き離されたときはとてつもない悲しみに襲われ、母親が父の悪口を言うたびに恋しさが募った。

　解決策は明らかだ、とマリネッラは思った。居心地のいいところで、一緒にいて居心地のいい人と暮らすのが一番。ここでパパの世話をしよう。

　タオルをしまいながら、ここに到着した夜に父と連れ立ってきた女のことを考えた。あの女は、パパに抱きつきたい、でも拒絶されたらどうしよう、と悶々としているのが見え見えだった。そして、遅ればせながらこちらに気づいて、そそくさと帰っていった。仕事仲間の検事補だそうだが、独り暮らしの男の自宅を深夜に訪れる意味は、ひとつしかない。

　解決したばかりの事件のことで話し合う必要があった、渡す書類があった、仕事上の関係しかない。パパはそう説明した。でも、ラウラという名前のあの感じの悪い女とちょっと目が合っただけで、心の裡が全部わかった。あたしが出ていけば、あの女は大喜びする。おあいにくさま。出ていくつもりは、さらさらない。

あの女は以前に訪れたことはないようで、下着や歯ブラシ、生理用品など、存在を物語る痕跡はなかった。女というものは、必ずなにかを残して自分の縄張りをマーキングするけど、なにもない。間に合ってよかった。

どこかでラジオがつけられて、現代ナポリ民謡《カンツォーネ・ネオメロディカ》を朗々と歌いあげる声が聞こえてきた。これもこの街の好きなところだ。いつも音楽がある。楽器を奏でる人、歌う人、CDやテレビ、ラジオを聞く人が必ずいる。物売りの車も音楽を流して走っていく。音楽が絶えることは、決してない。

マリネッラは鏡の前に立った。いかにも美人というタイプではないが、個性的な美しさが芽生え始めていた。父親譲りの切れ長の目、高い頬骨、つややかな黒髪。いまだに行き交う男たちを振り返らせる母親からは、長い脚とふっくらした唇、きれいな声を受け継いだ。

最近は、母親の言い種ではないが、〝女らしく〟するために薄く化粧をするようになった。理由はほかにもある。でもこれは、たとえ拷問されても認めないだろう。

マリネッラは唇を噛んで赤味をつけ、鏡のなかで微笑んだ――階段で偶然三度も出会ったあの青年は、まさに好みのタイプだわ。

少なくとも十八歳、もしかしたら二十歳。スポーツ選手のような体つきで背が高く、本を詰めたバッグを持って、口笛を吹きながら階段を下りていった。初めて出くわしたときは、こちらに気づいてびっくりしたように、口笛をやめた。二度目のときは、顔をじっと見つめてきた。

そして、三度目のときは小さな声で「チャオ」と挨拶してくれた。返事もできずにうつむいて急ぎ足で通り過ぎてしまったけれど、心臓がバクバクしていた。

いつも同じ時刻に本を詰めたバッグを持って外出するし、あの年恰好だ。きっと学生だろう。階段を下りてくるスピードを考えると、上の階、たぶん六階か七階に住んでいる。犬と猫を飼っている独り暮らしのシニョリーナ・パリージと子どものいないガルジューロ老夫婦を除くと、残るはダマート家とロッシーニ家。こういうところはやはり警官の娘だ、と思う。

自然が与えてくれた武器を研ぎ澄まして、これから臆面もなくダマート家に卵をいくつか借りにいくところだ。言い訳が立つように、食料品店が休みになる、きょうの午後まで待っていたのだ。口笛の青年が出かける時刻の前後だ、ノックに応えて彼自身がドアを開けるかもしれない。

春の風が初めて聞くカンツォーネとともに、街のざわめきを運んでくる。子どもの泣き声、それを叱る母親の声。そろそろ夕食どきが近くなり、炒めたニンニクのにおいが立ち込めた。

この街が大好きだ。

第十一章

ピッツォファルコーネ署の刑事部屋は、ただならぬ様相を呈していた。警官全員——パルマ署長や虫の知らせに導かれて正面玄関の持ち場を離れたグイーダ巡査までもが、オッタヴィア・カラブレーゼのデスクの周囲にひしめいて、彼女がデジタル化したヴィッラ・ローゼンバーグの防犯カメラの映像をコンピューター画面で眺めていた。

ロマーノとアラゴーナは、実りのない捜索のあとで疲れ果ててぐったりしていた。美術館や公園とその周辺、しまいには広場の反対側に並ぶ大邸宅の玄関ホールも捜したが、ドドは見つからなかった。美術館や公園の係員、近所の店の店員、区域の自治体警察官、春の陽気につられて出てきてベンチでスモッグを吸っている老人たちなどに手当たり次第に訊きまわった。情報はゼロ。単独にしろ、連れがいるにしろ、美術館を出て去っていった少年を目撃した者は皆無だった。ドド——ふざけた呼び名だ、とアラゴーナは思った——は霞となって海へ吹き飛ばされてしまったかのようだ。

一点の疑問も残らないよう、ふたりのシスターを質問攻めにした。最近、少年の様子に変化は見られなかったか？ 妙なこと、わけのわからないことを口走ったことは？ 成績に変化は？ 気分の変化は？ どれに対しても、答えはノー。家出や突拍子もないことをするつもりであったとしても、ドドはその予兆をまったく見せていなかった。なにもかもごく平穏でいつもどおりだった。

煙のようにかき消えた事実を除いては。

黒白のオリジナル映像は粒子が荒く、そもそもカメラ自体が許可なく絵画を持ち出す現場をとらえるために設置されたのであって、誘拐犯を写すようにはできていない。そこで、オッタヴィアが少々手を加えて鮮明にし、こうして全員が固唾を飲んで、モニター上のうららかな春の朝の美術館の映像を見守っているのだった。

隅のほうに追いやられたピザネッリ副署長は、ブラインドを下ろして室内に早い夕闇をもたらし、少しでもよく見ようと眼鏡をかけた。

「グイーダ、ぼやぼやするな」ロヤコーノがぶっきらぼうに命じる。「明かりを消せ」こうしてグイーダを叱るのは、サディスティックなゲームのようなものだった。グイーダは怠惰なうえにずぼらで、あまりに無能なために現場勤務をはずされて署の門衛にまわされていた。だが、赴任初日のロヤコーノに乱れた服装と投げやりな態度を厳しく叱責されて以来、努めて警官としての品位を保ち、びくびくして警部に接している。中国人《チネーゼ》の素っ気ない叱責によって、グイーダは背筋をピンと伸ばして手本どおりの敬礼をする、几帳面で真面目な警官に生まれ変わった。これまでの十余人の上司がなし得なかった、偉業である。パルマが感心するいっぽうで、以前の体たらくを知っているピザネッリやオッタヴィアなど古参の署員たちはグイーダをさんざんからかったが、ロヤコーノひとりは変化に気づかないふりをしている。これは署員たちの楽しみでもあり、グイーダの大いなる恐怖でもあった。

警部の命令を聞くや否や、グイーダは素早く責務を果たし、小走りで元の場所に戻ってコンピューターを覗き込んだ。

オッタヴィアが早送りボタンを押すと、人物の写っていない映像が一分ほど続いたのち、展示室を横切る守衛の姿がカミソリのように画面を切断した。通常の速度に戻して、オッタヴィアは言った。

「さあ、開館したわ」

人間の形に戻った守衛が、のんびりと歩を進める。照明のスイッチを入れ、壁の絵画の位置を直し、あくびをしながら片手をズボンのポケットに入れて、股間を掻いた。アラゴーナが苦苦しげに吐き捨てた。

「おれたちが帰るとき、あの手で握手したんだぜ、汚いなあ」

グイーダがクスッと笑って、ピザネッリに睨まれた。無人の室内の映像が五分ほど——実際には技術的に処理されて数秒——流れ、やがてシスター・ベアトリーチェと生徒たちが登場した。

シスターは絵画一点ごとに足を止めて学芸員の解説に聞き入った。生徒たちは退屈そうにぞろぞろとついていき、なかには歩みを遅らせてサッカーカードを交換する子たちもいた。全員が次の展示室に移動しかけたとき、ドドの友人、クリスティアン・ダートラの横顔が現れた。

「ストップ」ロマーノが言った。「いなくなった少年と一緒に展示室に残った子だ。ええと……」画面のタイマーを確認して「きっかり七分経っている。この子はクリスティアンといって、最後に見たとき、ドドは離れたところにいる金髪の女に手を振っていたと話した。ということは、その時刻の入口のカメラに、なにか写っているかもしれない」

オッタヴィアはシスター・ベアトリーチェと生徒たちの一団が完全に移動し、次の数分間誰も展示室に入ってこないことを確認すると、もう一本のビデオに取りかかった。

緊張が高まった。誘拐された可能性のある子を、初めて目にしようとしているのだ。全員が無意識のうちにモニター画面に数センチにじり寄った。オッタヴィアは、傍らに立っているパルマの体が腕に触れたときに感じた電流のような衝撃を努めて無視して、コンピューターの操作に集中した。

カメラがとらえているのは柱廊玄関《アトリウム》の一部、公園に面した正面玄関から美術館の最初の展示室の入口までだが、美術館への出入りは全部記録されている。

首からカメラをさげた観光客数人、もぐもぐ口を動かしている若い娘、小さな男の子を肩車している男。先ほどのビデオと同様、これも白黒で粒子が荒かった。入っていく人もいれば、出ていく人もいる。グレーのスウェットを着た人物が登場した。フードをかぶっている。

アラゴーナが鼻で嗤った。

「このクソ暑いのにフードかよ。何者だ、この男」

アレックスが隣で目を細くして、映像をまじまじと見る。

「これは女よ」

「なんでわかる」

アレックスはモニターを指さした。

「ほら、胸のふくらみがある。それに靴の踵が少し高い。女性よ」

全員が女の動きを目で追った。女はアトリウムを進み、チケット係のいる入口の手前で立ち止まった。両手をポケットに突っ込み、内部を窺う。二分ほど、そうやってじっと立っていた。

それから、右手を高く挙げて振る。一メートル足らずのところにいる係員は、もぐもぐと口を動かしている娘とのおしゃべりに余念がない。窓口から身を乗り出して熱心に話しかけているところを見ると、口説いているのだろう。

ロマーノが声を荒らげた。

「この役立たずが。一メートルも離れていないところで、女がなかの子どもに手を振っているのに、大バカ野郎はナンパに夢中だ」

ビデオに集中していたロヤコーノが答えた。

「警備員ではないからな」

粒子の荒い映像のなかで、女は誰かを呼び寄せるかのようにうなずき、ポケットに手を戻した。少しして、ドドが現れた。

カメラはしっかりとらえていた。

背はあまり高くなく、年齢より幼い感じがする。衣服は黒っぽく、ジーンズらしき長ズボンにテニスシューズ、薄手のジャンパー。髪はぼさぼさで、戸惑ったような顔をしていた。スウェットを着た女のところへ行くと、女は少年の頬を撫でて手を握り、出口へ向かった。

誰の目にも留まらずに、ゆっくりアトリウムを横切って進む。周囲の人々はまったく興味を示さずに、相変わらず歩き、撮影し、食べている。

「止めてくれよ、おい」まだ間に合うかのように、グイーダがささやいた。だが、ふたりはとがめられることもなく歩いていった。正面玄関を出て画面から消えようとする寸前、とくに理由もなく、少年は振り返ってカメラを見つめた。まるでピッツォファルコーネ署の署員たちに別れを告げるかのように。

　思いもよらない仕草に、誰もが激しい衝撃を受けた。オッタヴィアがかすれた声で言った。

「ああ、マリアさま！」グイーダはあえぎ、ロヤコーノは頭を抱えた。

　カメラを見つめた瞬間のドドの顔には、とくにこれといった感情は浮かんでいなかった。恐れも不安も苦痛も見当たらず、落ち着いているように見えた。次の瞬間、画面から消えた。

　アラゴーナは、ふたりがカメラに一番近い位置にいるところまで巻き戻すよう、オッタヴィアに頼んだ。

「子どもの手をクローズアップしてくれないか？」

　オッタヴィアはため息をついた。

「できなくはないけど、もともとすごく不鮮明なのよ。黒と白の点々が見えるだけで、形まではわからないと思う」

　ともかく試してみると、ドドの手にはなにかが握られていた。

「なんだろう？」アラゴーナが訊く。

　誰も答えない。と、アレックスがつぶやいた。

「人形よ。プラスチックの人形だわ」

第十二章

夜——夜になった。

ドドは、壁の隙間を見てそれがわかった。

ドドが閉じ込められている部屋の壁は一部が鉄板でできていて、男はそこをげんこつで叩いた。すごく怖かったから、そばに行かないようにしている。だが、隙間があって少し光が入ってくる。いまは入ってこないから、夜だ。

ドドは、わけがわからなかった。さらわれたこと、静かにしていなければいけないこと、逃げたり助けを呼んだりしてはいけないことは、わかる。あのひげ面で髪の長い男は、大きくて恐ろしい。

小さいときによく見た『ピノッキオ』の映画では、ひげ面の男にそっくりの俳優が火喰い親《マンジャフォー》方《コ》の役をやっていた。マンジャフォーコは怖いけれど魅力があって、やっつけられる場面をDVDで何度も見た。今度は、どんなふうに終わるんだろう。

ドドを迎えにきたのは、レーナだった。ドドはレーナが好きだったから、会えなくなったときは悲しかったことを覚えている。レーナが手を振っていたので、そばへ行った。ほかにどうすればよかった？　レーナはにこにこしていて、やさしかった。それからふたりで美術館の庭を出て車のところへ行くと、マンジャフォーコが待っていた。レーナは目配せで伝えた――用心して。この男を怒らせてはだめよ。マンジャフォーコはガラガラ声で、奇妙な言葉をしゃべった。

車のうしろの席にレーナと並んで座った。レーナもきっと、マンジャフォーコに捕まったんだろう。年上で頼もしいレーナが怖がるくらいなら、ほんとうにおとなしくしていなくちゃいけない。

マンジャフォーコは、食べ物を持ってきた。

冷めたソッフィチーニ（ハムやチーズを包んだ揚げパン）だった。

ドドはソッフィチーニが好きだが、冷めたのは嫌いだった。一個半食べた。腹痛がして食欲がなかったのだ。やがて、夜になった。だが闇に目が慣れたので、あまり暗いとは感じなかった。

鉄板の壁を叩かれたときは怖かったが、マンジャフォーコがソッフィチーニと水を持って入ってきたときはもっと怖かった。大きな体のマンジャフォーコはやっとのことで入口を抜け、闇に目を凝らして怒鳴った。「どこにいる？」

ドドは反対側の隅で小さくなっていた。「ここだよ」

マンジャフォーコは皿と水の瓶を床に置いて出ていき、ドアを閉めて鍵をかけた。

「バットマン」ドドは小さな声でフィギュアに話しかけた。「怖くないよ、バットマン。ほんの少しの辛抱だ。それに、ぼくらをひどい目に遭わせるつもりなら、食べ物を持ってきたりしないだろう？　声を立てないで、おとなしくしていよう。秘密基地の洞窟だから真っ暗だ、と思えばいい。ぼくらは夜の支配者だ、闇はぼくらの家、ちっとも怖くない。ぴったりくっついて、朝になるのを待とう。早く迎えにきてって、念力でパパに伝えよう。マンジャフォーコなんて、素手でやっつけてくれるよ。いや、マンジャフォーコは最強だから、銃を持った警官隊を連れてきたほうがいい。レーナはどこにいるんだろうね、バットマン。どこに閉じ込められているんだろう。マンジャフォーコは悪賢い。ぼくとレーナを一緒にしておくと、逃げ出すと思っているんだ。かわいそうなレーナ。ひどい目に遭っていないといいけど。ここにいてくれたらいいのに。ぼくは、レーナがいてくれるとうれしかった。パパとママが劇を見にいっていてぼくが眠れないと、不思議なおとぎ話をしてくれた。日曜日にパパが一日じゅう家にいて遊んでくれたときは、すごく楽しかったね、バットマン。アベンジャーズごっこをして、ぼくはいつもバットマンになった。きみはぼくの持っているフィギュアのなかで、一番古い。きみはパパがまだ家に住んでいたときから、パパとママが喧嘩をするようになる前から、ぼくと一緒にいる。ずっと一緒だ。ぼくは絶対に、きみと離れない。ほんとうだ。あの小さなランプがあるといいのにね、バットマン。この広い場所に、ほんの少し光があればいいのに。

それに枕もあれば、気持ちがいいのに。

でも、きっと眠れないだろう。とても、眠れない。真っ暗では、眠れない。

真っ暗だと、怖い夢を追い払うことができないから。

第十三章

防犯カメラの映像は刑事部屋に冷え冷えした空気をもたらした。

「けどさ」アラゴーナは希望的観測を口にした。「これで状況が変わったわけじゃないだろう？　あの女が母親の友だち、またはクラスメイトの母親という可能性はまだある」

その場の全員——おそらくはアラゴーナも含めて——の見解を、ロマーノが代弁した。

「ふうん？　だったら、なんで五月のこんな天気のいい日に、フードをかぶっていた？　なんで壁際をこそこそと歩いていった？　入口のすぐ横で、チケット係の目を避けるようにして立っていた理由は？」

重苦しい沈黙のなかで、オッタヴィアは気を取り直して言った。

「母親に知らせなくては。なにかわかったかと、やきもきしているわよ。向こうから電話をしてこないなんて、変ね」

パルマは心配事があるときの癖で、髪を掻きあげた。

「いや、母親とはさっき署長室で、電話で話した。親戚や友人など、心当たりには全部尋ねたが、誰もなにも知らなかったそうだ。不審がられないよう、くれぐれも注意するようにと、釘を刺しておいたよ。まだ誘拐と決まったわけではないが、とにかく外部に漏れないようにしないと」

アレックスは署長をまじまじと見た。

「これが初めてではなさそうですね、ボス？　対処のしかたをよく知っているもの」

パルマは沈鬱な表情でうなずいた。

「うん、関わったことがある。本部がわれわれに捜査を任せているのは、マスコミに漏れるのを防ぐためもあるが、これも理由のひとつだ。何年も前だが、プーリアで失踪した十六歳の少女の捜査を指揮した。少女はボーイフレンドと駆け落ちをしたが、考え直して家に帰ろうとした。ところが、ボーイフレンドは帰してくれなかった。少女の父親は食肉販売業を営み、裕福と言わないまでもなに不自由のない暮らしをしていた」

「それで、捜査は成功を？」ピザネッリが訊いた。

「見方次第だな。警察は二十日後に少女を保護した。ボーイフレンドに痛めつけられ、レイプもされたが、命はあった。ショックを受けていたが、命は助かった。捜査の成功を称賛されたが、少女がどんな目に遭ったかを考えると……とにかく、男は逮捕されて刑務所に入った。いまも入っているはずだ」

「許せない」アレックスがつぶやいた。

ロマーノは、ドドの母親に話題を戻した。

「とにかく、母親にもう一度来てもらわなくては。映像を見たら、女の正体がわかるかもしれない。不鮮明だし、目立った特徴のない女だから、あまり期待できないけれど」

アラゴーナが、もったいぶってサングラスをはずす儀式をすっかり忘れ、思案顔で相槌を打った。

「そうだよなあ。足を引きずっているわけでもない。背の高さは中くらい。体格も中くらい。ゆったりしたスウェットシャツにズボン。こんな女はごまんといる。誰だかわかるもんか」

ロヤコーノ警部は肩をすくめた。

「さあね。なにか思い出すかもしれない。細かい点に気づくとか。万が一ってこともある」

みなが思っていながら口に出せないでいることを、オッタヴィアが言った。

「でも、母親にはつらい思いをさせてしまうわね。息子が他人に連れていかれるところを見るのよ……わたしだったら胸が張り裂けてしまう」

パルマは言った。

「うん、だがやむを得ない。母親に映像を見せる許可を、判事に申請する。ジョルジョ、母親への連絡を頼む。こちらまでの足は母親自身に都合してもらったほうが目立たなくていいが、希望があれば車を差し向ける」


三十分後、担当となったラウラ・ピラース検事補がピッツォファルコーネ署に到着した。午後十時近かったが、刑事たちは全員残っていた。ピラースは同席する必要はなかったが、やはりその場にいたほうがよいと判断し、パルマにもそれを伝えた。誘拐は特段に重大な事件だ。マスコミは張り切って飛びつくだろうし、最近は本部にいる内通者のせいで、いっそう攻撃的だ。なんとしても極秘にしておかなければならない。それに母親の反応をじかに見れば、なにかしら得るものがあるかもしれない。

そこまでは純粋に職業上の理由だった。だが、最近はロヤコーノと電話で短く言葉を交わすだけなので、会いたい気持ちがあったのは否めない。ロヤコーノとのあいだに芽生えようとしていた感情は、娘の突然の来訪でその後発展していない。だが、このままうやむやに終わらせたくはなかった。

ピラースは小柄だが、刑事部屋に入ってくるなり周囲を圧倒した。大きな黒い瞳と整った顔立ち、暗色の地味なスーツでも隠すことのできない体型はその場にいる男性の目を引きつけ、女性には警戒心を起こさせる。こうした本能的な反応は避けたいが、無視するほかに打つ手がないのが実情だ。

「では」軽く会釈をして腰を下ろすと、ピラースは言った。「少年の家族について聞きましょうか」集中しているときはサルデーニャ訛りがいっそう強くなる。

まだ誘拐事件と確定していないが、関係者についての情報を漏らさず把握すべく、ピラースは単刀直入に本題に入った。ラウラの面目躍如だ、とロヤコーノはひそかに感嘆した。

ピザネッリは老眼鏡をかけ、メモをぱらぱらめくりながら答えた。

「それはわたしが担当した、検事補。少年はエドアルド・チェルキア、十歳、ひとりっ子。両親は四年前に別居し、昨年離婚が成立。父親のアルベルト・チェルキアはベルガモ出身の実業家で、調べた限りではかなり裕福なようだ。くず鉄を扱い、北部の製造業者に原材料を供給している。別居したあとは故郷の北部に戻った。新しい家庭を持ったかどうかは不明で、ロンバルディアの同僚の情報を待っている。母親のエヴァはエドアルド・ボレッツリの娘で、少年は祖父の名前をもらった。エヴァは大学で経済とビジネスを専攻。彼女もひとり娘だった。仕事には就いていないが、むろんエドアルド・ボレッツリの娘なので……」

ラウラは怪訝な面持ちで副署長を見つめた。

「というと？」

「ボレッツリは有名な資産家ですよ、検事補。七十を超えていて、ここ十五年ほどはひっそり暮らしているが、全盛期には街で一、二を争う不動産開発業者として、未開の土地を片端から開発した。ボレッツリが独力で無から開発した住宅地がいくつもあります。二名の判事が——耳が痛いでしょうが——公務員に対する贈賄及び不正行為の裁判で手心を加えた嫌疑をかけられて、いまだに捜査の対象になっている」

ラウラは素っ気なく言った。

「別にわたしの親戚ではないから、気にしなくてけっこうよ。罪を犯したら、ほかの大勢と同じく罰を受けるべきだわ。続けて」

ピザネッツリはメモをめくった。

「ボレッツリは妻と死別して、現在はスリランカ人の家政婦と現役時代に秘書を務めていた女性と一緒に住み、私的な用事はこの元秘書が全部代行している。ペトラルカ通りにある大邸宅の上階を自宅にしていて、そこから一歩も出ない。娘には贅沢な暮らしをさせているが、そのパートナーが気に食わないと称して、めったに顔を合わせない。これは娘が結婚していたときも同じで、夫を毛嫌いしていた」

アラゴーナは目を丸くした。

「えーっ、大統領、なんでそんなに詳しいんだ」

「情報源があるからね。今回は、大邸宅の管理人が行きつけの八百屋の妹だった。いい情報網を持つことが、成功の秘訣だよ」

ピラースはアラゴーナを睨んだ。

「まだ塀の外だったのね。近々、運転免許を取りあげなくちゃ。市民の安全を守る義務があるもの」

アラゴーナは魅力を振りまくつもりか、サングラスをはずして訴えた。

「それはあんまりですよ、検事補。あのときは、一刻も早く検証できるよう現場にお連れしようと思っただけで」

「あらそう。あのとき死ななかったことも、あなたがここに異動したことも運命に感謝しているわ。要するに、少年の父親も祖父も資産家なのね、ピザネッリ副署長。ただちに資産を凍結する必要があるわ」

副署長はうなずいた。

「ええ、少年は理想的な獲物だった。老ボレッリは娘と折り合いが悪いが、孫がかわいくてしかたがない。管理人によると、唯一の弱みだそうだ」

パルマは眉を寄せた。

「検事補、経験上ちょっと言わせてもらいたい。資産凍結は、ローマで言う阿呆の使い、つまり骨折り損ですよ。身代金の支払いは別に違法ではないのだから、借金をすれば工面できる。もしくは国外に金を持っていれば、それを使えばいい。必要な手続きであることは認めますが、あまり期待はできない」

ラウラが口を開きかけた矢先、グイーダが戸口から顔を覗かせた。

「ボレッリ夫人が到着しました。ここへ連れてきますか？」

第十四章

エヴァ・ボレッリはためらいがちに、刑事部屋に入ってきた。先ほどと同じように、パートナーのマヌエルが少し遅れて続く。

何時間か前にエヴァと会ったロマーノとアラゴーナには、別人のように見えた。不安でたまらない一日を過ごしたのだろう、美術館での強気で自信たっぷりの態度は跡形もなく消えていた。サングラスをはずした目は充血して腫れぼったく、唇は震え、涙で濡れたハンカチを握りしめている。いまや息子の誘拐を確信していることが、明らかだった。

大勢の人がいるのを見て、エヴァは困惑した。ロマーノは立ち上がって彼女の前に行った。

「奥さん、こちらが捜査の指揮を執るパルマ警視です」

エヴァは口ごもりながら応じた。

「でも……どうしてこんなに大勢で？　まだ……まだ見つからないんでしょう？　なにか……息子になにか……」

母親が最悪の知らせを恐れていることを察して、パルマは言った。

「いや、違います、奥さん。なにか起きたのではなく、ご覧のように仕事中というだけのことですよ。ほかの件を担当している刑事も含めて、全員総出で取り組んでいます。ピラース検事補も。ところで、奥さんのほうでなにかわかりましたか」

エヴァは肩の力を抜いた。

「いいえ。知人にも、ドドのことを知っていそうな人にも、残らず問い合わせたけれど、なにも。今朝、運転手が学校へ送っていったあと、ドドを見た人はひとりもいなかった。いったい……いったいどういうことなのか、さっぱりわからない。あまりにも妙で……誰がドドを連れていったのかしら」

エヴァはため息をついた。パルマはエヴァに付き添ってきた男にしばし目を留めた。

「奥さん、申し訳ないが……事件と直接関わりのない人の前で話をすることは禁じられているんですよ。こちらのかたには外で待っていてもらいたい」

エヴァは、ロマーノとアラゴーナが覚えている今朝の態度を取り戻し、即座に反発した。

「この人はわたしのパートナーよ。わたしやドドと一緒に暮らし、ドドのことをよく知っていてかわいがっている。マヌエル・スカラーノは芸術家で、犯罪者ではないわ。外で待たせるのは、わたしにもマヌエルにも失礼だわ」

パルマはピラース検事補と視線を交わした。ピラースがかすかにうなずく。

「ではお好きなように……ただし、スカラーノ氏が捜査資料を見ることを許可する書類にサインをいただきたい」

「捜査資料？　どんな資料？」

パルマがエヴァをモニターの前に伴うと、オッタヴィアはビデオ映像を再生した。

エヴァの表情は、映像の進行に伴って目まぐるしく変化した。フードをかぶった女が出てきたときは眉間に皺を寄せ、女がドドの手を握ると目を見張って口元を覆う。ドドが画面から消え去る前にカメラのほうを見たときは、びくっとして血の気を失い、やはり動転しているマヌエルに支えられて、くずおれるように椅子に腰を下ろした。静まり返った室内に、エヴァのすすり泣きが響いた。

ピラース検事補は立ち上がって、エヴァのところへ行った。

「奥さん、気持ちはよくわかりますし、みな心を痛めていますが、負けてはいけません。いまは一刻の猶予もならない。気持ちをしっかり持って、質問に答えてくれませんか」

エヴァはピラースの短い言葉に励まされ、震える指で涙を拭った。

「ええ、どうぞ」

ピラースがうなずいたのを受け、パルマは質問した。

「ドドを連れていった女が何者だか、わかりますか？　よく考えて。体つきや動作から、誰かを思い出しませんか？　息子さんの友人のクリスティアンは、金髪だったと話している。ドドと一緒にいてわれわれよりもよく見えたのだから、金髪というのは正しいと思います」

エヴァは咳払いをして、込みあげる激しい感情を必死に押し殺した。

「心当たりはないわ。フードで顔が隠れていてろくに見えないんですもの。いったい誰なの？　なんで、ドドを連れていったの？　ああ、神さま。悪夢だわ。悪夢よ」

うしろに立っているスカラーノが肩に手を置き、やさしくさすった。パルマはスカラーノに視線を移した。

「あなたはどうです、スカラーノさん？　こうした姿恰好の人物を思い出しませんか」

スカラーノは顔を上げた。白髪交じりのふさふさした長髪に口ひげ、筋肉質の体軀は老いたゴリラを連想するが、眼鏡の奥のうるんだ目と低くおだやかな声は正反対の印象を与えた。

「いいえ、署長。まったく見覚えがありませんよ。ただ、ひとつたしかなことがある。ドドはやさしい子だが、見ず知らずの人にこんなふうについていったりはしない。少なくとも、シスター・ベアトリーチェに断るはずだ。だから、ドドの知っている人、それもよく知っている人物だと思いますね」

低く小さな声だったが、効果は絶大だった。エヴァは、はっとして振り向いた。

「そうだわ、マヌエル。そのとおりよ！　ドドは誰にも断らずに、見ず知らずの人についていったりしない。だからきっと、わたしたちの知っている人のなかに……」

ロヤコーノが口を挟んだ。

「あいにく、そう単純ではありませんよ。ドドを誘い出す口実はいくらでもある。お母さんが車のなかで待っている。あるいは、渡すものがあるから受け取ってすぐに戻れば大丈夫、とか。美術館の外の映像がないので、どんなふうに連れ去ったのかわかりません」

アラゴーナがその言葉を裏づけた。

「そのとおり。あの近辺には防犯カメラが設置されていなくてさ。銀行も宝石店もないからね。あるのは、しけたバールに新聞の売店、花屋。手がかりになるようなことを見た人もいない。あっという間の出来事だったんじゃないかな。きっと車を待たせておいて、子どもを押し込んで走り去ったんだ」

エヴァはむせび泣き、アレックス、オッタヴィア、ピラースの三人はアラゴーナを射殺せんばかりの目つきで睨みつけた。

それからピラース検事補は事態の収拾に乗り出した。

「奥さん、ドドの父親には連絡しましたか？　父親の権利ですよ、こうした……ことを知るのは」

エヴァは向こうっ気の強さを多少なりとも取り戻して、顔を上げた。

「はっきりしないうちは知らせたくなかったのよ。まさか、誘拐だなんて考えもしなかった。前の夫とはもう何年も事務的なこと以外は話していないし、こんなことは言いにくくて」

如才のなさとは縁遠いピラースは、素っ気なく提案した。

「気が進まないのなら、こちらでやりましょうか」

「いえ、大丈夫です。わたしの義務のようだし。家に帰ってすぐ、電話をしておくわ。それで、どうすればいいのかしら」

パルマがなだめるように言った。

「休息を勧めたいところだが、無理でしょうね。さしあたっては、固定も携帯も、電話の回線を常に空けておいていただきたい。誘拐犯が接触しそうな人たちにも同じことを伝えてください。前のご主人だけでなく、父上にも」

「父に？　どうして？」

「ドドをかわいがっていたし、著名人ですから、すぐに要求に応じると犯人側が考えるかもしれません」

「要求？　つまり……身代金ということ？」

「あらゆる可能性を考慮して、準備する必要があります。名刺にわたし個人の電話番号も記しておくので、なにかあったらすぐに連絡を。それから、あれほど簡単にドドを連れ去ることのできた人物、つまりドドが信頼している人物は誰か、もう一度よく考えてください。思いついたことがあれば――」

「ええ、もちろんすぐ知らせます。父はもう休んでいる時刻なので、あした連絡します。重い病気で、車椅子の生活なのよ」

エヴァとスカラーノが帰ったあと、誰にも口を開く元気がなかった。

しばらくして、ピラース検事補が全員に問いかけた。

「みんなはどんな印象を受けた？　母親はあの女の正体にまったく見当がつかないみたいだったわね」

パルマが相槌を打つ。

「同感だ。ただし、パートナーの意見は無視できない。あまり外向的でなく利かん気でもないのに、どうしてあんなふうについていったのだろう」

ピラース検事補はため息をついた。

「ほんとうに、不思議だわ。母親と祖父の電話を監視下に置くよう、指示しておきます。パルマ署長、なにかあったらすぐに知らせて。再出発したこの分署は、いままさに試されているのよ。では、また明朝」

ロヤコーノをちらっと見て、ピラースはすたすたと刑事部屋を出ていった。

第十五章

さまざまな夜がある。

やっと山頂にたどり着いたかのように、疲労困憊し、瞼が落ちそうになってたどり着く夜。

うつ伏せになってただひたすら眠ることを願う、慣れ親しんだ我が家のすえたにおいに満ちた虚ろな夜。

息もつけないほどの重荷を背負い、闇が心の窓の割れ目から忍び入らないように用心して、外の世界を遮断する夜。

さまざまな夜がある。


ジョバンニ・グイーダ巡査は、寝る前に家じゅうを見まわる。

戸締まりは怠りないか。外気が少し入るように、窓はほんの少し開けてあるか。ガスは？　水道は？　妻がベッドに入ったあとにチャンネル一から六までをざっと見て重大なニュースがないことを確認し、それからこうして見まわるのが好きだった。

ジョバンニ・グイーダは警察官だ。それを自覚するのが、遅きに失したとも言える。長いあいだ、自分のことを栄誉とも汚名とも無縁な単なる事務員とみなしていた。だから制服のボタンがきちんと留まっていなくても、坐骨神経痛のことをこぼしてもかまわないと思っていた。

ジョバンニ・グイーダは少し腹が出ていて、それが彼の警察内の立場を物語っていた。

そうしたところへ、シチリア人警部がやってきた。警察側に寝返ったマフィアによって内通者だと名指しされたとの噂がつきまとい、ろくでなし刑事どもが不祥事を起こし、誰もが赴任を拒むピッツォファルコーネ署に飛ばされてきた。そして、〝中国人《チネーゼ》〟という通称にふさわしい切れ長の目で睨みつけ、厳しい言葉を二、三浴びせて、ジョバンニ・グイーダに警察官としての自覚を呼び覚ました。

グイーダは、その日から警察官として再出発した。規則書を読み直して真摯に仕事に向き合い、いまでは門の横で警備をしているときも、電話に出るときも、届け出や問い合わせのために署を訪れる市民に応対するときも、警察官としての態度を決して忘れない。

安全な我が家の静寂を楽しみながら、グイーダは薄暗い廊下を子ども部屋へ向かった。

グイーダは三人の子持ちだ。長女は十三歳、次女は七歳、末の四歳の息子はやんちゃ盛りの小悪魔だ。娘ふたりは二段ベッド、息子は奥の壁際の子ども用ベッドを使っている。長女はいつものように壁に体を押しつけ、小さく丸まっていた。口を開けて仰向けになって寝ている次女に、毛布を首までかけてやる。こんな寝相だから、いつも喉を痛めている。小悪魔はうつ伏せになって両手を大きく広げていた。ベッドも父親の心も、たっぷり占領する子だ。グイーダは息子を見つめて思った。小悪魔は、眠ったとたんに天使になる。

眠気で重たくなった瞼の裏に、粒子の粗い白黒の映像が浮かんだ。どこにいるんだい、ドド？　フードをかぶった悪党は、きみをどこへ連れていった？　きみもベッドに入って、小悪魔から天使にならなくてはいけないのに。

音を立てないよう気をつけて、子ども用デスクの椅子を小悪魔の眠るベッドの横に持っていって座った。

楽しいはずの光景を前にして、グイーダの双眸から涙がゆっくり流れ落ちた。

さまざまな夜がある。

平穏の裏に諍《いさか》いと苦悩を隠した、欺瞞《ぎまん》に満ちた夜。

偽りの喜びを歌いあげ、やさしく抱き寄せて誘惑し、理由もなく心臓に刃《やいば》を突き立てる殺し屋のごとき夜。

新鮮な夜気と幻想に満ち、低く流れる音楽に時の経つのを忘れるほど平穏だったのに、突如、希望のない闇で包み込む夜。

さまざまな夜がある。


オッタヴィアは大きな衝撃を受けた。

美術館の防犯カメラに映った少年の顔が、原因だ。

大きな衝撃だった。

少年はわたしを見るために振り返った。夜の闇に沈む街路をバルコニーから眺めながら、オッタヴィアは確信した。

そうでなければ、お粗末な防犯システムのうち唯一機能しているカメラに振り向く理由はない。見るべきものはないのだから。自ら進んで出口へ向かっているのだから。誘拐犯と手をつなぎ、未知の運命へ導かれるままになっているのだから。振り向いたのは、わたしに思い出させるためだ。最低の母親、そしておそらくは最低の妻、最低の女であると、思い出させるためだ。

黒と白の無数の点がチカチカする画面におぼろに浮かびあがった一対の目は、無言でわたしを責め、同時にこう警告していた——オッタヴィア・カラブレーゼ副巡査長、思い違いをしてはならない。おまえの心は読めている。愛情深く母性豊かな、完璧な女を装っても無駄だ。モニターの少年は、わたしの本心を知っている。

七階下の住宅街の道路は森閑とし、夜が明けて再びにぎわうときを待っていた。夫のガエターノは、揺らぐことのない良心と純粋な感情に守られ、妻の気持ちをまったく知らずに安眠している。完璧な夫が腹立たしくてならなかった。どんな立場、権利でも尊重して守る夫。技術屋特有の確実さで、十五人の部下を統率する夫。どれを取っても腹立たしい。夫への愛がなくなった自分が腹立たしい。もしかしたら、最初から愛などなかったのかもしれない。

身震いをして、先ほど急に外の空気を吸いたくなってバルコニーに出るときに羽織った、薄手のジャケットの襟を掻き合わせた。

モニターの少年よ、と心のなかで呼びかけた。最近、息が詰まりそうな感じが日増しに強くなるのよ。インターネットの記事には、こうした症状が出るときは心臓の病気が疑われる、と書いてあったが、罪悪感のせいかもしれない。

モニターの少年よ、年はいくつ？　十歳、それとも百歳？　なにもかも知っているのでは？コンピューターのモニターを通してわたしの心に忍び込むことができたのでは？　あの少年が十歳なら、リッカルドの三歳下だ。

ベッドでぐっすり眠っているリッカルドは、同じ年の子たちよりも背が高く、元気でたくましい。だが、知能は三歳の子ども並み。話す言葉は「マンマ」たったひとつ。おそらく今後もこれしか話さない。マンマ、マンマ、マンマと際限なく繰り返す。

マンマ。

わたしはどんなマンマなのだろう？　息子の体を洗い、服を着せ、プールに連れていき、勉強を手伝い、食べさせ、口のまわりを拭くオッタヴィア・カラブレーゼを誰もがほめる。でも、その本質は？　トイレにこもってこっそり泣くあいだ、息子はドアの外で座って待っている。称賛を浴びるいっぽうで、家庭という名の監獄以外のところへ行きたいと願うわたしは、どんな母親なのだろう。

思いは闇のかなたへ、親しい口をきくことさえできないパルマ署長へと飛んだ。心をざわつかせる笑顔、くしゃくしゃの髪。ひとりの男。それ以上でも、それ以下でもない。どこにでもいるような男。

あるいは、ほかの誰とも異なる男。

あるいは、荒海の救助艇。

あるいは、深夜の最終列車。

見るがいい、モニターの少年よ。わたしの心の奥底を見るがいい。深く埋もれた思いを探し出し、表に出す手伝いをして。自分の本質を知る手伝いをして。過去の自分、いまの自分を知る手伝いをして。

闇に最後の一瞥をくれ、オッタヴィアは室内に戻った。

さまざまな夜がある。

錯綜する高速道路上のヘッドライトのごとき光に満ちた夜。

前後の経緯にかかわらず、前の日と次の日を橋渡しする夜。

未知の不純な味わいとともに思い出を壊し、新しい夢を作り出す夜。

踏み潰すことのできない重荷のような過去を原動力にして、未来に向かうことができると思わせる夜。

さまざまな夜がある。


開け放した窓からピアノの音が流れ込む部屋で、ロヤコーノは頭のうしろで手を組み天井を見上げていた。

音楽の絶えることのないこの街が、不思議でならなかった。美しいにしろ、耳障りにしろ、粗末にしろ、キンキンする音にしろ、耳を澄ませばラジオや人々のざわめき、車の騒音のなかに必ず音楽が聞こえる。

人生を無残に破壊されてこの街に放逐された当初は、それを嫌悪した。正直なところ、この街のすべてを嫌悪した。やがて音楽の聞こえることに慣れ、ときには自ら探し求め、バイクの音や夫婦喧嘩の声のなかに聞き取ると喜びを覚えるようになった。いまは深夜だが、ピアノを練習する音が聞こえる。ほかの街なら隣人に八つ裂きにされかねないが、ここでは心配無用だ。

この街の短所は多々あるが、狭量でないことはたしかだ。

居間のソファベッドでは、マリネッラが健やかな寝息を立てていた。娘と一緒に暮らしていることが、いまだに信じられなかった。抱きしめ、頬にキスをすることのできるいまを思うと、声を聞きたい、挨拶を交わす程度でもいいから声を聞きたいと切望していた時期が嘘のようだ。

父親という立場ではうれしさ半分、心配半分だ。娘との関係が元どおりになり、二度と会えないのでは、いまどこでなにをしているのか、母親と激しい喧嘩をしているのではないか、とやきもきしないですむのはうれしい限りだ。いっぽうで、娘はどんな選択をしたのだろうと、心配でしかたがない。

娘の気持ちは、自分のことのように理解できる。マリネッラは強い意志を持ち、成熟したバランス感覚と冷静さで、最善と思える判断をする。それを尊重し、必要に応じて手助けしたいと思う。

とくに話し合ってはいないが、自分用のタオルやシーツ、化粧品、本、イケアの引き出し式整理箱などを毎日少しずつ買い足して新しい生活を築いているところを見ると、パレルモに戻るつもりはなさそうだ。学校を欠席してはいるものの、無事に学年を修了しているので、今後のことは夏のあいだに決めればいいだろう。

どこかのピアノが奏でるけだるいブルースを聞きながら、アパートメントを探さないといけないな、とロヤコーノは思った。マリネッラには、ちゃんとしたベッドと寝室が必要だ。ソニアが文句を言うのは目に見えているが、娘がいったん心を決めたら打つ手がないことは彼女も承知している。

マリネッラはこの街が好きだ。口に出したことはないが、目を見れば心は通じる。ふと浮かぶ微笑、首の傾げ具合、角を曲がったとたんに広がる絶景を前にしたときのため息が十分に語っていた。娘はいま心おだやかで幸せだ。父親の身の回りの世話をすることさえも楽しんでいる。

父と娘、母と娘――不思議なことに、この組み合わせの前者は家庭に生命を与え、後者はうまく機能しなかった。ソニアがロヤコーノと違って、ひとりよがりだからだろう。少なくともマリネッラにはそう見えたのだ。性格や好みに共通点が多く、驚くほど容姿が似ていることも衝突の原因になったのかもしれない。

天井に映じられる車のライトを眺めながら、ロヤコーノは独り言を言った。簡単にはいかないものだな。そもそもなにかが簡単にいったことなど、あっただろうか。思いは横道に逸れ、ラウラのことを考えていた。先ほど刑事部屋を出ていくときのまなざしを、雨に濡れた車窓を背景にした繊細な横顔と豊かな胸を、アパートメントの入口に向かって走ったとき握った手のぬくもりを。

ラウラとマリネッラ。

ラウラとともに前に進みたかった。これまでに経験したことのない、この特別な感覚を失いたくなかった。唯一の女《ひと》となるかもしれないラウラを、強く求めていた。彼女の謎を解き明かし、ともにいることを楽しみ、人生を立て直してみたかった。

そのいっぽうで、マリネッラを失いたくない気持ちも強い。成長していく姿を目の当たりにし、無言で心を通わせ、海辺で午後の陽射しを浴びてピッツァを分け合う楽しみを失いたくなかった。

ゆっくりと夜明けへ向かう闇のなかで、ロヤコーノは思案した。両立しないとは限らない。マリネッラとラウラはそれぞれの領分を侵すことなく、互いを認めることができるかもしれない。人生にも家族にも、まだ希望が残っているようだ。夢にも思わなかった。

疲労と眠気が相まってぼんやりしながら、防犯カメラに振り向いた白黒の小さな顔を思った。少年はどこにいるのだろう。怯えて夜を過ごしているのだろうか。夢を見ているのか、恐怖で震えているのか。誰かのことを思っているのか。思う相手は父親だろうか。

ピアノの音色のなかに、息子を連れ去られた父親の苦悩と、闇のなかで怯えて助けを求める少年の声を聞きながら、ロヤコーノはついに瞼を閉じた。だが、短い不穏な眠りも訪れそうにない。そして、思った。さまざまな夜がある。

さまざまな夜がある。

第十六章

あくる朝になるとアラゴーナまでもが浮足立ち、椅子にどすんと腰を下ろして開口一番ぼやいた。

「ゆうべは二時間おきに目が覚めちゃったよ。あの男の子のことが頭から離れないんだ。とくに、防犯カメラを見たときの顔がさ。おれたちが見ていることがわかっているみたいだった。おれって繊細すぎて、こういう仕事に向かないんだろうか、それで……あ、ところでなにかわかった?」

プラスチックカップを手に窓辺に立っていたロマーノは、首を横に振った。

「いや、なにも。母親が七時半に電話をしてきて、オッタヴィアが応対した。いまのところ進展はないと伝えるほかなかった」

アレックスがコーヒーを注ぎながら付け加える。

「ドドの父親に連絡したんですって。昨夜電話をして、行方がわからないとだけ伝えたみたい。祖父には、心臓麻痺を起こす恐れのない時間まであと少し待って伝えるそうよ」

アラゴーナはため息をついた。

「七時半の電話に、オッタヴィアが出た? そして、みんながその内容を知っている? まだ、八時十五分だぜ! 大統領なら、納得できる。年寄りはあまり寝ないからな。だけど、ほかのみんなも出勤してるって、どういうことなんだよ」

ピザネッリは気分を害したふうもなく答えた。

「いいかい、わたしは経験上、断言できる。きみは年老いても最後に出勤してくる。自分以外の誰かになるために、鏡の前で無駄な時間を費やしてな」

アラゴーナは青いサングラスをはずした。

「自分以外の誰か？　おれはおれだ。百パーセント」

少年の映像を倦むことなく繰り返し見ていたロヤコーノが、コンピューターから顔を上げた。

「ふうん、怪しいものだな、カウボーイ。さあ、コーヒーを飲めよ。グイーダは、少なくともコーヒーに関してはほめてもいい」

そのとき、男が入ってきた。

「行方不明になった少年の捜査をしているのは、ここですか？　子どもの父親、アルベルト・チェルキアです」


ドドの父親を、オッタヴィアのデスクの前にある刑事部屋で一番ましな椅子に座らせ、本部と電話中のパルマ署長を呼んだ。

アルベルト・チェルキアは四十を少し出たばかりのハンサムな男だった。日に焼け、すらりとした長身だ。目尻の皺とこめかみの白髪がなければ、実際の年齢より十歳は若く見える。紺のスポーツジャケットの下の青いシャツは襟ボタンがはずれていて、狼狽し、疲労していることが歴然としていた。うっすら浮いた無精ひげとジャケットの皺が、平常は身なりに気を使いそうな印象と強い対比を成していた。

「連絡を受けたのは、昨晩遅くだった」弁解するように言った。「すぐに出発したが、スイスとの国境近くにいたのでね。高速道路ではずっと大雨だったが……むろん、走り続けた。彼女から……誰が捜査を担当しているのか聞き出して、とにかく駆けつけてきた。いったい、なにが起きたんです？」

北部訛りの口調は現実的で短気な性格と、常に命令を下す立場にあることを窺わせた。

パルマは、全員を代表して返答した。

「署長のパルマです。最初に通報を受けたのが、この署でした。息子さんは課外授業でヴィッラ・ローゼンバーグ美術館の見学に行った際、身元不明の人物とともに美術館を出ていった。それがきのうの午前八時三十分。それ以降、姿が見えません」

チェルキアは眉を寄せ、唇をきつく結んで熱心に聞き入った。

「では誘拐されたということですか？　ドドは誘拐されたのか？」

パルマは居心地悪そうに、咳払いした。

「いや、まだ誘拐と決まったわけでは。無理やり連れ去られたのではなく、進んでついていったので……」

チェルキアは啞然として、署長の言葉をさえぎった。

「ちょっと待った。なんで、そんなことがわかる？」

オッタヴィアは父親の胸中を察し、おだやかな口調を心がけて、落ち着かせようと努めた。

「美術館に設置された防犯カメラの映像があります。ほんの数秒の短いものですが……」

チェルキアはいきなり立ち上がった。

「映像？　息子の映像が？　では、連れ去った人物が写っているのか？　だったら誰だか……」

パルマは椅子を指さして、チェルキアを座らせた。

「いや、残念ながらフードをかぶっているうえに、映像が不鮮明で特定できません。どのみち、これからお見せします。ところで、息子さんがいなくなったことは、いつ知りました？」

チェルキアは混乱し、途方に暮れた様子で髪を掻きむしった。

「午前一時くらいだったかな。出張中で、ホテルに泊まっていた。ドドの……母親が電話をしてきた。発信者の番号を見たとたん、悪い予感がした。こんな時刻にかけてくるなんて……いや、そもそもわたしにかけてくるなんて、よほど重大なこと、非常事態が起きたに違いないと思った。彼女とは完全に縁が切れているのでね。あいにく、この国のろくでもない法律は母親に親権を与えたが、ドドはわたしと一緒にいたがった。わたしだって、どれほどドドと暮らしたかったことか……あの子は……あの子は……」

チェルキアが懸命に感情を抑えているのは、誰の目にも明らかだった。ロヤコーノはいたたまれなくなって、窓の外に目をやった。ベテランの警官であっても、こうして苦悩するさまを目の当たりにするのはつらい。誘拐とは話が違うが、マリネッラと離れていたときは不安と苦悩にさいなまれた。娘と一緒にいられることを、心の隅で天に感謝した。

チェルキアは再び口を開いた。

「息子はわたしの人生そのものだ。どれほどの富も贅沢も女も、ドドと過ごすひとときには代えられない。どんなものも。だが、あの女はドドに目もくれない。ろくでもない愛人や友人、社交クラブなどにうつつを抜かしているから、ドドの行方がわからなくなったんだ。すぐに知らせる度胸がなかったのも、当然だ」

パルマが言った。

「奥さんには、誘拐事件とは限らない、早まった判断をしないほうがいいと、こちらから申し上げたのですよ。ドドは自分の意思で美術館を出ていった。知っている人にばったり出会ったという、ごくふつうのケースも考えられる。たとえば、母親の女友だち、あるいは……」

チェルキアはその言葉に飛びついた。

「女友だち？　では、ドドを連れ去ったのは女ですか？」

パルマは肩をすくめた。

「映像が不鮮明でしてね。でも、女のようだった」

チェルキアは自分の腿をひっぱたいた。

「やっぱり。母親がふしだらなせいだ。不倫相手の女房が、しっぺ返しをしたんだろう。なんとしても息子を捜し出す。そのあと判事がまた母親に親権を与えるかどうか、見ているがいい。あばずれめ、性悪なあばずれめ」

アレックスが冷ややかに言った。

「奥さんは昨夜遅くまでここにいたし、きょうは朝早く電話をしてきました。きっと、一睡もしていないわ。あなたと同じくらい、心配しています。そんなにきつい言い方をしなくても、いいんじゃないですか」

ロマーノはうなずいた。

「この件を担当しているロマーノです。同僚の言うとおりだし、奥さんは連れ去った女にまったく心当たりがない」

チェルキアは怒気のこもったかすれ声で言った。

「あれは妻ではない。妻であるものか。あいつは心当たりがありすぎて、誰がやったかわからないんですよ。あいつとクソったれの老いぼれ親父は、おびただしい数の人間から反感を買っている。さあ、映像を見せてください」

パルマは、チェルキアをオッタヴィアのコンピューターの前に座らせた。

チェルキアは食い入るようにモニターを見つめた。息子が展示室を横切って出ていく寸前にカメラへ振り向いたときの嘆きようは、すさまじかった。顔をゆがめ、滂沱《ぼうだ》と涙を流し、両手で喉をつかみ、髪を掻きむしり、口元を覆う。肩を震わせて嗚咽を漏らした。

ロマーノとアラゴーナはうつむいて、どこでもいいからよそへ行きたいと願った。オッタヴィアは深く同情し、チェルキアの腕に手を置いてなぐさめた。ピザネッリは咳払いをした。

パルマが言った。

「チェルキアさん、しっかりしてください。息子さんは助けを必要としている。ご覧になったように、息子さんはあの女におとなしくついていった。恐れることはないと、知っていたみたいだ」

アルベルト・チェルキアは、しばらく両手で顔を覆っていた。それから言った。

「たしかにそのとおりだ、署長。ドドのいどころを突き止めて取り戻さなくては。神かけて誓う。ドドを見つけたら、今後はいつもそばにいて、二度とこんな目に遭わせない」ようやく聞き取れるほどの低いかすれ声だが、決意がみなぎっていた。「やっぱり女だろうね、背恰好や身のこなしからすると。ほかにはなにか?」

アラゴーナは漠然と身振りをした。

「あのとき一緒にいた友だちによると、金髪だったらしい。もっとも、距離があったし、子ども言うことだからな」

「金髪か。大きな手がかりになる。そうでしょう? 母親は映像を見ましたか?」

パルマが答えた。

「もちろん。だが、誰だか見当もつかなかった」

チェルキアは顔をしかめた。

「自分の顔を鏡で見ても誰だかわからないほど、頭が空っぽだからね。老いぼれは、なんと?」

「ドドの祖父ですか? 奥さんは今朝連絡するとおっしゃっていましたよ」

チェルキアは苦々しげに独り言を言った。

「たいした気の使いようだ。こっちには真夜中に電話をしてきたくせに。高速道路で事故死してもかまわないんだろう。いかにも、あいつらしい」あらためてパルマに顔を向ける。「わたしはここに家を持っている。ドドたちの近所です。二週間ごとにドドに会うときに便利だからね。いつでも連絡がつくように、住所と携帯電話の番号を置いていきます。これから母親に会って、詳しい事情を聞きますよ。息子はわたしが見つける。必ず」

ロヤコーノが口を挟んだ。

「ひと言、警察官ではなく、ひとりの父親として忠告させてもらう。いまは、いわばみなが同じ船に乗っている。あなたも前の奥さんも前の義父も、それにドドの安全を願う人々全員が。捜査を妨げたくなければ、ボレッツリ夫人が態度を硬化するような振る舞いをしないで、あなたや警察に協力するように仕向けていただきたい。ドドが誘拐されたのだとしたら——先ほど署長が言ったようにまだそうと決まったわけではないが、犯人が連絡してきたときの対応が捜査の行方を左右する。警察があなたたちを助けられるよう、ご協力願いたい」

無言で耳を傾けていたチェルキアは、うなずいた。

「わかった。いまは、ドドが元気で無事に戻ってくることが一番重要だ。ほかのことは、あとで彼女と話し合う」

パルマも言い添えた。

「理性を保ち、なにかわかったらどんなことでも知らせてください。いいですね？　奥さんにも、同じお願いをした。ロヤコーノ警部の言葉は正しい。いがみ合っている場合ではない。みなが同じ船に乗っている」

チェルキアは立ち上がった。

「ありがとう、署長。だが、みなが同じ船に乗っているわけではない。わたしはドドの父親だ。

〝父親〟なんだ。息子になにかが起きたとき、父親はひとりで苦悩に満ちた船に乗る。では、失礼」

そして、帰っていった。

第十七章

ジョルジョ・ピザネッリ副署長は激しい尿意をこらえて、新聞を手に道路脇の石柱に寄りかかっていた。

署を出る直前に用を足したので小一時間は持つだろうと期待したが、自然には別の考えがあった。

ピザネッリは、自然に関しては運命に従うしかないと考えるようになった。ほかのことについてはいまだに黙々と紳士的に闘い、決してあきらめない。悪行や無知、愚かさ、およそどんなことに対しても闘いを挑み、たまに勝つこともある。だが、自然に対しては成す術《すべ》がなかった。

自然はピザネッリに前立腺がんを与えた。

いつから用意していたのだろう。ずっと昔、茫漠とした過去にピザネッリの男の祖先と女の祖先が出会ったころ、こうした激しい尿意を味わわせてやろうと企んだに違いない。遺伝子に組み込まれた正確無比な時限爆弾は、数十年いや数世紀を経て爆発する。これでは闘いようがない。

パルマは、刑事たちをいったん解散させた。実際に誘拐だとしても、犯人からの電話がなければ、とくにすることはない。それに、内輪で何度も話しているように、叔母か誰かが現れてドドの母親にこう言うかもしれない――あら、やだ、覚えてなかったの？　ドドをわたしたちと一緒に、週末にユーロ・ディズニーに連れていくって、話したじゃないの。こないだの晩、社交クラブであなたが四杯目のカクテルを飲んでいるときよ。

いずれにしろ、ボレッリ家についての情報を掘り下げるほかに、ピザネッリにできることはない。そこで、ここ二時間で三回目のトイレをすませ、署長に断って外出した。同僚たちもみな、それぞれ仕事があった。ロヤコーノとディ・ナルドはマンションで起きた窃盗事件の捜査で科学捜査研究所、ロマーノとアラゴーナはドドの学校と母親宅へ向かった。

新聞を読むふりをして正面の建物を見張る傍ら、防犯カメラを見上げたドドのことを考えて胸が痛くなった。生真面目な表情と澄んだ黒い瞳が、息子のロレンツォの幼いころによく似ている。ロレンツォと最後に話したのはいつだろう？　もう一週間も前だ。電話をしなくては。あまり間隔を空けると、カルメンに叱られる。

人目につかずに放尿できる物陰を探した。どうせ、二滴かそこらしか出ないのだが。いつもそうだ。バールに入って飲みたくもないコーヒーを注文してトイレを使う手もあるが、そのあいだに彼女が外出してはまずい。リスクを冒したくなかった。

ピザネッリの妻カルメンは、おっとりして心の広い、とびっきりの美人だった。知り合ったのは、もはや前世のように思える二十歳のとき。共通の友人に簡単に紹介されて挨拶を交わしておずおずと握手をし、好奇心を起こしたときの癖で小首を傾げてこちらを見つめる黒い瞳を覗き込み、パイプオルガンの奏でる和音のように深く豊かな声を聞いたとたん、恋に落ちた。恋に落ちて以来ずっと、カルメンに絶えず話しかけ、カルメンはそれに答えてくれる。たとえ、この世にいなくても。

カルメンに仕掛けられた時限爆弾は、ピザネッリのそれよりおよそ三年早く爆発するようセットされ、正確に作動した。ジョルジョ自身はあきらめていなかったが、病がいずれもたらす激痛を恐れ慄くカルメンを前にして、苦しみながら死なせることは決してしないと、涙ながらに誓った。カルメンが苦痛に立ち向かおうとしないことが、ジョルジョには意外だった。

いまや親友となったレオナルド神父は、そうした例は珍しくないと言う。救いようのない苦悩を前にしたときに、人は強さか弱さかのをどちらかを示し、早く世を去ることを選ぶ人もいる。己の内側を蝕《むしば》む悪魔を出し抜いて、定められたときが来る前に光に満ちたあの世へ行くことを選ぶのだ。レオナルドがそう語ったのは、ふたりでカルメンを思い出しているときで、どちらの目にも涙はなかった。なぜなら、ピザネッリは昼日中でも夢のなかでもカルメンに会うことができるし、神父はカルメンをなぐさめ、力づけ、最後まで信仰を支えたからだ。ふたりは病床のカルメンを通して知り合い、そのときに培われた強い友情はいまだに続いている。カルメンが大量の鎮痛剤を飲んで永久の眠りにつく前にくれた、最後のプレゼントだった。

レオナルドは正しい。夫や息子をいくら愛していても、痛みへの恐怖が生きる意欲を奪うこともある。耐えられないほどに痛みが激しくなったら、自分の手でけりをつけてやろうと、ピザネッリは覚悟を決めていた。だが、カルメンは夫に先んじた。

建物の玄関ホールに人の気配を感じてピザネッリははっとしたが、肉屋の店員が管理人と世間話をしているだけだった。

苦しいときは逃げ出したい誘惑に駆られることを知っているからこそ、ピザネッリはここに来た。国家警察の副警視正ジョルジョ・ピザネッリは、憎き自然が定めた刻限を待たずして自分を地上から消し去りたい願望と、日々闘っている。まだ、そうするわけにはいかない。いまはできない。その前に決着をつけたいことがある。殺人犯を見つけなければならない。

カルメンが命を絶った翌日、退職して北部で一緒に暮らそうという息子の誘いを断ったあと、妻の声と気配が満ちているやけにがらんとしたアパートメントでピザネッリは自問した。なぜ、人は自殺を決意するのだろう？　自殺する勇気をどうやって得るのだろう？

ピザネッリは両親や祖父母同様この管区で生まれ育ち、ずっと管区を見てきたので、特有の習慣や特殊性なども含めて自分の掌のように知り尽くしている。近隣は慣れ親しんだ巨大な動物、たまに目を覚ますほかはときどき痙攣して眠りこけている動物みたいなもので、その息遣いまで知っている。見かけどおりではない自殺があることに気づいたのは、そうした事情があったからだ。

それは、四人の同僚――いまでもなつかしさを覚えずにはいられない四人の同僚が、押収した薬物を密売して騒動を起こす前の、のんびりした朝のことだった。カルメンを失ったばかりのピザネッリは、重い心でぼんやりと書類をめくっていた。すると、ここ十年間は異常に多くの自殺が管内で発生していることに気づいた。どれも適切に扱われ、きちんと捜査をしたうえで、解決済みの書類がファイルされている。各人がもっともな動機を持ち、遺書を残し、それぞれ異なる方法で命を絶っていた。表面上はごくありきたりの自殺だ。

だが、ピザネッリは直感した。これはどれも自殺ではない。

それを当時の署長に説明しようとしたが、抜け目のない実務家で、頭の固い老署長は突飛な仮説に耳を貸さなかった。そうこうしているうちに、ろくでなし刑事たちが不祥事を起こし、誰も老警官の妄想にかまうどころではなくなった。新しい署長のパルマは非常に優秀で、自由に調査をさせてくれるものの、それは親切心と敬意によるものであって、仮説を信じている様子はない。だが、ピザネッリはどれもが他殺であると信じて疑わなかった。カルメンの例があるからだ。

死にたくなるのは、心底恐怖を覚えたときだ。気が滅入る、人生に張り合いがない、貧困にあえいでいる、孤独で寂しい、年金が乏しいなどは、自殺する動機にはならない。強い恐怖を覚えて初めて、自殺する勇気が出る。とてつもなく大きな勇気が出るのだ。

それを話すと、レオナルドは澄んだ青い瞳に悲哀を込めて反論した。そうではない、孤独こそが人生最大の敵だ、多くの哀れな人々は、自分を取り巻く沈黙に耐えられなくなって自ら命を絶つことを選ぶ。時間はあっという間に過ぎていくものだが、ひとり寂しく暮らしているときの時間は決して過ぎていかず、筆舌に尽くしがたい苦悩と不安をもたらす。神はその限りない慈悲を以て……、それらの不幸な人々をお赦しになり……、彼らを天国に迎え入れ……。だがピザネッリは、何者かがそれらの人々を神の前に押しやったことを確信していた。

そこで、経験豊富な警察官特有の注意力を発揮して、周囲の人の証言や噂話、不況で倒産に追い込まれた店の話、偶然目にしたことなど、些細で一見無意味な情報をこつこつと集めて、パズルを組み立て始めた。やがて自宅の壁は新聞の切り抜き、手紙、短い遺書のコピー、遺体の写真で埋め尽くされた。仕事場の壁も同じ状態になり、冷笑とあざけりの的になった。だが、ピザネッリは情報を掘り下げ、頑なに試行錯誤を繰り返してパズルの断片を緻密に組み合わせていった。耄碌《もうろく》したと周囲に思われても、気にならなかった。少なくとも、干渉する者はいなかった。ただし、アラゴーナは例外だ。

アラゴーナは粗野で自分勝手で傲岸《ごうがん》、そして差別と偏見に満ちた典型的な出来損ない警官だ。そのうえ、あだ名をつけることとテレビドラマに執着しているが、不思議と憎めなかった。人工的に日焼けを施した肌と許しがたいティアドロップ・サングラスの下に、ダイヤモンドの原石のような才能と自由潑溂とした知性が隠されていて、優秀な刑事になる予感がある。ただし、セルピコの真似をやめたらの話だ。

目当ての女が現れた。共同玄関を出るとまぶしそうに目を細めて、立ち止まる。六十前のはずだが、老婆にしか見えない。乱れた髪、よれたセーター、使い古したバッグ。管理人はちらりと見ただけで、「こんにちは」のひと言もない。女は足を引きずって、広場を目指して歩き出した。

ピザネッリは捜査を新たな段階に進めていた。長年のあいだ、〝自殺者〟たちのうまくいかなかった人生や度重なる不運、謎を残す最期に推測を巡らせて調べてきたが、この常套《じょうとう》手段を捨てて、次の犠牲者を特定することにした。ここ数ヶ月はこれまでの〝自殺者〟の住所を地図に書き込んで、彼らを結ぶ糸を見つけることに専念し、捜査の範囲を狭めた。続いて管内の処方箋薬局をひとつ残らず当たって、向精神薬の使用者並びに使用量の増加した人物を探した。正攻法とは言えないが、ひとつの方法には違いない。

その結果行きついたのが、マリア・ムゼッラ、五十八歳だった。十年前に他界した夫の遺した小さなアパートメントに住んで、わずかな遺族年金で食うや食わずの生活を送り、かかりつけの医者を拝み倒して処方箋を出してもらい、眠るための薬を入手している。友人はなく、ビンゴにも行かない。市場での買い出しを週二回にして節約に努めている。きょうがその買い出しの日で、ピザネッリは彼女を間近で観察するために待っていた。マリア・ムゼッラは、虚しく寂しい孤独な老年期に向かって進んでいる。

マリア・ムゼッラには、犠牲者になる条件がそろっていた。

ピザネッリは少し時間を置いて新聞を小脇に挟み、気づかれない程度の距離を保って同じ方向へ進んだ。もっとも、踵を踏みつけたところで気づきそうもなかった。

マリア・ムゼッラに接近する人物がいないかと、ピザネッリは窺っていた。殺すためには接近せざるを得ない。友人や知人との出会いが起こり得ない彼女に接近する人物は、殺人犯である可能性が高い。むろん、さらに調べを進め、証拠をふるいにかけなければならないが、出発点になる。これを足掛かりにして、前進することができるだろう。

マリア・ムゼッラが買い出しを終えてアパートメントに戻ってから、バールで用を足すことにした。いまは、尾行が最優先だ。自然も時限爆弾も、あとまわしだ。

レオナルドに進展を報告するのが、いまから楽しみだった。あとで修道院に寄ってもいい。行方不明の少年についてニュースがあれば、オッタヴィアが携帯電話にかけてくることになっているので、その場合は延期する。焦らなくても、レオナルドはいつも時間を作って話に付き合ってくれる。どのみち、二日待てば恒例の〈イル・ゴッボ〉での昼食で会うことができる。

マリア・ムゼッラは、八百屋の色とりどりの果実の前で立ち止まった。容赦なく照りつける五月の陽を浴びた果実が、万華鏡のように光り輝いて歓喜を振りまく。タンクトップを着た少年が四人、露店や野菜の入った箱、大型のゴミ収集箱、駐車中や運転中のミニバイクに囲まれた即席サッカー場でボールを追いかける。道路に面したアパートメントではラジオが現代ナポ《カンツォーネ・》リ民謡《ネオメロディカ》を大音量で流し、その前で肥満体の女が新鮮なエンドウ豆の莢を剝く。広場のあらゆるところで生命が荒々しく鼓動を打ち、彩りを与え、悪臭を放っていた。

死にたいとは思っていないのだろう、マリア・ムゼッラ？　買い出しや料理をし、食事を取り、朝になれば起きる。だったら、死にたいわけがない。生きていたくないと思うときがあっても、死にたくはない。この違いは、決定的だ。

ピザネッリは、ふとドドを思った。きみはどこにいるのだろう。無事を祈っているよ。

ときは五月、世界はひときわ美しい。

第十八章

五月を信用してはならない。

五月はすぐに裏切る。一瞬目を逸らせば、迷えば、一度余分に笑えば、五月は裏切る。

五月は、この街で背後から忍び寄る術《すべ》を知っている。こっそり来て、電光石火の早業で、どこかほかの場所、ほかの時代にいると信じ込ませる。しなやかな触手で絡めとり、なにもかもが順調で前と同じだと信じ込ませる。

実際は、違うのに。


その朝ティツィアーナは、仕事に遅れそうになっていた。昨夜、くだらないテレビドラマを愚かにも遅くまで見ていたために、一時間も寝坊してしまったのだ。

遅刻しようものなら、オフィスで悲惨な目に遭う。一番の新米だから、どんな小さな失敗も許してもらえない。新米は常に下に見られ、もっとも面倒で退屈な仕事が割り振られると相場が決まっている。

だがティツィアーナは、仕事が必要だった。あのろくでなしは、一年間も養育費を払わず、電話にも出ない。非通知でかけても、なぜか見抜く。悪知恵の働くクズだ。それに、フランチェスカは常になにかが入用だ。靴は三ヶ月に一回そっくり買い替えるし、季節が変われば上から下まで服をそろえ直さなければならない。四歳だから、しかたがない。この年齢ではそんなものだろう。

ベビーベッドの横を小走りに過ぎながら、フランチェスカの頬を撫でた。母親に立ち戻って、ふと心配になる。最近、ぼんやりしていてあまりしゃべらない。でもきっと、ただの風邪だろう。

キッチンに駆け込んだ。父親がコーヒーを用意してくれていれば、飲む時間が少しある。コーヒーの香りがした。キッチンには父親がいた。よく気のつく父親は言った。ビスコッティも食べなさい。なにか腹に入れなくちゃ。さもないと頭痛が起きるぞ。ティツィアーナはうなずいた。パパがいてくれて、ほんとうによかった。ここに住まわせてもらえて、わたしもフランチェスカも大助かりよ。

この家は、どのみちおまえとかわいい孫娘のものになるのさ。おまえの母親があんな……ティツィアーナは父のざらざらした頬にキスをした。母の思い出がよみがえるたびに、父は涙を浮かべる。

考えないようにしましょうよ、パパ。いま、わたしたちは一緒にいるじゃない。もうしばらくしたら、三人で海に行かない？　楽しいひとときを過ごすのよ。そのくらいしなくちゃ。ごめん、大急ぎでオフィスに行かなくちゃ。フランチェスカの服にアイロンをかけておいたわ。

だから、お天気が悪くならなかったら公園に連れていけるわよ。

父親に投げキスをして、ティツィアーナは出勤した。父親は娘が上着をひるがえして角を曲がるまで、見送った。ため息をついて、頭を振る。かわいそうな娘、なんて人生だ。面倒を見てくれる父親がいて、運がよかったな。

足音を忍ばせて、フランチェスカの様子を見にいった。フランチェスカ、眠っているのかい？　寝たふりをしているな。ほんとうは遊びたいんだろう？

ベビーベッドに近づいて、ズボンのジッパーを下げた。


五月を信用してはならない。

五月は己の正体を偽る術を知り、冬の尻尾と夏の鼻先のあいだにぶらさがっている。正体を偽って、思いや願望の裏に潜み、必死になって描いた幻想を刃《やいば》に変えて背中に突き立てる。

五月はあるかなきかのかすかな香りで人を惑わせ、そのほくそ笑みを隠す。気づいたときは手遅れだ。

五月は鋭い刃のひと突きで、命を奪う。


チーロは善良な青年だ。だが、荒《すさ》んだ界隈に住んでいる。

そこで悪い仲間から距離を置き、引きずり込まれないように用心していた。電車の運転士をしている父親は、割増手当の出る深夜や早朝に勤務をして家族を養っている。そんな父親に余計な心配をかけたら、自分自身を許せなくなる、チーロはそう思っている。饒舌な性質ではない父親は、折に触れてぼそっと言う。ああいうワルたちは誰にもかばってもらえない、なにか面倒を起こしたら刑務所にぶち込まれ、二度と出てこられない。たとえ雀の涙ほどしか稼げなくても、一生懸命働いて正直に生きろ。

オートバイや高価な靴、流行の服を買う金は、強盗やかっぱらいをすれば簡単に手に入る。チーロはそんなことは百も承知だ。だが、簡単に手に入れた金が長持ちしないことも、承知だった。いまみたいにバールに勤めて、夜明け前に起き、コーヒーを載せた盆を掲げてオフィスへの階段を上り下りしているほうがずっと確実だし、ちっとは長生きできるかもしれないぞ。父親はぼそっと言い、チーロはうなずく。

チーロは善良な青年だ。

やがて、ひとりの娘と知り合った。繁華街の目抜き通りにある婦人服店の店員で、その近辺にはしょっちゅうコーヒーを届けていた。初めのうちはショウウィンドウの前を通るたびに、互いににっこりする程度だった。そんなある日、チーロはにっこりした拍子につまずき、コーヒーや水、勘定書きを道路にぶちまけた。最悪だ。そこへ彼女が店から走り出て、歩行者の足のあいだに転がったあれこれを一緒に拾い集めてくれた。一年前の五月のことだった。五月に初めて言葉を交わすのは、最高だ。五月は世界が光り輝いている。

デートをするようになってから、ちょうど一年経った。チーロはお祝いをしたかった。友人たちはガールフレンドに洋服や宝石などを次から次にプレゼントする。手っ取り早く稼いだ金で、いとも簡単に。だが、善良なチーロはそんな類の金は持っていないし、これからも持つことはないだろう。

そうは言っても、なにもしないで五月が過ぎていくのはいやだった。彼女が息を呑むようなプレゼントをしたかった。五月はふたりにとって特別な月だし、彼女は世界で一番美しい。そして、自分が初めて手に入れたたったひとつの美しいもの、たったひとつの幸運だ。

チョロいもんだぜ。ゆうべ、連中はパブでうそぶいた。その宝石店ってのは目立たない場所にあって、おまけに店の前の道がおれたちの縄張りに通じているから、車がなくても十メートルかそこら逃げたら誰にもつかまらない。この一年で五回もやったよ。ATMと同じさ。しまいには十二歳のガキたちまで一緒に来たんだぜ。それに洗いざらい盗むんじゃなくて、一個か二個、失敬するだけだろ。追いかけてもこないさ。店にいるのは店主の息子で、年はおれたちと同じくらいの腰抜けだ。いつも縮みあがって、カウンターの下に隠れちまう。

善良なチーロは、五月にガールフレンドを特別に喜ばせたかった。五月はふたりにとって特別な月なのに、指輪ひとつ買う金もない。一度きり、たった一度きり。危険も恐怖もなしに、たった五分で彼女を喜ばせることができる。一生忘れないであろう彼女の笑顔が手に入る。たったの五分だ。

マルコは善良な青年だ。あまり勇敢ではない。だが、警官やトラの調教師ではなく、宝石商だから問題はない。勇敢でなくとも、宝石を商うことはできる。勇敢でなくとも務まるはずだった。そもそも好きでこの仕事に就いているのではない。父親ががんを患って店に下りてくることができなくなったので、やむなく肩代わりした。

マルコは善良な青年だ。だが、いやいや仕事をしていることを、悪い連中は見抜いたのだろう。一年足らずのあいだに、五回も強盗に入られた。バットでショウウィンドウをたたき割られたのが一回、カミソリで脅されたのが一回、そして銃で脅されたのが三回。モデルガンだったのかもしれないが、覆面をしたやつに黒い物体を顔に突きつけられたら、誰だって縮みあがる。マルコは命が惜しかったから、強盗に命じられるままにカウンターの下に伏せた。ああした連中はヤク中だから、気をつけろよ、マルコ。父親はそう忠告した。一度など、クソったれの悪党どもは笑っていたようだった。

マルコは善良な青年だ。だが、今回は準備がしてあった。悪党は店に入ってくるなりわめいた。おとなしくしろ、バカな真似はするな。そしてカウンターに置いてあった指輪を一個取った。マルコは、冗談かと思った。高価な品がいくらでもあるのに、そいつが取ったのは小粒のダイヤが一個ついた安物で、手にしているのは料理用のナイフ。マルコはいつものようにカウンターの下に伏せた。ただし今回は、カウンターの下に銃が隠してあった。正規の手段で購入して携帯許可を取り、装塡していつでも撃てるようになっていた。マルコは善良な青年だ。だが、ついに堪忍袋の緒が切れて強盗の腹に弾を撃ち込んだ。五月にガールフレンドの特別な笑顔が見たかった善良なチーロは、腹にスイカくらいの穴を開けられて、ショウウィンドウの外に吹っ飛ばされた。

チーロとマルコ。ふたりとも善良な青年だ。だが、この街の五月はなにが起きても不思議ではない。

五月は食わせ者だ。

魔法を使って魅惑する、性悪だが愛想のいい食わせ者だ。蛇のように狡猾で、目の前にある美しいものが永久に存在すると錯覚させる。

五月は美しい旋律を奏でる。昔からある歌を新しい歌だと偽って、人を虜《とりこ》にする。

五月は人をじわじわと底なしの深淵に追いやる。


ペッペは眠かった。

いつも眠い。わずかばかりの金を余分に稼ぐために夜勤を選ぶ人、いや人々は次第にそれに慣れていく。草原を駆け巡る荒馬のごとく不景気の風が吹き荒れ、数ユーロのために暴力沙汰が起きるこのご時世だ、手配師の戸口には行列ができ、誰もがこぞって夜勤を志願する。

ペッペも行列を作ったひとりだ。金が足りたためしがなく、わずかでも余分に稼ぎたかった。だが、どうしても夜勤に慣れることができないでいる。夜勤の翌日は頭痛が止まず、一日じゅうゾンビみたいな恰好でふらふらしている。

そもそもガードマンになるつもりは、まったくなかった。こんな危険な仕事はまっぴらだ。夜学に通って会計士になり、叔父の経営する会社に入って、昼間は働き、夜は寝るというふつうの生活を送って成功を収めるはずだった。だが、妻のルチア、通称ルーシー――当時は妻ではなく、単なるガールフレンドだった――は、生理の周期を偽ってまんまと妊娠に成功した。おまけに生まれてきたのは、双子だった。成功する夢、吹けば飛ぶような小さな会社の会計士になるというささやかな夢は消えた。

この職にありついただけでも、満足しなければいけないのだろう。仕事はきついが、家にはパパのことが大好きないたずらっ子ふたりと、美貌と豊満な肉体を持った妻のルチア、通称ルーシーが待っている。ルチアと行き会った人は誰もが、とくに男は例外なく振り返って盗み見る。せいぜい目の保養をするがいい、夢見るがいい。この神の賜物を今夜丸ごとベッドに持っていくのは、このおれだ。

もっとも夜勤があるから、毎晩というわけにはいかなかった。実のところ、そうした夜はめったにない。でも少なくとも、親が双子の面倒を見てくれるときに、妻をピッツェリアや映画館に連れていくくらいのことはできる。男はパンだけのために生きているのではない。そうだろう？　それは、女も同じだ。

そうこうするうちに、五月が巡ってきた。五月には、強い潮の香を伴った海風と、田園地帯から吹く風とが混ざって大気のちりやスモッグを吹き飛ばし、欲望をかき立てる夜がときどきある。

そこで、ペッペはサルバトーレに数時間勤務を代わってもらい、家に帰って妻のルチア、通称ルーシーと手早く愛を交わすことにした。あのセクシーな薄いネグリジェを着ているところを見たのは、もう一週間以上前だ。大学生の息子を持つサルバトーレはいつも金欠だから、見返りにいくらか渡さなければならないが、払う価値はある。とりわけ、男が窓の下で恋人に歌を捧げた昔と変わらずに、花の香と甘い歌声が春の風に混じっている夜なのだから。ペッペは足音を忍ばせてアパートメントに入った。双子を起こしてしまうと、再び寝かしつけるまでにひと晩じゅうかかり、ルチアの希望どおりにバラ色の壁紙を貼り、二ヶ月後にようやく月賦の支払いが終わる家具を備えた寝室でのお楽しみはお預けになる。ペッペはルチアがまだ起きていることを願った。予想外の時間に帰宅して、眠っている彼女を驚かせたくなかった。

ルチアは起きていた。起きていて、下の階の隣人ルイージに馬乗りになって、お楽しみの最中だった。離婚して独り身のルイージは会計士で、昼間に働き、夜は時間がある。ペッペは銃を抜きながら、思った。やっぱり夜学に通えばよかった、会計士になっていれば、夜勤をしないで美人の隣人と不倫ができたのに。

ネグリジェについては後悔した。目の玉が飛び出るほど高かったそれはルチアによく似合っていたが、何ヵ所も穴が開いて血まみれになってしまった。ルイージの頭みたいだ。なあ、会計士、額に穴が開いているときはどうやって計算をするのか、やってみせてくれ。

ペッペは激しい睡魔に襲われた。まいったな、眠くてたまらない。

きっと、五月の空気のせいだ。

五月にたぶらかされてはならない。

しつこく居残る冬の寒さに慣れていると、不意を衝かれる。五月の甘い空気は、想像以上の悪さをする。

十五歳のシルヴァーナは、髪をセットしてもらったばかりだった。金曜日のきょうは夜に外出の予定があり、とくにきれいにしていたかった。

銅色《あかがね》のハイライトの入った金髪は、シルヴァーナの緑色の瞳を際立たせる。ただ、少し癖毛なので、湿度の高い日はスタイルを保つのが大変だ。三秒もすれば、波打ってしまう。いまはストレートな髪が流行だし、男の子たちはシルヴァーナが豊かな金髪を腰までまっすぐに垂らしているのを喜ぶ。

シルヴァーナは美容師たちに手を振って、美容院をあとにした。今度来たときに、デートの首尾を教えるわね。マニキュアとシャンプーをしてもらうあいだに、シルヴァーナは全部話した。最近、すごく興味を示してくる男の子がいて、しかも完璧に好みのタイプ。きょうは特別きれいにしてて。絶対にボーイフレンドにするわ。話しかけてこなかったら、女友だちに頼んで紹介してもらう。絶対に逃がさない。

五月はやり直しを認めない。なにかを始めるにしろ、終わりにするにしろ、五月ほどもってこいのときはない。

シルヴァーナはヘルメットを腕にぶらさげて、スクーターに乗った。せっかくきれいに整えた髪を、ヘルメットで台無しにしたくなかったのだ。きょうはとりわけ風が気持ちいいし、家はすぐそこだ。遅くなった。急いで帰って、外出の準備をしよう。

今夜は、これまでで最高にきれいでいたい。

マッテオは車の窓を二つとも開けて、空気を通した。いいにおいだ。なんてゴージャスな日だ。この街についてなにを言おうと自由だが、五月のこの街が素晴らしくないとは絶対に言わせない。

音楽を聴こう。友人たちと待ち合わせている海辺のシャレーまでほんのわずかな距離だが、音楽を聴きながら行こう。

片手でハンドルを握り、グローブボックスに手を突っ込んでCDを漁る。これはだめ、こっちは古くさい、こっちは五月って感じじゃない。あった、これがいい。

これがぴったりだ。

マッテオの車は坂を下り、シルヴァーナのスクーターは坂を上る。マッテオはCDのラベルに視線を落とした。車が内側に寄る。風に髪をなびかせたシルヴァーナは地面の穴を避けた。スクーターが内側に寄る。

マッテオとシルヴァーナ。

だから、五月を信用してはならない。

たとえ、ほんのわずかでも。

第十九章

ロヤコーノは、広域科学捜査研究所に行くのが憂鬱だった。前回アラゴーナと訪れたとき、分署の名を出したとたんに、けんもほろろに扱われた苦い経験が尾を引いている。

ピッツォファルコーネ署の名は、容易に消せない汚点として市警察の人間の心に刻み込まれている。その不祥事は警察のイメージを大きく失墜させ、ことあるごとに警察を非難する輩《やから》が新聞やテレビ番組で嬉々として取りあげる話題となって久しい。だから、騒動を起こした刑事たちの後任者に、嫌悪と疑いの目が向けられるのは無理からぬことだった。

前回は科捜研の協力を得るために、やむなくピラース検事補の力を乞うた。友情を仕事に利用するのは気が進まなかったが、うしろめたさよりも事件の解決を優先した結果、門戸は大きく開かれた。有能で仕事熱心なロザリア・マルトーネ管理官がピラース検事補の口添えに影響されたとは考えられず、注意を喚起されただけだったとしても。

ロヤコーノは、車中でこの一件をアレックスに語った。窃盗事件の捜査をすることで行方不明の少年からいっとき心を逸らすことができ、ふたりともいくらかほっとしていた。

熱心に耳を傾けていたアレックスは、言った。

「ろくでなし刑事たちの不祥事は、ほんとうに腹立たしくて。それにしても、オッタヴィアとピザネッリ副署長はあのとき同じ職場にいたのに、決して四人の悪口を言いませんよね。それぞれにやむを得ない事情があって薬物を密売したみたいな言い方をする。なにがあっても、正当化できない行為なのに。四人とも人間のクズだわ」

ロヤコーノは窓から入ってくる春の風を楽しみながら、ゆっくり車を進めた。

「さあ、どうだろうな。つまり、おれたちひとりひとりのことを考えてみると、みんななんらかの形でいささかろくでなしじゃないだろうか。たとえば、おれはマフィアの内通者と言われている。それに、ロマーノは容疑者を痛めつける警官。視点を変えると、物事は違って見える。そういうことだ」

「ありがとうございます。わたしが前の署で発砲したことに触れないでくれて。たぶん、警部が正しいんでしょう。全部が見かけどおりとは限らない。たとえば、このマンション泥棒の件も。あの夫婦は明らかに様子がおかしかったし、夫は正直に話していないと思う。ほんとうに金庫に高価な品が入っていなかったのなら、なぜ泥棒はそれしか盗まなかったのか。なぜ夫は動転しているのか。妙ですよね」

「うん、あのふたりは様子がおかしかった。もっとも、泥棒とは関係なくいつもそうなのかもしれない。さて、科捜研の意見を聞くとするか。できれば、マルトーネ管理官と直接話したいな。このあいだの間抜け野郎の相手はごめんだ」

科捜研の入っている旧兵舎に到着した。職員専用のスペースに車を止め、守衛の視線を撥ね返して、これ見よがしに警察の標識をダッシュボードに置く。

内部は相変わらず、いかにも有能な雰囲気を発散していた。私服、制服、あるいは白衣姿の男女が書類、ラベルをつけた証拠品、試験管などを持って、広々した廊下の両側に並ぶ部屋を出入りする。無駄話に興じたり、コーヒーを飲んだり、ポケットに手を突っ込んでぶらぶらしたりする者はひとりもいない。よそとは大違いだ。誰もが仕事に打ち込んでいた。

ロヤコーノの名を聞いた受付カウンターの警官は、リストを調べて言った。

「はい、マルトーネ管理官がお待ちです、警部。廊下の突き当たりの部屋です」

ピラースの口添えはまだ効果があるのだろう、管理官と直接話すことになった。

前に来ているロヤコーノは、さっさと廊下を進んである一室のドアをノックし、入室の許可を求めた。「どうぞ入って」と、女性の声が応じた。

アレックスはのちのち、折に触れてはこの日を振り返り、いつかどこかで読んだ言葉を思い出す――人生における重要な出会いは予期せずして起こり、往々にして気づかれることなく過ぎてしまう。だが、この日以降はそんなことはないと思っている。

警部はあのとき、ドアを開けて室内に数歩入り、会釈をした。おはようございます、管理官。それから一歩脇に寄って、アレックスを紹介した。同僚のディ・ナルドです。パラスカンドロ家の窃盗の件で来ました。

中庭に面して大きな窓のある、広くて真っ白な部屋だった。ソファとコーヒーテーブル、壁際に肘掛椅子二脚というインテリアは、SF映画を連想させる研究所の内部というよりはふつうの家の客間に近い。アレックスの視線が、大きなデスクに向かう。ノートを広げてペンを手にしている女性がいた。重要な出会いに関して述べたあの言葉と反対に、急に鼓動が早まった。すぐに悟った。ロザリア・マルトーネ——広域科学捜査研究所の管理官、ローマからシチリアにかけてのこの分野で最高の権威者は今後ずっと、自分の人生を大きく左右する存在になる。この先、二度と会う機会がなかったとしても。

激しい感情に揺さぶられ、警部のうしろで立ち尽くした。マルトーネが顔を上げ、優雅な手つきで眼鏡をはずしかけて手を止め、アレックスをまじまじと眺めた。

マルトーネは管理官という階級に比してかなり若く、おまけに繊細な容貌と小柄な体格が手伝って、実際の年齢よりもさらに下に見える。つややかな濃い金色の髪が、日焼けした肌によく似合っていた。年若い娘のような風貌に惑わされてマルトーネを見くびった結果、高い代償を支払った者はひとりならずいる。実際は鋭い知性に支えられて気が強く、辛辣でもあるとあって恐れられ、あまり人気がなかった。

互いの視線が絡み合い、ロザリアは勢いよく立ち上がった。その様子を見て、ロヤコーノは言った。

「知り合いだったんですか」

マルトーネは好奇心をむき出しにし、近づいてきた。

「いいえ。でも、名前は知っていたわよ。デクマノ署の建物内で発射された弾の弾道検査を、毎日するわけではありませんからね。あなただったのね」

アレックスは頬が熱くなり、そんな自分に腹が立った。返答はとげとげしくなった。

「発砲の動機はさまざまです、管理官。研究所で勤務をしている警官には、理解しがたいと考えますが」

その口調は、マルトーネが抱いたアレックスの第一印象を裏づけた。マルトーネは手を差し出した。

「正論ね。では、互いに補い合いましょう。ロザリアよ、よろしく」

「アレッサンドラ・ディ・ナルド巡査長補です」

いつもは堅苦しい管理官の親しげな口調が、ロヤコーノは意外だった。

ロザリアの握手は、ほんのわずか余分に長かった。乾いた手のぬくもりと指先に加えられた微妙な圧力を感じたとたん、アレックスはうなじの毛が逆立った。ロザリアはソファと肘掛椅子を示した。

「そちらへどうぞ。報告書を用意するわ。パラスカンドロだったわね？」アレックスもロヤコーノも、デスクへ戻るマルトーネの白衣の下で動く、引き締まった臀部に視線を吸い寄せられた。「変な泥棒——現場を担当した課員や検査技師たちはそう呼んでいるわ。いかにも変」

ロヤコーノは質問した。「いかにも？　また、どうしてです？」

マルトーネは報告書を手にして、肘掛椅子に座った。

「こういうことよ。道路に面した表玄関と守衛室には、押し入った形跡がない。これはまあ、納得できるわね。さて、二階について。掲示によるとエレベーターは一ヶ月半前から故障中。したがって、階段を利用する人が少なからずいるから、見慣れない人物がドアの前でゴソゴソやっていたら、見咎めたと思う。ここも、こじ開けた形跡はなし。パラスカンドロ夫妻は、アパートメントの玄関ドアが開いていたと供述している。鍵を持った泥棒がなんの障害もなく侵入し、ドアを開けっぱなしにして出ていく。あまり聞いたことがないわね」

アレックスは喉がからからだったが、空咳をして声を絞り出した。

「盗品を山ほど抱えていて、手がふさがっていたのでは?」

「だとしても、どんな盗品? ここが一番興味深い点よ。犯人は、衣装簞笥や戸棚、引き出しをひとつ残らず開けて中身をそっくり出し、結婚前の財産目録を作るみたいに床に並べた。あげくにそっちは全部残して、金庫の中身を持っていった。そのどれも嵩張る品ではなかったはずよ」

ロヤコーノは集中しているときの常で、眠れるチベット人といった態だった。もっとも、アレックスに視線を釘付けにしているマルトーネは、気づきもしなかった。

「要するに、金目のものは盗まれていないということか。それは最初に現場検証したときも感じました」

「ええ、間違いないわ。そして、現場で調査に当たった鑑識員の話や報告書の写真を総合すると、不思議なことに衣装簞笥などを全部空にしているけれど、荒らしてはいない。じつにお粗末なやり方だけど、物色したように見せたのではないかしら。たとえば、ナイトテーブルの上の財布は中身を展示するみたいに、開いて置いてあった。インターネットで詐欺が横行している時代なのよ。財布に入っていた何枚ものクレジットカードは、黄金同様の価値があるわ」

ロヤコーノはうなずいた。

「金庫についてはどうですか」

「モットゥーラ社製五十×五十センチ、鍵とコンビネーション錠併用。最新型ではないけれど、頑丈よ。ボルトでしっかり固定してあるから、はずして運び出すことはできない。実際、酸化アセチレンを使って開けている」

「どんな方法ですか?」アレックスは訊いた。

「アセチレンガスと酸素を使って切断する」ロヤコーノが説明した。「ただし、時間がかかる」

マルトーネは相槌を打った。

「ええ、そうね。犯人は邪魔が入らないことを知っていたのかしら」

「犯人の指紋や生体残留物は?」

「いまのところ、見つかっていないわ。検出できた指紋は、夫妻とお手伝いのものだけ。しかも、お手伝いの指紋はかなり前のものだった。一番新しいのは、奥さんよ」

マルトーネは口をつぐみ、刑事たちは思案にふけった。この窃盗事件は、辻褄の合わないことが多すぎる。

マルトーネが話を再開する。

「わたしだったら、夫妻についてもっと詳しく調べるわ。保険金の詐取を企んだように見えるけれど、どうかしら」

ロヤコーノは首を横に振った。

「いや、それはこちらも考えましたが、保険には入っていなかった。最新型の警報装置が取りつけてあったが、スイッチを入れ忘れていた」

マルトーネは眉をひそめた。

「そうだったの。やはり夫妻について調べるべきね。なにか隠れた事情があるのかもしれない」

ロヤコーノは腰を上げた。

「感謝します、管理官。早々に検査結果をいただけて助かりました」

ロザリアも立ち上がった。

「どういたしまして。ディ・ナルド刑事、電話番号を置いていってくれる？」ふたりの刑事は顔を見合わせた。「さらに詳しい検査をしていて」とマルトーネは説明した。「場合によってはもう一度、課員を現場に行かせるかもしれない。早急に連絡を取りたいときに、多忙な警部をわずらわせては申し訳ないでしょう。こうした事件のときは、部下に連絡する慣例になっているの」

アレックスが赤くなって小さな声で電話番号を告げると、マルトーネは窃盗事件の報告書にそれを書き留めた。

「ありがとう。有意義に使わせてもらうわ」

第二十章

ロマーノとアラゴーナをエヴァの待つ部屋に案内したアフリカ系のお手伝いは、終始沈痛な面持ちだった。この高級住宅街の慣習に倣《なら》ってエプロンと小さな帽子をつけた彼女は打ちひしがれるばかりで、表情を取り繕って挨拶をする気力もないようだった。

使用人たちには厳しく口止めしておいたのだろうが、敷地の入口のガードマンや管理人の目にはお手伝いと同じく、ドドの身を案じる思いが宿っていた。悪いニュースは悪臭のように拡散し、いつまでも漂う。

ボレッリ家――元チェルキア家のアパートメントのある区画にたどり着くのは、容易ではなかった。道路に面した狭い格子門を入り、木々に覆われた坂道を丘の中腹まで上ると、背の高い海岸松《かいがんしょう》に囲まれた三階建て邸宅三棟の前に出た。その中央の邸宅の三階がドドの自宅だった。

ここに着くまで、ふたりはほとんど口を開かなかった。

ドドの学校を訪問したものの成果はなく、これまでに判明したわずかな事実に付け加えることはほとんどないと言ってよい。六〇年代の瀟洒《しょうしゃ》な邸宅を近年改築した校舎には、中庭と体育館、食堂が備わっていた。そこを案内するシスター・アンジェラは以前にも増してつっけんどん、シスター・ベアトリーチェは以前にも増して途方に暮れていた。全生徒はおよそ二百人、五歳から十歳までが通い、行儀がよく、教師に従順だった。裕福な地区の裕福な子どもたちのための私立学校の典型だよな、とアラゴーナは皮肉を込めてロマーノに耳打ちした。生徒の外部との接触は厳しく制限されていた。スクールバスで帰宅しない生徒はひとつの部屋に集められて保護者か運転手の迎えを待ち、そのあいだはたくましいシスターが油断なく監視することになっている。ここから誘拐するのは困難だ、とロマーノは判断した。たとえば美術館見学などの機会を待つほうが、賢い。

ほかのクラスの担任や用務員、事務員たちにも聞き込みをしたが、誰もドドが家族以外の人間と話しているのを見ておらず、態度の変化にも気づいていなかった。ドドは幼いところがあって、学校によくおもちゃ——大好きなコミックのフィギュアを持ってくる、とシスター・ベアトリーチェは語った。でも、それ以外はごくふつうの十歳の男の子ですよ。

さすがのシスター・アンジェラも、いっこうに情報が入らないことへの不安を棘のある口調で訴え、その手は震え、刑事たちの目を見ようとしなかった。生徒が行方不明になった話が広まれば、学校は難しい立場に置かれる。警察の来訪は迷惑このうえなく、腹立たしい限りなのだろう。刑事たちが引きあげるときはいかにもせいせいしたふうで、車まで送ってきた。別れ際にその口から出たのは、ドドの身を案じる言葉ではなかった——くれぐれもこのことが世間に漏れないようにしてくださいよ。

アラゴーナは、シスターをやきもきさせてやりたくなった。

「まあ、やってはみるけど、こっちのできることには限りがあるからね」

ボレッリ家の客間の雰囲気は、学校のそれとは大違いだった。エヴァは前日の美術館とは打って変わり、自信たっぷりで苛立った態度は跡形もなく消え失せ、ひとりの母親として悲しみに暮れていた。息子の無事を祈ってまんじりともしなかったのだろう、目は腫れ、顔はやつれて一気に年老いたように見えた。ハンカチを握りしめて立ち上がり、刑事たちを迎えた。

「なにかわかった？　手がかりは？　学校に寄ってきたんでしょう？　シスターたちはなにも教えなかったんじゃない？　そうよね？　これが解決したら、目にもの見せてくれるわ。絶対に許さない。あんなろくでもない学校は閉校に追い込んでやる。学校に任せておけば安心だと思っていたのに、そろいもそろって無能なんだから。清貧の誓いを立てているのに、恥ずかしげもなく毎月さんざん搾り取っているのよ」

ロマーノは、いい知らせを持ち合わせていなかった。

「残念ですが、まだなにもわからなくて。学校には手がかりがなかった。息子さんはふだんどおりで、落ち着きがない、不安そうだ、などという様子はなかったそうです。誰もなにも気づいていない。そちらでは手がかりがありましたか？」

エヴァは肩を落とした。

「ないに決まっているでしょ。あったら、すぐに知らせています。分署でも話したけれど、友人やドドのクラスメイトの親のなかに、きのうの昼間ドドを見かけた人はいなかった。何食わぬ顔であれこれ訊くのは、大変だったわ」

アラゴーナはガラス壁の前に立って、ナポリ湾の絶景を眺めていた。春の大気は澄み渡り、紺碧の海のかなたに島影がくっきり見える。

一等巡査は室内に背中を向けたままで、言った。

「すごいなあ。こんな絶景は見たことがない。こんなところに住んでいたら、よそにバカンスに行きたいなんて思わないだろうな」

ロマーノはため息をついた——まったくもう、なんてやつだ。エヴァは憤激して、金切り声をあげた。

「こんなときに、不謹慎でしょ！　息子のことをしっかり考えて、さっさと見つけてよ！」

アラゴーナはエヴァをまっすぐ見た。

「あのね、しっかり考えているから、言ったんだ。ちなみに奥さんがもっとしっかり考えていれば、おれがそうする必要はなかった。子どもと引き換えに金を手に入れたかったら、こういうところに住んでいる子を狙うと思ったから、不謹慎なことを言ったってわけ。それで、奥さんはたんまり金を持っているんですか？　自分自身の金をって意味ですけど」

若い刑事の言葉はその場を凍りつかせた。ロマーノは歯ぎしりした。質問自体は妥当だが、訊き方というものがある。エヴァはぽかんと口を開けていたが、怒りを爆発させた。

「いますぐ出ていって！　二度と来ないで。あなたには想像もつかないような大物を何人も知っているのよ。あっという間に警察から追い出してやる」

アラゴーナはびくともしないで、おもむろにサングラスをはずした。

「お好きなように。断っときますけど、おれの代わりの刑事だって、もうちょっと言葉を選ぶにしても、同じことを訊くから時間の浪費だ。いま一番だいじなのは、時間ですよ。準備ができていなかったら、いざというときに動けない。それに間違った方向に動いて、貴重な時間を無駄にするわけにはいかない。だから、もう一回訊く。答えなくても、おれをここから追い出しても、国外追放させても、奥さんの自由だ。金を持っているんですか？　奥さんの金じゃなかったら、誰の金です？」

なかなかやるじゃないか。ロマーノは渋々ながらアラゴーナの根性を認めた。エヴァは全身の力が抜けたように、ソファにへたり込んだ。

「あなたって失礼きわまりない人ね。力いっぱい尻を蹴飛ばして、追い出してやりたい。でも、捜査を妨害していると思われたくないから、答えるわ。わたし自身にお金はない。パートナーのマヌエルも持っていない。この家は父のものだし、マヌエルは、わたしが父と口をきかないから、代わりに知らせにいっているわ。この家は父のものだし、生活費は父とドドの父親から出ている。ふたりとも莫大な資産を持っているのよ。父は、六〇年代から七〇年代にかけてこの街を作りあげた。元夫は北部地方の実業家。これを知りたかったの？　満足した？」

アラゴーナはサングラスをかけた。

「それでも、こんな豪華なところに住んでいれば大金持ちだと思われる。ここ、いくらするんです？　二百万、いや三百万ユーロ？　毎月の共益費と人件費だけで、平均的な家庭の月収六ヶ月ぶんになりそうだ」

「あなた、息子を捜しているの？　税務調査をしているの？」

ロマーノが助け舟を出した。

「奥さん、警察は事情をきちんと把握して、息子さんをさらった犯人の出方を予測する必要があるんです。アラゴーナの態度は少々目に余るでしょうけど、こいつだって有益な情報を集めようと一生懸命なんだ。ドドの父親とは会いましたか？」

エヴァは額に手を当てた。

「ええ、二時間ほど前に来たわ。さんざんだったわよ。でも、少なくともいつもみたいにわたしの母親としての欠点をあげつらうことはしなかった。わたしと同様、ドドのことで頭がいっぱいでそれどころではなかったんでしょ。自分の家に戻って、知らせがあるのを待っているわ。家はこのすぐ近くよ」

ロマーノは、チェルキアが理性を保ったと知って安堵し、うなずいた。ストレスにさらされたときにそれがどれほど難しいかは、身に染みている。

「スカラーノさんはあなたの父親に報告にいったんですね。どうして、電話で知らせなかったんですか。いくら父親とは口をきかないといったって、こんなときなんだから――」

「あのね、刑事さん、父は、なんというか……変わっているのよ。だから、わたしはときどき耐えられなくなるの。お互いに性格が似すぎているから、衝突するのかもしれない。母が生きているときはあいだに入ってくれたけれど、いまはそれぞれの城にこもって国交を断絶している状態。父は、わたしがなにをやっても気に入らない。どんな人を選んでも、気に入らない。当然、アルベルトのことも気に入らなかったし、それを隠そうとしなかった。マヌエルのことも嫌っているけれど、さいわいマヌエルはお人好しだし、父の好きなようにされるほど、愚かでもない」

アラゴーナはあきれ返った。

「だから、報告にいかせた？」

「誰かがやらなきゃならないでしょ。わたしが行けば第三次世界大戦が勃発するし、母親失格だとガミガミ怒鳴られるのもまっぴら。マヌエルなら、なにを言われてもいつもみたいにおとなしく聞き流す。どんな窮地に置かれても、冷静に判断して脱出することができる人なのよ」

ロマーノは言った。

「いずれにしろ、この状態が続くようなら父上と話をさせてもらいます」

その言葉を待っていたかのように、電話が鳴った。

第二十一章

ラウラ・ピラース検事補は、書類の散乱したデスクの上の一冊のファイルを満足げに眺めていた。チェルキア、ボレッツリ両家の電話を傍受することを早々に決めたのは、正しかった。必ず、役に立つだろう。

本来なら、誘拐事件と確定するまで待つべきだった。私人の電話の盗聴はプライバシーの侵害になるばかりか、社会全体に重大な損害を及ぼすからだ。だが、防犯カメラに振り向いたドドの顔を見たとき、ふいに複雑な感情に襲われた。

ピラースはデスクを離れて窓辺に立った。十一階下には、近代的官庁街建設計画の無残な亡《なき》骸《がら》が五百メートルにわたって広がっている。二十年前に超高層ビル群や並木道、花壇を作りかけたところで計画は頓挫し、他の地区と鉄道で結ばれていないばかりか、組織の面でも文化の面でも接点がないまま捨て置かれていた。こんなところにいると、不信感や警戒心ばかりが強くなる。感動を呼び起こす美しい光景もない。だから、余計なことを考えず仕事に没頭するには、うってつけだ。

ピラースは母性本能が強いほうではない。何年も前に交通事故で他界した、初めて真剣に付き合い運命の人と思い定めたカルロとは、同居して人生をともにしようと話し合いはしても、子どもについて真剣に考えたことはなかった。当時はサルデーニャからの異動、キャリア、社会を変えたい思いなどで頭がいっぱいだった。

だが、得体の知れない運命に向かって進んでいくドドの無表情な顔は激しい感情を、実際に痛みを感じるほどの闇雲な渇望を引き起こした。もっとも、なにを求めているのかは、自分でもわからない。

思いはいつしかロヤコーノに向かった。彼に出会ったことで、とうに失ったはずの感情に再び火がついた。

ピラースはごくふつうに性的な欲求を持ち、女性としての魅力も十分備えているので、付き合った男は何人かいるが、関係を深めて末永く付き合いたいと望んだことはなかった。だがいまは、孤独な生き方をやめた自分を夢見ることがたまにある。具体的に考えているわけではなく、ふたりで囲む食卓や、ハイキング、浜辺で過ごす一日を漠然と空想する程度だ。生物時計などなければいいのに、とピラースは思う。そもそも、誰かとともに人生を歩むことへのさまざまな葛藤を克服したところで、ロヤコーノを手に入れるのは容易ではない。好意を持たれていることは、彼のまなざしや口調からわかる。公証人の妻殺しが解決した翌日の夜、雨のなかを彼の自宅まで送っていったときに邪魔が入らなければ、ふたりの関係は正しい道筋をたどっていたことだろう。

だが、玄関ロビーでロヤコーノを待っている人物がいた。ロヤコーノの娘マリネッラだ。ほんの小娘だが、目を合わせた瞬間に互いにピンと来た。女というものは、ある種の事柄についてはただちに悟る。別々に暮らしているあいだ、しょっちゅう娘のことを話題にしていたから、ロヤコーノにとってどれほどかけがえのない存在であるか、承知している。ロヤコーノを手に入れたければ、マリネッラが必ずや築く、高い壁を打ち破らなければならない。あの雨の夜以降、ロヤコーノが仕事のとき以外は会おうとせず、空いている時間を訊いても言葉を濁していることは、とくに頭を使うまでもなく見抜いていた。

もっとも、会話はほぼ毎日していて、ときには見え透いた言い訳を使ってきっかけを作るときもある。地方検事局との接点である検事補と連絡を密にするのは当然だ。ましてや、ロヤコーノのキャリアはピッツォファルコーネ署の立て直しの成功に懸かっている。

くだらない。ロヤコーノのことが好きだし、自分のものにしたい。ロヤコーノも同じ思いでいる。マリネッラが我慢すればすむことだ。どのみち、遅かれ早かれ母親のもとに戻るだろう。

ドアが軽く叩かれた。

「はい？」

アシスタントが顔を覗かせた。大学を出たばかりの礼儀正しい若い娘で、いつもおどおどしている。

「検事補、ボレッリ家にかかってきた興味深い電話を傍受したそうです。どうなさいますか。傍受室へ行って直接聞かれますか。それとも電子ファイルをこちらへ送らせましょうか」

ラウラは早くもドアへ向かっていた。「ピッツォファルコーネ署のパルマ署長にファイルをメールして、わたしを待つように言って。向こうへ行ってみんなと一緒に聞くわ」

ピラースが分署に到着すると同時に、ロマーノとアラゴーナがボレッリ家から戻ってきた。若い一等巡査は、クリスマスの日の子どものような顔をしていた。

「ねえ、検事補。おれたち、電話がかかってきたところに居合わせたんですよ。やっぱり、誘拐事件だった」

ピラースは階段を上りながら、巡査を睨んだ。

「アラゴーナ、頭のネジがゆるんでいるの？　それとも、中身が足りないの？　いずれにしろ、喜ぶようなことではないでしょう」

アラゴーナは息を切らして階段を上りながら、肩をすぼめた。

「勘弁してくださいよ、検事補。喜ぶだなんて、とんだ言いがかりだ。事態が明らかになったから、それに即した捜査を始められるって言いたかっただけですよ」

ラウラは刑事部屋のドアを開け、準備を調えて待っていたパルマに目礼した。

全員がそろったところで、録音の再生が始まった。

第二十二章

静まり返った刑事部屋に、オッタヴィアのコンピューターが発する静電気ノイズが響いた。映像があるわけではないが、パルマはオッタヴィアの傍らに行ってモニターの前に立った。ラウラはロヤコーノのデスクにつき、警部はそのうしろで腕組みをして、無表情で壁にもたれている。ピザネッリは老眼鏡をはずして、交響曲を聴くかのように集中していた。アレックスは落ち着き払って、指の関節を鳴らしている。アラゴーナとロマーノは、号令とともに飛び出していきそうな構えで、戸口に立っていた。

ノイズを通してボレッリ家の使用人の声が聞こえてきた。

「ボレッリ家でございます」

沈黙。そして、男の太くしわがれた声。

「奥さんを頼む」

正確を期した素っ気ない口調。顕著な外国訛り。アラゴーナがサングラスをはずしたほかは、誰もが身じろぎひとつしなかった。

数秒後にエヴァの声。

「はい、ボレッリです。どなた？」

言葉の端々に不安と狂おしい思いがこもっていた。鮮明なガサガサという音。再び外国訛りの声。

「息子を預かっている。心配するな。うまくことが運べば、息子にはなにも起きない。いまは元気で無事だ。また連絡する」

平板な口調で、発砲するかのように短い言葉をつなげていく。エヴァが声をうわずらせて訊く。

「誰なの？　ドドはどこ？　あの子になにをしたの？」

ノイズが止み、動揺を募らせて一方的に呼びかけるエヴァの声。「もしもし？　もしもし？」しまいにエヴァは泣き叫んだ。電話回線はいまだ接続していて、録音が続く。

ロマーノの声が入った。

「犯人からですか？」

オッタヴィアは痛ましげに言った。

「接続が切れるまで、全部で四十二秒」

誰も口を開こうとしなかった。春のおだやかな風に乗って、開いた窓からクラクションと罵声が流れ込んでくる。

ロマーノが重苦しい沈黙を破った。

「いま聞いたように、おれたちもその場にいた。傍受が始まっていて、よかったよ。あのあと夫人は話ができる状態ではなかった。三十時間近く眠っていなかったせいもあって、ほぼ失神状態だった」

アラゴーナは再びサングラスをかけ、ご満悦で断言した。

「絶対に外国人だ。あの訛りを聞いただろう？　ロマとか、そんな類だな。少なくとも捜査の足掛かりはできたよな。もっとも、そうしたクズの仕業に違いないと、おれは初めから踏んでいた」

アレックスが睨みつける。

「ふうん。なにかが起きたら誰を責めればいいか、いつもわかっている。お定まりのところを探って、お定まりの人々を捜し出せばすむ。なんでもお見通しってわけ？　あきれた人ね、アラゴーナ」

一等巡査は味方を探し求めた。

「だって、みんなも聞いただろう？　あの訛りは絶対に外国人だ。そう思わないか？」

パルマは片手を挙げて制止した。

「いまは社会学を論じているときではない。たしかに外国人の訛りのようだったが、とくに意味はない。真似をすることもできるし、街でスカウトした人物にかけさせたのかもしれない。録音した音声を使った可能性もある。確実なことは言えない」

　ピザネッリは椅子の背に体を預けて、努めて肩の力を抜いた。

「録音ではないだろう。電話に出た使用人や夫人に答えたときの間が自然だったし、声も最初から最後まで同じだった。録音ではない」

　ラウラがうなずく。

「わたしもそう思う。話していたのは、外国人よ。スラブ系のように聞こえたけれど、とにかく鑑定にまわすわ。あと、メモしたものを読んでいる感じだったけど、みんなも同じ印象を受けたかしら」

　ロヤコーノが、ラウラのうしろで答えた。

「同感だ。紙のこすれる音が聞こえたし、ゆっくりした平板な口調だった」

　ロマーノが付け加える。

「それに、最初にお手伝いが出たとき、冠詞のラをつけずに『奥さん《シニョーラ》を頼む』と言ったが、あとは不自然なくらいに正確だった。読んでいたんだよ、間違いない」

　アラゴーナはていねいに前髪を撫でつけた。

「母親の取り乱しようといったら、すごくてさ。だから、なにも聞き出せなかった。恐れ慄いていたよ」

パルマは空《くう》の一点を見据えて言った。

「あの電話は交渉に先立って家族を脅し、警告を与えるためだ。誘拐犯の常套《じょうとう》手段だよ。これで、身代金目的の誘拐であることが決定的になったな。今度は必ず金を要求してくる」

オッタヴィアは、話しかけてくるのを待つかのようにコンピューターを見つめていた。

「家族は生きた心地がしないでしょうね。息子が悪党に捕まって、いつ危害を加えられるかわからないのよ。きっと時間が永久に止まったような気がしているわ」

ピラースは不安を振り払うように、勢いよく立ち上がった。

「さてと、これから忙しくなるわね。わたしは両親と祖父の資産凍結の手続きをする。ところで、この機会に祖父のボレッリを訪ねたらどうかしら」

ロヤコーノが先ほどと同じ場所で、口を挟んだ。

「まずは、ドドの周辺にいる人物を調べたほうがいい。たとえば、お手伝い、母親のパートナー。犯人は唯一ともいえる機会をとらえて、子どもをさらった。運任せではないと思う。内輪の事情に詳しい人物かもしれない」

アレックスが小さな声で言った。

「ほかにも調べることがあるわ」

「というと？」アラゴーナが返す。

「電話の男がメモを読んでいたのなら、誰が書いたのか、なぜ書いたのか、それを知る必要があるでしょ」

ようやく聞き取れるほどに小さな声だったが、その内容は銃声のような効果をもたらした。刑事部屋に緊張が満ち満ちた。ロマーノは力強くうなずいて、きっぱり言った。

「よし、さっそく取りかかろう。時間との競争が始まったな」

オッタヴィアは言った。

「ドドの父親に知らせなくては。少なくとも母親が連絡したかどうか、確認しないといけないわ。それに、あのふたりのいがみ合いをやめさせないと、互いに口をきかなかったために、重要な情報がこちらに伝わらない恐れがある。そんな危険は冒せないわ」

「そのとおりだ」パルマはうなずいた。「ドドの父親にはわたしが知らせておく。ロマーノとアラゴーナはボレッリ老人のところへ行ってくれ。ジョルジョ、銀行関係の友人に電話をして、ボレッリ家と母親のパートナー……ええと、なんて名だっけ、マヌエル・スカラーノか、その両方の経済状態を聞き出してもらいたい。オッタヴィア、きみは全体の連絡を受け持つほか、インターネットを使ってピザネッリに手を貸してやってくれ。ディ・ナルドとロヤコーノはマンション泥棒の捜査の合間に、応援を頼む」

パルマはてきぱきと仕事を割り振った。理想的だ、とピラースは感心した。積極的な姿勢は、チームワークを鼓舞し、捜査をスピードアップする原動力となる。自分もこうしたことだろう。この一時間で事態は急転した。

これは誘拐事件だ。

第二十三章

ドドの父親アルベルト・チェルキアは、檻に入れられたライオンのように、家のなかを歩きまわっていた。

正直なところ、家と呼ぶのはおこがましい。むろん、環境は申し分ない。海と空、かなたの島や半島のシルエットが種々の青で描かれた絶景が目の前に展開する。だが、実際に暮らしてこそ、家と呼ぶことができる。硬材の床と便利な家財があるだけでは、そう呼ばれる資格はない。

アルベルトは本を読むことも、音楽を聴くことも、テレビ番組のサーフィンもできなかった。試しはしたが、できなかった。

ドド。

ドドのことが、バックグラウンドノイズや絵画の背景のように、頭に貼りついていた。永遠に続くと思われた夜が明けようとするころにようやくまどろんだときも、混乱した不穏な夢のなかにドドは忍び込んできた。

最愛の息子。

チェルキアは自分の寝室に戻った。十五日に一度訪れるこの冷え冷えしたアパートメントは生活感がなく、ホテルのようによそよそしい。それはドドの部屋も同じだ。ドドはここに来るといつも父親と寝て、自分のベッドはほとんど使わない。勉強机もそうだ。宿題は居間のコーヒーテーブルでする。本棚に並んでいるおもちゃは新品ばかりだ。ドドがだいじにしている大好きなおもちゃは、あっちに置いてある。

あっち。もうひとつの家のことだ。そちらは、家と呼ぶにふさわしい。

あの女――元妻の手腕ではない。あいつは家のことなど洟も引っかけない。だが、ここならドドとふたりきりでいることができた。

チェルキアはバルコニーに出て手すりにもたれ、タバコを吸いながら思いにふけった。遠くの市街地では、海岸沿いの道路を車が連なって静かに流れている。この街は混沌としていて、突如とんでもないことが起き、常に騒々しい。いつまで経ってもなじめなかった。

だが、幸せだと錯覚することのできる、唯一の場所でもあった。

だいじな息子がいるからだ。

海や山でのバカンス、新学期の登校日、その都度愛情を込めて見守ってきた。小さな王さまと忠実な巨人。

睡眠不足と疲労でしょぼつく目をこすった。役立たずの情けない巨人だな。小さな王さまがひどい目に遭っているのに、なにもしてやれない。

なにもかも解決してあげるよ、小さな王さま。無関心な街に向かってつぶやいた。なにもかも解決したら、こんなことはさっさと忘れよう。そうしたら、もう二度と離さない。ふたりは一緒にいなくてはならない。それが父と息子のあるべき姿だから。自由の身になったら、パパと暮らそう。

チェルキアは元妻がろくでなしの愛人と暮らしているアパートメントのある方角を向いた。そのさらに上のほうには、これまたろくでなしの老いぼれの家がある。老いぼれめ、娘とその愛人がどれほど無能か、わかったか？　あいつらが間抜けだから、おまえの孫、つまりわたしの息子はむざむざ誘拐され、車椅子のおまえは手も足も出ない。素晴らしい。だろ？

チェルキアは、わななく手で新たなタバコに火をつけた。さっき、詳しい事情を聞きにいったとき、愛人もろとも首根っこをつかんで絞めあげればよかった。あいつは顔をゆがませ涙を流して、なにも知らないと繰り返すばかりだった。いまさら泣いても遅いぞ、売女、と罵倒したかった。だいじな息子が悪党の手に落ちたのは、おまえのせいだ。なにが悲しい？　そのいっぽうで愛人は、エヴァの脇で執事みたいに取り澄まして、遺憾そうにうなずいていた。「うわっ！」と脅かしたら、悲鳴をあげてソファの下に隠れそうだった。臆病者め。

だが、警察との約束を守って理性を保った。

警官なんて、どいつもこいつも無能だ。霧のなかでは自分の鼻を見つけることもできやしない。

マヌエルのことは、ドドとさんざん笑いものにしていた。毛糸みたいな髪の、まったく覇気のないあいつを〝腑抜け〟とふたりで呼んでいる。あいつはパパと全然違うね、とドドは言う。パパはバットマンみたいに強いけど、あいつはバットマンの敵にもなれない。敵になるにも勇気が必要だもの。

必ず自由にしてやるぞ、ドド、と街に向かって叫んだ。その大声に驚いた鳩がバタバタと舞い上がり、十メートル離れたよそのバルコニーに移動した。すぐに自由にしてやる。そしてふたりだけで、世界一楽しいところへ遊びにいこう。

いまは役立たずかもしれないが、必ずまた勇敢な巨人になってやる。待っておいで。

携帯電話が鳴って、チェルキアの心臓は口から飛び出しそうになった。

第二十四章

「もしもし?」

「おれだ。さっき、電話をかけた」

「ああ、知っている。そっちはどんな具合だ?」

「うまくいってる。あまり食わないが、泣いてはいない」

「なにをしている?」

「しゃべっている。祈るときみたいに小さな声で。いま、聞こえる」

「しゃべっている? 誰と?」

「おもちゃだよ。ちっこい人形だ。それとしゃべっている」

「なるほど。放っておけ」

「イラつくんだよ。お祈りみたいで。壁をげんこつでガツンとやると、黙る」

「やめろ、放っておけ。ほかにやることがあるだろう？　しっかり食わせろ。痩せたり、病気になったりしないよう注意しろ。危害を加えるなよ」

「うん。でも、少し脅かしておく。助けを呼んだり、逃げたりするといけないからな」

「ああ、そうだな。だが、指一本触れてはいけない。殴るな。怪我をさせるな。いいな」

「大丈夫だ。それで、どうすればいい？」

「全部きちんと書いてやっただろう。予定どおりの時刻に、電話をかけろ。メモは持っているな？」

「ああ、ここにある」

「たしかめろ」

「あるって、言っただろ！　クソっ。あると言ったらあるんだ」

「おい、言葉に気をつけろ。またそんな口をきいたら、承知しない。おまえはなんの価値もない役立たずのケダモノだ。こんなチャンスは二度と来ない。わかったか、ケダモノ！」

「おれ……悪かった。そのとおりだ、つい……」

「逆らうと、おまえも女も刑務所行きだ。全部おまえたちが企んだことにするぞ。どうする？　手も足も出ないだろ？　弱みを握られているのはそっちだ、勘違いするな」

「ああ、おれが悪かった。決めたとおりにやる。心配しなくて大丈夫だ」

「よし。ケダモノらしく、おとなしく言うことを聞け。難しいことをやるわけじゃないが、失敗は許されない。続けろ」

「今夜、もう一回電話をかける。そして、メモを読む。きょう、レーナはガキのところへ行って、おれのことを怖がっているふりをする。それから、あしたあんたと電話で話し、そのあとは六時間ごとに話す」

「素晴らしい。よく覚えたな、ケダモノ」

「ケダモノと呼ぶな。おれはケダモノじゃない」

「ふうん、そうかい。じゃあ、やめてやる。とにかく、失敗するなよ」

「大丈夫だ。約束の金とアメリカまでの航空券二枚を忘れるな」

「飛行機が危険だったら、船にするかもしれない。そいつは了解済みだろう」

「ああ。でも、なるたけ飛行機がいい。ずっと早く着く。オーケー？」

「おやおや、もうアメリカ人気取りか。どっちになるかは成り行き次第だが、いずれにしろあの女と出国することに変わりはない。そのほうがこっちも安心できる。いまは、計画どおりに進めることだけ考えるんだ。それから、子どもの体調が悪くならないようにしろ」

「わかった、約束する。飯を食わせろと、レーナに言う。ネズミは退治したし、夜になっても寒くないように毛布も渡した。それに、ガキは人形を持っている」

「そうか、人形か。遊ばせておけ。おまえの顔を見たのか？」

「うん、見た。縮みあがっていた。げんこつを振りまわして、顔を思い切りひん曲げて怒鳴ってみせた」

「ふだんとたいして変わらないじゃないか」

「冗談だろ？　なあ、すぐ終わるな？　あんたは約束した」

「ああ、すぐ終わる。失敗しなければ」

「おれたちは失敗しない。だから、約束を守れ」

「守るとも。それから、子どもをしっかり見張っておけ」

「ああ、見張っておく」

「よし、その言葉を忘れるな」

第二十五章

ロマーノとアラゴーナの両刑事は、ドドの父親をエヴァの家に呼び出した。事態が明らかになったいま、起こり得ることを想定し、その対策を全員に納得させる必要があった。

エヴァのアパートメントのある建物に到着したふたりを、アルベルト・チェルキアが一階の入口で待ち受けていた。

「きみたちが来てから上に行こうと思って、待っていた。いまはまだ……とにかく、一緒に頼む。かまわないだろう？　なにかわかったのか？」

ロマーノが答えた。

「署長と話したんじゃないですか」

「脅迫電話がかかってきたそうだな。いつ、録音を聞かせてもらえる？」

アラゴーナは携帯電話を掲げてみせた。

「これに録音を転送してある。だけど、奥さんに会うのが先だ」

アパートメントの玄関で出迎えたエヴァは、今朝よりもさらにやつれて見えた。元夫に投げやりな挨拶をして、刑事たちに言った。

「こちらへどうぞ」

客間に入ると、マヌエルが肘掛椅子に座っていた。チェルキアは不快感を露わにした。

「なんで、こいつがいるんだ。関係ないだろう」

エヴァは冷ややかに断言した。

「ここはわたしの家よ。だから、わたしが決めるわ。マヌエルは、あなたよりずっと多くの時間をドドと過ごしている。ここにいたほうが、役に立つのよ」

スカラーノが口を挟んだ。

「いがみ合いのもとにはなりたくないよ、エヴァ。もしかまわないなら、向こうで待っている。きょうはきみの父親にさんざんこき下ろされた。これ以上の侮辱はごめんだ」

「ここにいて、マヌエル。黙って」

取りつく島もないエヴァの言葉が、論争に終止符を打った。

アラゴーナが録音を再生すると、みな無言で耳を傾けた。エヴァは首を傾げた。

「なにも覚えていないわ。この悪党と話しているのが自分だとは、信じられない。どうしよう、なにも思い出せない」

ロマーノが言った。

「それがふつうですよ、奥さん。疲労に加えて、長時間の緊張を強いられていたのだから。でも、よく考えてください。ほかの人たちも。この声に聞き覚えは？」

チェルキアとマヌエルはほとんど同時に首を横に振った。エヴァは言った。

「まったく、ないわ。いまこうして聞くと、外国人の訛りがあるみたい」

「ええ、われわれも同じ印象を受けました。むろん、その線は追います。いまの段階で気にかかるのは――」

チェルキアがすさまじい形相で、地団太を踏む。

「いまの段階だと？　こんな重大な状況に段階もクソもないだろうが。なにが言いたい？　息子は誘拐された。それがわかっているのか？　だいじな息子が誘拐されたんだ」

ロマーノとアラゴーナは、チェルキアの剣幕にあっけに取られた。

「事態をあなどっているわけじゃありませんよ。事件の細かい要素をできる限り集めて――」

「その要素とやらをこっちが提供すると期待しているのか？　母親がどんな状態だか、見ればわかるだろう。息子が行方不明になって丸一日以上経つ。それなのに、要素がどうのこうのとはどういうつもりだ。捜査のやり方がわかっているのか、間抜けども！」

ロマーノはこぶしを握っては開き、しまいに右手をズボンのポケットに滑り込ませた。その様子を目の隅でとらえたアラゴーナは、不安になった。あの右手がいつ飛び出してもおかしくない。

「あのさ、心労があるんだろうけど、こっちだって捜査のやり方は心得ているし、ちゃんと手順に従ってやっている」

大きく見開いた充血した目、捻じ曲がった唇、動転しきった表情は、チェルキアの精神状態を如実に物語っていた。

「手順、ときたか。パスポートの申請じゃあるまいし。まるであほくさいお役所仕事の一環で、書類を作っているみたいだ。手順に従ってなにができる。そんなものはケツの穴にでも——」

ロマーノの腕の筋肉がぴくぴく動いた。アラゴーナは、ロマーノとドドの父親とのあいだに素早く割り込んだ。

「いい加減にしろよ。こっちはあんたの息子や家族の苦しみを早く終わらせようと努力しているのに、たわごとばかりわめいてさ。だったら、もう帰るから、自分たちで解決すればいいだろ。お手並み拝見といくよ。もう、うんざりだ」

日焼けした小柄な巡査の反撃は、全員の度肝を抜いた。チェルキアは、陸に上がった魚のように口をパクパクさせた。アラゴーナはロマーノの肩の力が抜けたのを確認して、安堵の息を漏らした。ロマーノは深呼吸をして言った。

「さあ、みんな落ち着こう。さもないと、犯人の思うつぼだ。頭を冷やしましょうよ。アラゴーナとおれは、分署の刑事全員と担当検事補の全面的な協力を得て、休む間もなく捜査に専念している。それをわかってもらいたい。断っておくが、電話はすべて傍受され、銀行口座は法律に則って一時的に封鎖されます」

チェルキアは口ごもった。

「またいったい……いったいなんでそんなことを？　口座が使えなければ、仕事にならない。業者への支払いや社員の給料が――」

アラゴーナは鼻を鳴らした。

「さっき、自分で言ったでしょ。重大な状況だって。だったら、どうにか立ち向かわなくちゃ。業者には数日、待ってもらえばいい。緊急の場合は担当のピラース検事補に頼めば、支払いを許可してくれる。キャッシュカードとクレジットカードは使えるから、日常の支払いに支障は出ない」

エヴァは涙声で途切れ途切れに訊いた。

「では、間もなく要求が……ドドと引き換えにお金の要求があるということ？　もし払わなかったら、どうなるの？　だって、口座が封鎖されていたら……」

マヌエルがやさしくなぐさめた。

「心配ないよ、エヴァ。ドドはすぐに戻ってくる。約束する」

チェルキアが毒づいた。

「約束する？　何年もこの家でただ飯を食わせてもらっている文無しに、なにが約束できる？

それともなけなしの脳みそと腕力で、ドドを取り戻すつもりか？」

スカラーノは冷ややかにチェルキアを眺めた。

「じゃあ、あんたは息子と一緒にいて誘拐を防いだのかな？ 強くて勇敢なパパさんは、何千キロも離れたところにいたじゃないか。めったに会わない息子の顔を覚えているか、怪しいものだ」

チェルキアは怒り狂って詰め寄った。ロマーノがその腕をつかんで、やすやすと引き留める。

「そいつは感心しないな、チェルキアさん。やめたほうがいい」

エヴァは泣き崩れた。

「いまこの瞬間、ドドはどこの誰ともわからない悪党に捕まっているのよ。それなのに、助けようともしないで、おとなげない喧嘩をするの？」

スカラーノはうなずいた。

「すまない、悪かった。こいつには、つい我慢できなくて」

チェルキアは唇を嚙みしめ、ロマーノにつかまれた箇所をさすった。

「ああ。ドドを取り戻すのが、第一だ。話の続きは、これが解決してからだ。そして、父親と離れてここで暮らすことがドドにとってほんとうによいのか、見直そうじゃないか。イタリア一の弁護士を雇うから、見ていろよ」

アラゴーナは言った。

「そんなどうでもいいことは、あとまわしにしてもらいたいな。いまは、失敗は許されない。

こうなった以上、ドドのじいさんと話をしなくちゃ。犯人が狙っているのは、じいさんの金だ」

　エヴァは目をぱちくりさせた。

「どうしてわかるの?」

　アラゴーナはおもむろにサングラスをはずして、アル・パチーノに瓜二つと自負する声と口調で言った。

「奥さんは、金を持っていない。それなのに、犯人は金のあるチェルキア氏ではなく、ここに電話をかけてきた。この家の経済状況をよく知っていて、奥さんを通じてドドのじいさんと取引するつもりなのさ」

　ロマーノが疑問を呈した。

「電話帳にここの番号が載っていたから、かけたってこともある。その推理は刑事コロンボの真似か、アラゴーナ?　ろくすっぽ情報がないうちに早まるな。さて、失礼する。チェルキアさん、下まで一緒に行こう。そのほうが無難だ」

「わかった。だが、息子がどこかに監禁されているのに、手をこまねいているわけにはいかない」

　アラゴーナは冷たく言い捨てた。

「おたくがなにをしようと、こっちに止める権利はない。だけど、ひとつ間違えれば、息子さんに害が及んで自分を責める羽目になる。おとなしく待っているほうが、いいんじゃないか。

あとは、効果があると思うなら、祈るんだな」

第二十六章

マリア・アヌンチアータ教会の司祭にして、教会付属のフランチェスコ派修道院の院長であるレオナルド・カリージが告解室のなかの自分を見ることができたら、法衣と修道着を引きずってよじ登った椅子が高すぎて足が床につかない姿に、おそらく皮肉のひとつや二つを口走ったことだろう。

背の高さ、いや背の低さは、嵩上げにほとんど寄与していない修道士用サンダルを一応差し引いて、百五十センチ。小さい——教会の身廊で会った人や、貧しい者、援助を必要とする者に力を貸すべく、界隈を常に小走りで急ぐ姿を見た人は例外なくそう思う。

しかし、器は小さいどころか非常に大きく、その人柄に触れると身長などどうでもよくなる。澄んだ青い目とふさふさした白髪、いたずらっ子のような顔立ちは、おとなにも子どもにも人気があった。何年か前に教皇庁は通常の交代制度に基づいてレオナルドの異動を試みたが、信徒の強い反対に遭って即座に撤回せざるを得なかった。

レオナルドはりっぱな人物だ。私欲を持たず、他人を利することを第一とし、人々に寄り添い慈悲を与えることに全身全霊を捧げていた。それでいて、辛辣なユーモアのセンスを決して忘れず、信心深くない人にとっても理想的な話し相手となる。

告解室に入った思春期の少女は、強い性欲に翻弄される悩みを告白した。足をぶらぶらさせてそれを聞くあいだ、レオナルドは親友のジョルジョ・ピザネッリのことを思った。〝親友〟を持つことに多少なりとも罪悪感はある。聖職者であり、おまけに司祭で修道院長でもあるのだから、本来は信徒、修道士、すべての人間を平等に愛さなくてはならない。だが、妻のカルメンを亡くしたのちのすさまじい孤独のなかで、ジョルジョが信仰ではなくレオナルドになぐさめを見出したのは、おそらく神の思《おぼ》し召しなのだろう。それにピッツェリア〈イル・ゴッボ〉での昼食にしろ、教区内での短い立ち話にしろ、ジョルジョと会うのはじつに楽しい。会話は常に知性と機智に富み、ともに掌のように知り尽くしている界隈に関するよもやま話は尽きることがなかった。

しかしながら、親友の自殺者への思い入れは、最近は危険な域に達していた。ジョルジョは管内で起きたいくつかの自殺には裏があると確信して、哀れな人々が最後の手段を取った瞬間を検証するための材料を、倦むことなく探し集めている。レオナルドはこれに対して相反する感情を抱いていた。安らかな心を取り戻してほしいと願ういっぽうで、この妄想がジョルジョの生きる原動力となり、毎朝ベッドを出て職場に行き、一日をまっとうする意欲を保っていることも理解できるのだ。

このことが頭から離れないまま、格子窓を隔てて少女を諭した。三人のクラスメイトに定期的かつ献身的に肉体を提供するのは、カトリック教徒として望ましい行為ではないのだよ。そして、思った。たとえ間違っていても、生きる理由を持つことは大切だ。

レオナルドはこれまで長年、正確には十二年にわたって、大都市に蔓延する病〝孤独〟と闘ってきた。西洋の大都市圏ほど、荒廃し索漠とした場所はない。無数の男女が誰の目にも留まらずに、群れから追放されてほかの肉食獣の餌食になる寸前の老いて病んだ動物のごとく、細々と生きている。

毎日欠かさず朝から晩まで、ひんやりした告解室の香の煙や聖具室のぬくもりに包まれて、界隈の迷路のような道や路地で、あるいはかつて笑い声に満ちていた陰気な居間のすりきれたソファの上で、人生に終止符を打つことを望む人々と向き合ってきた。

そのたびに、彼らの心に楽しい思い出や愛の記憶をよみがえらせ、またあるときは将来に希望を持たせようと努めたが、絶望のどん底にいる人々の役には立たなかった。

なかにはとてつもない勇気を奮い起こして、自殺という極端に卑劣な行為を完結させる者もいる。だが、それは少数だ。大多数は恐怖の前に足がすくみ、睡眠薬をひと瓶飲み下す、あるいは身を投げるわずかなエネルギーさえも持ち合わせていない。

神父、魂の導き手、修道士としてなにをすべきだろう。レオナルドは自問した。そそくさと祝福を与えたのちは運命にすべてをゆだねてその場を立ち去るべきなのか。意欲や将来への希望を持っている若者を救うことは、たやすい。若い女性も同様だ。一時的に陥った自己否定の迷路から脱出すれば、再び人生に喜びを見出す。薬物依存者でさえも、いったん依存を克服したのちは、あらゆる障害を乗り越える強さを得る。こうして努力の成果を目の当たりにしたときは、主の前で恥じるところはないと感じることができた。

真の聖徳とはなにか？　高潔な魂の偉大さはどこで発揮されるか？　キリストの忠実かつ完璧な模倣が実現したと言えるのは、いつか？　レオナルドにとって答えはひとつ、神の最大の賜物、つまり自らの魂を犠牲にすることだった。

この非の打ちどころのない答えに、キリスト教徒全員が同意しないのが不思議なくらいだ。ひとり寂しく悩み苦しみ、生きる意欲もないが、最後の手段——神の御手にあり、これを勝手に用いれば永遠の罰を受けると聖書に明記されている——を取る勇気のない者は多い。そうしたときに罪を肩代わりして悩み苦しむ者を救うのが、神の思し召しの地上における解釈を任された神父の役目と言えよう。

全人類のために自身を犠牲にして十字架上で死んだキリストに倣《なら》い、自らの魂を犠牲にして、死を望みながらも自殺する勇気のない人たちの苦しみを終わらせよう。涙の谷から魂を解放して光に向かわせることで、重大な結果が二つ生まれる。ひとつは大罪を犯して魂を穢す究極の自己犠牲、もうひとつは自己犠牲と引き換えに得た絶望した人々の尽きぬ苦痛からの救済。じつに単純明快である。

少女は体育館でふたりのボーイフレンドと関係を持ったことを、嬉々として話し続けた。それを聞きながら、レオナルドはこれまで幾度となく取り組んできた神学上の興味深い問題を思索した。自らあの世へ行く勇気のない者が全能の神のもとへ行けるよう、手を貸すことは罪なのだろうか。あの世へ行ったら、自分の魂はどうなるのだろう。レオナルドの聴罪をするサムエル修道士はいささか杓子定規なため、これを告解の際に告白することはできない。だいたい、教区の気の毒な人々の魂を救うためにレオナルドがなにをしたかを知って、仰天しない修道士がいるだろうか。

レオナルドは信じていた。神が寛大であることも、多くの人を地獄行きから救ったことに大きな価値があることも。救済された人々は天国の入口で二列になって合唱し、苦悩から解放してくれたレオナルドを迎え入れるよう、主に訴えることだろう。そして主は万物が歓喜するなか、願いを聞き届けるに違いない。

こうなるのはまだ先のことであり、神のご意思次第だが、できれば何年も先が望ましい。いまはまだ、救済すべき魂が多数ある。

思いは再び、ジョルジョ・ピザネッリに向かった。ジョルジョは疲弊し、不幸せで、病んでいる。体を蝕《むしば》む恐ろしい病のことを知っているのは、レオナルドひとりだ。慈悲を施す相手として、申し分ない。あの世へ行けば、ジョルジョは愛する妻カルメンに再び会うことができるのだから。カルメンもまた、小柄な神父が残虐な苦痛から救い出して創造主のもとへ送ったひとりだった。

ただ、レオナルドは鉄則を設けていた。生きる理由がある者は——理由があると思い込んでいるだけでも——この世を去ってはならない。そうした者をあの世に行かせるのは、道義にもとる行為だ。

そこで、ジョルジョの場合は複雑な逆説が生じる。レオナルドの慈悲を受けることを阻む唯一の理由は、ジョルジョがそうとは知らずにレオナルドを追っているためだ。捜査を続けている限り、レオナルドに翼を与えられた哀れな人々の人生を探っている限り、ジョルジョには生きる理由があり、あの世へ行くのはまだ早い。

レオナルドは深いため息をついて――告解をしていた少女は、きわどいことをしゃべりすぎたかと思って首をすくめた――心を決めた。ジョルジョが捜査を断念して慈悲を受けるときが来るまで、ほかの人々を救っていればよい。天使となるべき者は、自宅を訪問したり、言葉を交わしてなぐさめたり、助言をしたりしながら選ぶことにしている。手段はさまざま。ガス、バルコニー、ロープ、毒薬、迫りくる列車など、長年かけて試してきた。そして、各人にふさわしい言葉遣いでしたためた遺書を書く。これには告解室で得た知識が役に立った。

いまは、マリア・ムゼッラという女性が救済の対象だ。孤独で常に鬱々とし、向精神薬への依存が次第に増している。近いうちに自宅を訪問して鎮痛剤を与え、朦朧としているあいだに致死量の睡眠薬で安らかに眠らせる予定だ。

かくして肩の荷を下ろしたあとは、ジョルジョと〈イル・ゴッボ〉で昼食だ。そう言えば、数時間前にジョルジョを教会で見かけたと、テオドーロ修道士が話していた。あいにく、そのころは睡眠薬を入手できる薬屋を、よその教区で――用心するに越したことはない――探していた。

少女に贖罪の祈りの手本を示す傍ら、なんの用だったのだろう、と思案した。五年前の自殺に関する重要な発見について話したかったのだろうか。

哀れなジョルジョ。救いたいのは山々だ。
だが、人殺しではないのだから、それはできないのだよ。

第二十七章

刑事たちがエドアルド・ボレッリの自宅に到着したのは、夕刻だった。日が落ちるとともに涼しくなった。アラゴーナはジャケットを着たが、シャツの襟ボタンは留めず、人工日焼けと胸毛の処理を施した胸元を誇示していた。

玄関ロビーにいた警備員はインターフォンでふたりの到着を告げ、何階とも言わずにエレベーターを指した。実際、エレベーターの内部には表示のないボタンが一個あるきりだった。

エレベーターのドアが開くと、気難しそうな女性が待っていた。年は五十から七十のあいだ、髪をうなじで束ね、服は黒。握手は求めず、眉ひとつ動かさずに言った。

「カヴァリエーレ（騎士勲章叙勲者）・ボレッリの秘書、カルメラ・ペルーゾです。お待ちしていました。ロマーノ刑事とアラゴーナ刑事ですね」

ロマーノが答えた。

「そうです。緊急の用件なので、ただちに面会したい」

カルメラ・ペルーゾはその場を動こうとせず、刑事たちを見つめるばかりだ。アラゴーナはばつが悪くなった。ふいにペルーゾが無言で歩き出した。そのあとをついていきながら、アラゴーナとロマーノは廊下に沿って並ぶ部屋を観察した。この家やペルーゾには、どこか人を不安にさせるものがある。だいいち非常に暗くて、足元がようやく見える程度の明かりしかない。加えて、分厚いカーペットが足音を吸収し、音も光もろくに届かない霧のなかを歩いているかのようだった。アパートメントは想像もつかないほどの広さを持ち、大きな薄暗い部屋が廊下の左右に次々と出現した。陽光のもとではどんなふうに見えるのだろうと、アラゴーナは好奇心を持った。外の光がまったく入ってこないから、窓は常に覆われているのかもしれない。

廊下の突き当たりに来ると、ペルーゾは刑事たちがついてきているのを確認するように木の階段の前で足を止め、それから上り始めた。上の階は広々した一種の居間になっていた。エヴァのアパートメントと同じくいっぽうの壁がガラス張りになっていて、同じ光景をより大きなスケールで望むことができた。街の灯が黒ビロードの上の宝石のように無音できらめくさまは、映画の一シーンのようだった。

ペルーゾは「ここでお待ちなさい」と素っ気なく言い、薄闇のなかに消えていった。どこか薄気味の悪い部屋だ。アラゴーナが教会にいるときのように声を潜め、その原因を言い当てた。

「たまげたな。七〇年代のホラー映画みたいだ」

図星だ、とロマーノは認めざるを得なかった。四十年前の豪奢《ごうしゃ》な邸宅を彷彿とさせるしつらえだ。床に尻がくっつきそうなほど低い革張りの肘掛椅子とソファ、それにマッチしたコーヒーテーブルいくつかを始め、調度は黒と白を基調にし、クリスタルや金属が多用されている。板張りの壁に設けられた壁龕《へきがん》や飾り棚で、抽象的な彫刻がスポットライトを浴びていた。どれもこれも使用感がまったくなく、非現実的だった。

「訪ねてくる人は、めったにいない。ましてや、久しぶりの客が警察とは思ってもみなかった」

暗がりから発せられた低いしわがれ声に、ふたりとも飛び上がった。アラゴーナに至っては小さな悲鳴を漏らし、空咳をしてごまかす始末だった。

老人を乗せた車椅子が、ペルーゾに押されて闇のなかから現れた。なめし革のような皮膚、頭頂部から垂れ下がる生気のない乏しい白髪。背はあまり高くなく、骨と皮ばかりに痩せ、内側から蝕《むしば》まれているような印象をロマーノは受けた。それを裏づけるかのように、老人は激しく咳き込み、ペルーゾが手際よく渡したハンカチで口を覆った。

発作が治まると、老人は刑事たちをしげしげと見つめた。体のほかの部分とは異なって、その目は生気と知性にあふれ、いたずらっ子のように輝いていた。

「きみたちが捜査の担当か？　こうした事件は下っ端の手には余るのではないか」

ロマーノはきっぱり言った。

「きのうの朝、学校からの通報に応じて駆けつけたのが、われわれでした。どのみち、捜査に携わっているのはふたりだけではありません。県警本部の上層部も状況を常に把握していますし、捜査で判明したことは逐一上司に報告しています」

その背後で、アラゴーナが苦々しげに口を挟んだ。

「二、三質問するために、スパイダーマンが来る必要はないでしょ」

ペルーゾが高飛車に抗議した。

「あなた、誰に向かって口をきいていると思っているの？」

老人は力なく手を振った。

「まあいいじゃないか、カルメラ。向こう気が強いのは、いいことだ。その調子で仕事も頑張ってくれ。言うまでもなく、わたしがエドアルド・ボレッリだ」

ロマーノは話を続けた。

「娘さんのお宅からこちらに来ました。事件のことはご存じですね」

ボレッリは唇をゆがめた。

「うむ、出来損ないの娘に養われているごく潰しが、知らせにきた。あの間抜けどもの落ち度ではなかったというのだから、驚いたよ。ドドは美術館見学の最中だったのだろう？」

「先ほど犯人から電話があるまでは、誘拐されたのかどうかも、はっきりしませんでした。防犯カメラの映像では、お孫さんは自分の意思で女についていったようなのですが、女がフードをかぶっているために、どこの誰ともわかりません。一緒にいたクラスメイトは、金髪だったと話しています。心当たりはありますか」

「ない。ドドは十歳だが、頭のいい子だ。母親や愛人、それに父親を足したよりもずっと賢い。娘はろくでもない男ばかり選ぶという、稀有な才能に恵まれていてな」

再び、激しく咳き込んだ。ペルーゾは薬瓶から液体をグラスに注ぎ入れて、老人に渡した。

ロマーノは少し間を置いて、質問した。

「お孫さんとは、よく会うんですか」

「ドドは、わたしの人生で一番だいじな、かけがえのない宝物だ。自分の足で立つことができるなら、このいまいましい車椅子に長年縛りつけられているのでないなら、とっくに取り戻している。現役のころは話を通すべき人物を、表社会に限らずひとり残らず知っていた。電話を一本かければ、あっという間にドドを取り戻し、さらっていったろくでなしの両耳を載せた盆を携えてここへ連れてきたろう」

短い言葉には、驚くほど峻烈な憤りが込められていた。アラゴーナがペルーゾを盗み見ると、平然としている。こうした激しい怒りは、珍しくないと見える。

ロマーノは質問を続けた。

「最近、お孫さんの様子がおかしい、ふだんと違う、そんなふうに感じたことは?」

「ドドはおとなしくて、あまりしゃべらない。会ったときは、いつもわたしのそばで本を読むか、スーパーヒーローのフィギュアで遊ぶ。若いころの話をしてくれとせがむときもある。あの子は、わたしが自分の足で立っているところを見たことがないので、それを想像したいのだろうよ」

「お孫さんを誘拐した理由は、なんだと思いますか」

「考えるまでもない。わたしの金が目当てに決まっている。わたしの周囲には、同じ理由で愛するふり、忠実なふり、尊敬するふりをする者が腐るほどいる。ドドがわたしの孫だから、わたしが孫のためには金を惜しまないから、誘拐したのだ」

「金を持っているのは、あんたひとりじゃない」アラゴーナは言った。「元娘婿のチェルキアだって、それなりの資産家でしょ」

ペルーゾが、怒りのあまりに声をうわずらせて言った。

「口のきき方をあらためないと、追い出しますよ」

アラゴーナはいっこうに動じなかった。

「それって、あんたたちみんなに共通した欠点だよ。質問に答えずに、おれを追い出そうとする。ドドなんかどうなってもいいと思っているように見えるけど」

ボレッリの顔に薄笑いが浮かんだ。こちらのほうが、それまでの憤怒の形相よりよほど恐ろしい。

「若造の言うことは間違っていない。いい度胸だ。ずけずけと要点を衝きおって。気に入った。現役のときなら、大いに目をかけてやったろうよ。ドドの父親も、資産家だ。だが、わたしの住んでいる街で誘拐されたのだから、やはり狙いはわたしだ。会社は数多の建設を手がけ、わたしの名前も、資産があることも広く知れ渡っている。ドドは北部にいる父親に、よく会いにいく。箸にも棒にもかからぬ男だが、さいわいドドのことをとてもかわいがっている。そのときに誘拐されたのならともかく、ここで事件が起きたということは、ドドの母親経由なり、直接なり、わたしに金を要求する腹に違いない」

ロマーノは黙っていたが、しばらくして言った。

「あまり動揺していないと、お見受けした。孫が誘拐され、どこにいるのか、誰が手を下したのかわからないんですよ。平静でいられる状況ではない」

それは質問ではなく、考察だった。ペルーゾは激怒した。

「失礼ですよっ！　疑うなんて、あんまり――」

ボレッリは秘書を叱りつけた。

「出しゃばるな。使用人の身分をわきまえて、命じられたことだけをやっていろ。そのために給料を払っている。家族の問題に口を出すな」

ペルーゾは平手打ちでも食らったかのように、暗がりに引っ込んだ。老人はロマーノに言った。

「いいか、わたしはいつ死んでもおかしくない。病を得たのは何年も前だが、金とコネを使ってごく少数の者に許された治療を受け、生き長らえてきた。だが、もう限界だ」

ペルーゾがもごもごと否定したが、老人は聞き流した。

「カルメラは若いときからわたしの下で働き、退職をせずに――とにかく、ドドの無事が確認できないうちは金を払わない。犯人はそれを承知だから、ドドに危害を加えるはずがない。だから、平静でいられるのだ」

アラゴーナは反論した。

「だけど、誘拐事件が起きると、検察官はただちに資産凍結を命じる。それは承知でしょ。実際、もうその方針で動き始めている」

　ボレッリはまたもや不気味な薄笑いを浮かべた。

「当局の目の届かないところにある金を、都合してくるかもしれないだろう、若造。がっかりさせるな、抜け目がないと踏んでいたのに」

　ロマーノは、これ以上情報は得られないと判断した。

「では、これでけっこうです。なにかわかったら、あるいは思い出したことがあったら、ただちに連絡を願います」

「承知した」

　ロマーノが辞去しようとした矢先、ボレッリが言った。

「ひとつ断っておく。不敵にも孫に手を出した愚か者には、恐ろしい運命が待っている。金を手に入れても、それを楽しむ機会は決してない。きみの同僚の言葉を借りれば、わたしはもうその方針で動き始めた」


　階段を下りて廊下をさっきとは逆にたどった。別れの挨拶をする前に、ペルーゾはロマーノに言った。

「ボレッリを許してやって、刑事さん。病に蝕まれ、医者によると耐えがたい激痛があるそうよ。それでも、へこたれない。冷酷に見えるでしょうけれど、違うのよ。これまでさんざん、つらい思いをしているわ」

「なるほど。だが、こちらも仕事ですからね。ドドはしょっちゅう、訪ねてくるんですか」

「以前は、ほとんど毎日だったわね。ボレッリはあの子の部屋を用意し、ここは遊園地みたいな有様になった。わたしもほかの使用人たちも、あの子の世話でてんてこ舞い。ベビーシッターまで雇いましたよ。だんだん来る回数が減ったけれど、それでも二日続けて来ないということはない。ふたりのあいだには特別な絆があるみたい」

　アラゴーナは言った。

「想像がつくよ。この家はまさにお子さま向けだもの。さぞかし、楽しかったろうな。だから、誘拐犯に誘われたら、喜んでついていった」

　ペルーゾはアラゴーナの皮肉を無視した。

「早く犯人を見つけることね。ボレッリが先に見つけたら、犯人は恐ろしい目に遭うわよ。では、失礼」

第二十八章

　いきなりドアが開いて、鉄板の壁にバタンと跳ね返った。汚い毛布にくるまってうとうとしていたドドは、びっくりして飛び起きた。パパとボートに乗っている夢を見ているところだった。夢のなかでパパは言った。今朝はどこへお連れしましょうか、小さな王さま？

誰かがうしろから突き飛ばされて、転がり込んできた。ドドは光がまぶしくて、どんな人だかわからなかった。ランプの光のなかにマンジャフォーコの巨体が浮かびあがり、雷のような声が響いた。

「行け！　しっかりやれ。さもないと殺す！　一分したら、迎えにくる」

ドアが閉まって真っ暗になると、床に這いつくばっていた人が泣きながら素早く起き上がった。ドドは毛布の下で身を固くした。だが、涙交じりにつぶやく声に、どこか聞き覚えがあった。

「レーナ？　レーナなの？」

レーナは体を起こして、ドドのほうへにじり寄った。

「ドド、ドド、無事だったのね！　よかった！　てっきり……」

ドドは毛布から這い出して、彼女のそばへ行った。

「大きな声を出しちゃだめだよ。あいつに全部聞こえちゃう。しゃべっているのがわかると、すごく怒って怒鳴るんだ。あいつになにかされた？　ぼくたちは、なんでここに連れてこられたの？」

レーナはしばらく泣きじゃくっていた。少し落ち着くと闇のなかを手探りして、ドドの顔を両手で包んだ。ドドも同じようにしてレーナの顔を探り当てた。そしてその頬を濡らしている涙を、そっと拭ってやった。

「ひどいことになってしまったわ。最悪よ。彼のことが大好きだった。街で偶然知り合った人で、とてもやさしくしてくれたのよ。なのにこんなことをするなんて、信じられない。用心しなくちゃ。用心しようね、ドド」

「なんでここに連れてこられたの？　ぼくたちをどうするんだろう？」

レーナは鼻をすすって、ささやいた。

「よく聞いて、ドド、あの男の言うことを聞いておとなしくしていれば、無事でいられるわ。あいつはイタリアに来たばかりだけど、故郷に帰りたいの。欲しいものを手に入れたら、解放してくれるわ」

ドドは怖くてたまらなかった。だが、レーナはもっと怖がっているようだった。ドドはポケットのなかで、バットマンのフィギュアをぎゅっと握りしめた。ヒーローだ、きみはヒーローだ。

「じゃあ、あいつの言うとおりにして、解放してもらおうよ。怖がらないで、レーナ。きみは女だものね。ぼくたち男は、なにをしなくちゃいけないか、わかる。だから任せておいて」

真っ暗ななかで、ドドの手にレーナの微笑が伝わってきた。

「ドドは、すっかりおとなになったのね。美術館では、最初は誰だかわからなかったもの。でもあたしには、小さなかわいいドドのままよ。おじいさんの家で一緒に遊んだことを覚えている？」

「うん、覚えている。ぼくはレーナがすぐにわかったよ。髪の毛が金色になっていても」

「あいつにやらされたのよ、ドド。無理やりに。あいつはこう言った。あの子を連れてきて、ちょっとドライブしよう。それからアイスクリームを買ってやって、シスターたちが気づかないうちに美術館に帰そう。すぐ近くの、あたしの知っているところに行くはずだった。だけど、ここに連れてこられて、ドドとは別の部屋に入れられたの。あたしのところはすごく不潔で……それに……それに……ドドには言えないようなことを……」

レーナは再び泣き出した。ドドは胸が痛くなった。

「あいつはなにが欲しいか、言った？　どうすれば、うちに帰れるの？」

レーナは苦労しいしい体を起こして、ささやいた。

「お金よ。お金が欲しいの。お金が手に入ったら、すぐに解放してくれる。でも、逃げたがっているって思われたらひどい目に遭うわよ。どのみち、ここはどこからも遠く離れているの。外に出ることができたとしても、どっちへ逃げればいいのかわからない」

ドドは車のなかのことをぼんやり思い出した。レーナはうしろの座席で隣に座ってやさしく話しかけ、マンジャフォーコは車をゆっくり進めた。まったく知らない道を通って、長い時間をかけてここまで来たのだった。

「じゃあ、どうすればいいの？」

「静かにじっとしているの。そして、あいつに言われたとおりに食べたり、寝たりする。あいつはおじいさんの電話番号を知りたがっている。おじいさん専用の電話よ。ドドは知っているんでしょ？」

「うん、知ってるよ。毎日、おじいちゃんと話すもの。ママは、どうしてもおじいちゃんと話さないといけないときは、ぼくに電話をかけさせる。それなら、おじいちゃんが電話に出るから。だけど、あいつはどうしておじいちゃんと話をしたいの？」

「お金が欲しいから。おじいさんの具合はどう？　あたしがクビに……仕事を辞めてから会っていないけど」

「病気なのは、レーナも知っているよね。でも、おじいちゃんは強いから我慢している」

レーナはドドの頬を撫でた。

「ドドだって、強いわよ。とても強い。ドドが勇敢なことを知ったら、おじいさんはきっと鼻を高くするわよ」

「あのさ、レーナ。ぼくたち、怖がる必要はないんだ。誰かが助けにきてくれる。きっとパパが来てくれる。パパの邪魔をするやつはいない」

「ドド、誰もあたしたちのいるところを知らないのよ。ドドのパパも。ここに来てから、もう二晩よ。長くなればなるほど、あいつは機嫌が悪くなる。おじいさんの電話番号を教えて、お願い」

ドドは思案した。テレビやコミックでは、こういうときはいつも時間稼ぎをしていた。

「うん。だけど、あいつに伝えて。ぼくたちにひどいことをしたら、後悔するぞって。いいね、レーナ？　ぼくたちにひどいことをしたら、パパがこてんぱんにやっつけるって」

レーナは電話番号を聞き出すと、ドアをそっと叩いた。マンジャフォーコがドアをバタンと鉄板の壁にぶち当てて、わめいた。

「どうした？　すんだのか？　番号はわかったのか？」

レーナは泣きながらうなずいた。マンジャフォーコはレーナを乱暴につかんで、引きずり出した。

ドドはポケットのバットマンを握りしめてつぶやいた。バットマン、バットマン。見ただろう？　レーナも監禁されている。レーナを覚えているよね？　学校に上がる前のぼくが、午前中はおじいちゃんのところに行っていたときにいたお姉さんだよ。おとぎ話をしたり、一緒に遊んだり、公園に連れていってくれたりした。でも、ぼくが学校に行くようになると用がなくなって、おじいちゃんに辞めさせられた。マンジャフォーコはレーナも捕まえたんだ。

マンジャフォーコは、邪悪な怪人だ。トゥーフェイス、ジョーカー、ベイン（いずれも『バットマン』に登場するスーパーヴィラン）みたいに、怖くて恐ろしい。やっつけるためには、パパはすごく強くなければならない。

でも、きっとやっつけてくれるよ、バットマン。ヒーローは無敵だ。ヒーローはこの世で一番強くて不屈だ。弱点なんかひとつもない。だから、ぼくたちも頑張らなくてはいけない。生まれつきでなくても、ヒーローになることはできる。ヒーローは、ほんとうにいる。ビルからビルへ飛び移ったり、道路を超高速で走ったりするのは見えなくても、現実の世界にちゃんといることを、ぼくは知っている。

一度もヒーローを見たことがなかったから、どうしてってパパに訊いたんだ。パパは答えた。現実の世界では、ヒーローはヒーローのように見えないのさ。ほんとうの姿を隠しているんだ。

だからきっと、この暗い部屋の外には大勢のヒーローがいる。そうだろう、バットマン？大勢のヒーローがいる。

第二十九章

ヒーロー。

ヒーローにはさまざまなタイプがある。ひとつとは限らない。

ヒーローは勇敢で、決してうろたえない。敵を知り、臆せず堂々立ち向かう。ヒーローは決してためらわない。

不安や恐怖を持つ者に、ヒーローは務まらない。ヒーローは白黒はっきりした世界で、自分の立場を心得ている。

ヒーローはすぐに見分けがつく。

ヒーローは強く、世の悪をこらしめて追い払う。

ヒーローは恐れを知らない。

フランチェスコ・ロマーノは、運がよかった。見張りがうまくいくかどうかは、運次第。今回は小型トラックのうしろの駐車スペースが空いていて、発見される心配なしに、出入口を視界に収めることができた。

　捜査テクニックの教習では、誰も運について触れなかった。だが、実際は何事も運次第だ。見張りだけではなく、人生も。

　車の窓を少し閉めた。五月は油断できない。夜になると気温が十度くらい急降下して、すぐに風邪を引く。たくましい大男のフランチェスコ・ロマーノ、片手で男の首を絞める力を持ち、ときどきほんとうに絞めたくなって、必死に我慢することもあるフランチェスコ・ロマーノでも風邪を引く。覚えているか？　出かける前に、彼女が首にマフラーを巻いてくれたことを。彼女がつま先立ちになって、赤くなった鼻先にキスしてくれたことを。チョコレートの包み紙を剝いて、いきなりおまえの口に入れ、小さな紙切れに書いてあるあほくさいメッセージを読んで、そのとおりだわ、ほんとうにそのとおりよ、とうなずいたことを。覚えているとも。ほかにもたくさん覚えている。なにもかも覚えている。

　ある晩、家に帰ったら誰もいなくて、手紙が置いてあったことも覚えている。手紙は「親愛なるフランチェスコ」と他人行儀な書き出しで始まっていた。あれを書いたのは、大学時代に知り合って激しい恋に落ちたジョルジャではない。結婚式で涙が止まらなかったジョルジャではない。ロマーノが刑事に昇進した日、大喜びしてカンガルーみたいに飛び跳ねたジョルジャではない。親愛なるフランチェスコ――だったら、末尾を「敬具」にすればよかったのに。

　愛がこんなふうに終わっていいわけがない。悩みを抱えた哀れな男が、ついかっとなって手をあげただけだ。少し強い愛撫のようなものだ。それでアザができたのは、ジョルジャがあまりに繊細なせいだ。フランチェスコ・ロマーノに非はない。

フランチェスコ・ロマーノが真面目でない、とは誰にも言わせない。曲がったことの嫌いな正直者のフランチェスコ・ロマーノは、いい加減な気持ちで警官になったのではない。善良だから、警官になった。そうだろう？　悪党だったら、警官にはならない。悪党つまり犯罪者は、誘拐し、暴行し、人殺しをする。そういう悪党を追って逮捕するのが警官だ。警官は、悪党がやるようなことはしない。

ロマーノは、駐車している車やトラックの荷台越しに、街灯が照らすひっそりした夜の街路を見つめた。眠気はまったく感じなかった。一度手をあげたくらいで、曲がったことの嫌いな正直者を置いて出ていくのは、あんまりだ。曲がったことの嫌いな正直者でも、悪党の挑発に乗ったがために署を追い出されれば、つらくてたまらない。どうすればよかった？　人間のクズが「今夜、おれはあんたより先にここを出ていく。あんたの月給二ヶ月ぶんの時給を取る弁護士がついているからな」とほざくのを、おとなしく聞いていればよかったのか？

それなのに、ジョルジャは出ていった。だからいま、彼女の実家がある建物の下で、車のなかで夜を過ごしている。どのみち、ひとりでいるとアパートメントがやたらと広く感じられるし、夜はいろいろな物音が気になって一睡もできやしない。クソいまいましい義母は、まったく手を差し伸べてくれなかった。いまも娘を洗脳しているのが、聞こえてくるようだ。ほら、見なさい。あの男は粗暴で頭がおかしいって、言ったでしょう。こんな結果になるのがわかっていたから、結婚に反対したのよ。

違う。おれはそんな男ではない。きみがこれまでもこれからも、おれのたったひとりの女であるように、おれもきみのたったひとりの男だ。きみの望みどおりに子どもができていれば、こんなふうにはならなかった。運命がおれを罰する代わりに一度だけでも助けてくれていれば、きみのきれいな顔立ちとおれのたくましさと強い意志を受け継いだ男の子が授かっていれば、こうはならなかった。

誘拐された少年のことが頭に浮かんだ。「あなたみたいな職業だと仕事のことが片時も頭から離れないのよね」、とジョルジャは口癖のように言っていた。あの罪もない少年は、豪邸でなに不自由なく暮らし、富裕層のための学校に通うあの少年は、どこかの馬の骨にやすやすと連れ去られ、杳《よう》として行方が知れない。

きみに事件のことを話したい、愛するジョルジャ。どれほどきみと話したいことか。激しく愛を交わしたあと、ベッドのなかで語り合い、内に潜む苦悩をやわらげ、安らぎを得たい。きょう一日の出来事を話して、きみのやさしい声を聞き、心を軽くしたい。

フランチェスコ・ロマーノは強くて清く正しい、優秀な警官だ。

ヒーローだ。

きみのいないヒーローは、誘拐された子どもよりも惨めだ。あの子には愛してくれる人がいて、元の暮らしに戻る希望を持つことができる。

だが、フランチェスコ・ロマーノには希望がない。

戻るべき暮らしもない。

小型トラックの陰にいて、運がよかった。車内で共同玄関を見つめて泣いていても、深夜に家路を急ぐ人々に気づかれる心配はない。

ヒーロー。

ヒーローは、みなが寝ているあいだも起きている。異常はないか、正すべきことはないか、と夜の闇を見張っている。

人目を避けて、洞窟に住むヒーローもいる。

ふつうの人々に交じって豪華なペントハウスで暮らすヒーローもいる。そして、ことが起きればすぐに専用の服に着替え、見かけは平凡だが特殊な装置で空を飛び、水中に潜ることのできる車で出発する。

ヒーローは、あらゆるところに悪が潜んでいることを知っていて、電話ボックスでどんな攻撃にも耐える派手な衣装に着替えて、敵に立ち向かう。

夜は、ヒーローにお誂え向きの舞台だ。

マルコ・アラゴーナは歩道の中央をのんびり歩いていた。

車は駐車場に置いてきた。いつものようにタイヤをきしらせ、急ブレーキの音を響かせて駐車した。いつもの夜警はいつものようにびっくりしてうたた寝から目を覚まし、いつもの不機嫌な顔で睨みつけ、いつもの作り笑いを浮かべて言った。こんばんは、だんな《ドットーレ》。モロッコ人の夜警はマルコが警官であることを、知っていた。マルコはひそかに毒づいた。臆病者め、しっぺ返しが怖くて文句が言えないのだ。

マルコは夜の帝王になった気分で、肩をそびやかして人気のない街路を歩いた。マルコ・アラゴーナは、街にはびこり夜陰に乗じて跋扈《ばっこ》するドブネズミどもの脅威の的だ。マルコ・アラゴーナが百人いれば、超法規の精鋭チームを作って、ゲイ、売春婦、泥棒、不法移民を一掃し、あっという間にこの街を浄化してみせるのに。

議会や聖職者、人道主義者たちはきれいごとばかり並べて、この国をだめにしている。規制を厳しくするべきだ。一度、大掃除をして、どうなるか見てみようじゃないか。

一等巡査マルコ・アラゴーナにとって、夜は恐れるに値しない。それに、眠くもない。考えごとがあったので、遠まわりの道を選んだ。きょうは大変な一日だった。子どもの誘拐は、ほんとうに心が痛む。

誘拐事件は、しょっちゅう起きるものではない。最初は、昇進する絶好の機会だと小躍りしたが、ロマーノと組むことになったので、誰かに押しつけようかと考えた。彼と仕事をするのは、爆弾の上に座っているのと同じで、危なっかしくてたまらない。それに、あの少年の家族が苦手だった。誰もが角突き合わせ、暴言を吐き、いつ取っ組み合いが起きてもおかしくない。これは誘拐事件であって、宮廷舞踏会ではないことを早く自覚すべきだ。そうすれば、捜査が進めやすくなって、気の毒なドドのためになる。

家の玄関に着いた。実際は、〝家〟と呼ぶのは語弊がある。マルコが住んでいるのは、この街で最初に着任した警察本部といまのピッツォファルコーネ署との中間に位置する〈地中海《メディテラネオ》ホテル〉だった。

このことは職場では秘密にしている。千二百ユーロの月給に頼る必要のない、コネで入庁した警官。資産家の両親が王族のような生活を享受する故郷なら、どこの法律事務所にも簡単に入ることのできる坊や。そう思われているのは、百も承知だ。単身者用アパートメントではなく、街の中心にある高級ホテルで、給料よりも高い宿泊料を払って朝食付きの部屋に住んでいることがばれたら、口さがない連中の恰好の餌食になるに決まっている。

だが、マルコにはホテル暮らしが理にかなっていた。行き届いたサービスとうまい食事が提供され、掃除も洗濯も不要とあって、とにかく便利なのだ。おまけに衛星放送の入るテレビで、大好きなアメリカのテレビドラマをいくらでも見ることができる。そもそも、秘密捜査官といったらホテルで暮らし、ルーフガーデンでドライマティーニを手に、かすかな交通騒音をバックグラウンドミュージックにして眼下に広がる市街を眺めているものではないか。

正直なところ、ホテル住まいをする理由はまだあった。毎月多額の金をだいじな息子のために嬉々として銀行に振り込んでくれる両親には、教えていない。ウェイトレスに身をやつして、毎朝ベーコンを添えたスクランブルエッグを供してくれる天使、イリーナがその理由だ。

話しかけたことは、まだない。でも、そのうち機会をこしらえて、サングラスを恰好よくはずし、いま初めてその存在に気づいたかのように、かの有名なまなざしで見つめよう。そして、素晴らしい胸元につけている名札を読むふりをして、思い切って言う。チャオ、イリーナ。仕事のあとはどんな予定？

部屋の鍵を手にエレベーターに向かいながら、思った。〝イリーナ〟は、たしかに移民の名だ。だが、移民の全部が全部、少年をさらった犯人のような悪党とは限らない。十把一絡げは禁物だ。

エレベーターのなかで鏡に我が身を映し、イリーナにプレゼントするまなざしを練習した。おれたち警官は、ヒーローだ。

ヒーローは人種差別をしない。むろん、アラゴーナも。反論できる者がいたら、お目にかかりたいものだ。


ヒーロー。正体を隠すヒーローもいる。

いかにもヒーローのように見えるとは、限らない。

平凡至極な人間を装う場合もある。特別視されたくないから。悪党どもに、彼らを檻のなかに送り込んだ張本人だと見破られたくないから。

すぐそばにいるヒーローに、気づかないときもある。

おそらく、その存在に慣れ、特別に意識しなくなるのだろう。愛していても、子どものころから知っていても、あるいは家族であっても、ヒーローが身近にいることに気づかない。

ヒーローはときに別の人格の陰に隠れ、本来の自分とはまるきり異なる人間として生きている。

ときとして、ヒーローは名もなき人である。

アレッサンドラ・ディ・ナルド――アレックスは両親の教えに従って、行儀よく座ってテレビを見ていた。たわごとを垂れ流す番組に興味があったわけではない。テレビには八分の一、いや十分の一だけ注意を払って、別のことを考えていた。夕食後のこの慣例をやめられるものなら、喜んでやめる。だが、父親すなわち将軍が、これを守ることにこだわっている以上、母の言葉を借りるなら、投票権は与えてもらえない。

アレックスは両親とともに実家で暮らしている。独立してアパートメントに住みたい、ここから離れていればどれほど小さくても、どんな場所でもかまわない、ずっとそう願っている。何年も前には、思い切って食卓で希望を打ち明けた。口は一度にひとつのことしかできない、食べるときはしゃべるな、というのが将軍の方針なので、食事中の沈黙を破るだけでもかなりの度胸がいった。そうしたら、即座に明確な答えが返ってきた。かまわんよ、と将軍は答えた。結婚したら、そうするがいい。

結婚はあり得ないから、この話題はこれで打ち切りとなった。

テレビではこの時刻にいつも見る番組の司会者が、いつもの太く低い声でもったいぶってしゃべっていた。ダイエット、政治、経済、どんな話題でもいつも同じ調子だ。今夜は、百回目ほどにもなるだろうか、ある有名な事件を取りあげていた。事件現場の事細かな分析に始まり、心理学者は犯人像を推察し、司法関係者は一般的な捜査手順を述べ、犯罪学者は頓馬な刑事たちが見落とした手がかりを列挙した。なんて不毛な討論だろう。アレックスは心の十分の一で思った。犯罪はどれも同じであるかのように扱っている。実際は、ゆがんだ悪の芽が魂のなかで育った過程は、それぞれの犯罪で違うのに。

将軍を盗み見ると、肘掛椅子の上で頭をのけぞらせ、口をぱっくり開けて居眠りをしていた。すっかり年を取っちゃって、といつものように愛おしさと憤り、畏れの入り混じったなんともいえない気持ちで、つぶやいた。父はわたしの監獄だ。父と意見が一致することは絶対にない。したがって、父の意見はどんな罰よりも重く感じる。

父の向こうで母も、とがった鼻から眼鏡をずり落としてうたた寝をしていた。手洗いに行こうとしただけでも、ふたりともコオロギのように飛び起きるに決まっている。母は将軍の無言の意を受けて、どこへ行くのか、テレビがおもしろくないのかと訊くことだろう。

あしたは仕事が終わったら家に直行しないで、射撃場へ寄って練習しよう。防護用の耳当てをつけ、的の描かれたシルエットを設置した暗い空間を前にし、自ら改造した警察支給のリボルバーを手にしているときだけは、自分自身でいることができた。ほっそりした優雅な体型と繊細な顔立ちのアレックスは、二十八という年齢より五歳は若く見える。そんな小娘が六発連続で的の真ん中を撃ち抜くと、周囲の同僚はそろって目を剝く。

銃器は、将軍と共有できる唯一の情熱、正反対の父と娘を結びつける唯一の絆だ。将軍は娘が十歳のときに、初めて射撃練習場に連れていった。もっと女の子らしい遊びを望んでいた母親のか弱い反対は、どこ吹く風と聞き流された。そもそも、息子を産むことができなかったのは、おまえではないか。陸軍にもうひとりのディ・ナルドを授ける望みを失ったいま、銃器という罪のない趣味を娘と分かち合って、なにが悪い？

アレックスは寄宿学校を卒業後、警察に入ることを決めた。将軍は言葉に出さなかったが、内心では喜んでいた。寄宿学校時代のある雨の夜、非常に活発な友人を相手にアレックスがほんとうの自分を発見したことを、将軍は知る由もなかった。

アレックスは男性に興味がないので、結婚は論外だ。

アレックスは女性を好んだ。

あいにく、ありのままでいる勇気がないために、自分自身を憎む結果になった。特殊な場所に行き、仮面で顔を隠し、素性を偽ってやわらかな肉体に触れ、特別な楽しみを得る自分を嫌悪した。

肉体がひそかにうずいて、アレックスは椅子の上でもじもじした。自然の成せる業だ。自然に逆らうことはできないし、逆らうつもりもない。だが、それが許されない状況もあり、アレックスの場合、すべての状況は将軍によって決められる。テレビを見ながら思った。番組に登場している、緑色のセーターにチェックのシャツ、ふさふさした白髪の心理学者は、わたしをどう分析するのだろう。臆病で引っ込み思案な中産階級のしつけのよい娘、射撃の腕に優れ、こっそり女を求める性癖がある……

ふいに、ロヤコーノ警部——中国人《チネーゼ》と組んで捜査中の窃盗事件の被害者、パラスカンドロ夫妻が頭に浮かんだ。中国人は分別があって堅実、それに論理的で好感が持てた。警官として優秀であり、信頼のおける同僚でもある。署内での発砲事件が原因で追放された以前の分署に大勢いた、女たらしの連中とは大違いだ。あの件は完全なでっちあげだった。

ピッツォファルコーネ署での人間関係は、良好だ。ピザネッリ、オッタヴィア、それに気難しいロマーノとも気が合う。みなアレックスと同様、傷のついたリンゴかもしれないが、まともだ。傍若無人なアラゴーナでさえ、少なくとも自分を偽ってはいないし、たまに好感の持てるときもある。その誰もが、なにやかやの理由で孤独だ。だが、例の窃盗事件の夫婦のように憎み合うくらいなら、孤独なほうがましだ。あしたは中国人と一緒に、パラスカンドロのスポーツジムを探りにいく。この窃盗事件は、どうも腑に落ちない。科学捜査研究所の管理官も同じ意見だった。

マルトーネのことを考えたとたんに、実際に音を発したかと思うほどに強烈な衝撃を体の奥深くに感じ、将軍が聞きつけて目を覚まし、例によって胡散臭げに窺ってくるのでは、と心配になった。恰好のよい臀部を白衣に包んだ管理官はおそらく同類であり、アレックスの発散する、仲間にしかわからない特殊なにおいなりシグナルなりを感じ取ったようだった。

言葉に詰まるという失態をさらしてしまったが、なぜか好意を、それも非常に大きな好意を持ってくれた。

でも、それは勝手な思い込みかもしれない。たぶん――わたしはきっと、百歳を超えた両親の世話をしながら、肉体の飢えを満たすものを闇のなかで求めて孤独に生きていく運命なのだ。誘拐された少年の顔が、意識下から浮かびあがった。どこへ連れていかれたのだろう。誰かの子どもであることで、高い代償を支払う羽目になることもある。わたしがいい例だ。

その思いに答えるかのように携帯電話が膝の上で振動し、薄暗い部屋に光を投げた。ディスプレイに、見知らぬ番号とメールの着信が表示されている。

暗証番号を打ち込んで、メールを読んだ。『チャオ。わたしが誰だか、わかるわね。この番号を教えておきたかったの。話をしたいときや、ビールを飲みにいきたくなったときのために。ではまた。おやすみ』

慌ててメッセージを閉じた。頬が燃え、胸がどきどきした。

ええ、そのとおりよ。あなたが誰だかわかるわ。

アレックスは、闇のなかで微笑んだ。


ヒーローとは、こうしたものだ。

ヒーローの正体を知る人はいない。だが、時機が来れば必ず姿を現し、本来の姿になって悪と闘う。ヒーローはすぐそこに、いつもいる。

絶対に。

第三十章

女は部屋に入ってくると、ぐったりと腰を下ろした。裸電球が荒れ果てた部屋を寒々しく照らしている。

「タバコをちょうだい。くたくたよ。女優じゃないのに、演技するなんて」

男は笑った。

「上出来だったぞ。壁の隙間から全部聞こえた。アメリカ映画そっくりだった。吹き出しそうになったよ」

「ついでに拍手もしてくれたらよかったのに。ほら、じいさん専用の電話番号。これで、あの女を通して話をしなくてすむ」

「だけどさ、じいさんと直接話すのが、それほど重要なのか？　なんか、わからないことばっかりだ」

「わかる必要はないのよ。そう言われたでしょ？　わかったり、知ったりしないほうが、うまくいく。指示されたことだけを、やればいいの」

男は肩をすくめた。

「約束の金がちゃんと手に入ればな」

「お金だけじゃない。あんたとあたしの新しいパスポートと身分証明書も。足がつかないように、ロシア国籍にしてもらわなくちゃ」

「国籍を変えるのは、残念だな。おまえにはわからないだろうが、一日じゅうこのへんてこりんな言葉と悪戦苦闘したあとで、家に帰って故郷《くに》の言葉をしゃべると、心底ほっとする。イタリア語は大嫌いだ」

　今度は彼女が笑う番だった。

「ほんと、あんた全然できないものね。この国に何年いるの？　十年だっけ？」

「八年だ。だけど、授業を受けていたわけじゃないからな。汗水垂らしてレンガや漆喰を運んで、ようやく食っていた。故郷では、事情が許す限りは学校に行っていて、成績だって悪くなかった。だけど、クソいまいましいイタリア語にはお手上げだ」

「とにかく、うまく電話をしなさいよ。余計なことをしゃべらなければ、ボロは出ないわ」

「ああ、あいつにも言われた。話すことは紙に書いてあるから大丈夫だ。少なくとも、今度の電話のぶんはある。じいさんに話すことを書いたぶんは」

「用心してよ。死に損ないの老いぼれだけど、狐みたいに抜け目がない。値下げを要求したり、罠にかけようとしたりするかもしれない。こっちが身代金を要求することは、とっくに見越しているわ」

「ああ、わかってるって。書いてあることを、落ち着いてゆっくり読めばいいんだろ。いまのところ、ほかの指示はもらっていない。あとで電話をしてきて、今後の指示を与えると言っていた」

　女はせせら笑った。

「あたしたちを信用してないのよ。ある程度しか信用していない。だから、細かいことを教えないのよ。子どもと身代金を交換する方法や、金の受け渡し場所、子どもを解放する場所も」

男は倉庫のドアに目をやった。

「あの子はおまえをこれっぽっちも疑っていないみたいだ。おとなしくついてきたし、さっきはすぐに信用した。おれたちが手を組んでいると、思わないんだろうか」

「あの子は、あたしが育てたのよ。有閑マダムの母親が遊びまわっているあいだ、三年間も世話をしたわ。ところが、学校へ行くようになったら、さっさとお払い箱。もう用はないよ、レーナ、ってね」

「それにしても、ここまで用心する必要があるのかね。金髪に染めたうえにフードまでかぶった。ここに来るまでも、あちこち回り道をした。相手はほんの子どもじゃないか。道なんか、覚えていやしないのに」

「用心するに越したことはないわよ。それに、あの子はスーパーヒーローの映画やアニメに夢中で、自分の世界に閉じこもっているように見えるけど、賢くて目ざといわ。見くびってはだめ」

「なんとしても、成功させたいな。計画どおりにいけば、四、五日で終わる。そうしたら、金と身分証明書、飛行機のチケットを手に入れて南アメリカへ行くことができる」

「そして、警察はあの子の話から、あたしはあんたに消されたと推定する」

男は笑った。

「ほんとうに消すかもしれないぞ。そうすれば、金を独り占めして楽しむことができる」

女も笑った。

「そんなことをして困るのは、そっちよ。あんたはロシア語もスペイン語も話せない。あたしがいなければ、空港へ行くこともできないじゃない」

「だから、あいつはおれたちを選んだのかもしれない。おれたちは指示どおりに動くしかないから」

「そうね。だから、なんとしても成功させなくちゃならないのよ」

第三十一章

パラスカンドロのスポーツジムは、一風変わった場所にあった。

入口は幹線道路のすぐ横にある路地の交差点近くにあり、数珠つなぎになってのろのろ走る車のあいだを突っ切り、横道を埋め尽くす大小、型式さまざまなスクーターの隙間をすり抜けて、ようやく狭い歩道に達することができる。これなら、ジムに行くまでもなく運動不足は解消できそうだ。ディ・ナルドとロヤコーノは、入口まであと五メートルのところで、写真を撮りながらにぎやかにしゃべって進む一列縦隊の日本人観光客と、そのあとから乳母車を押してついていく威風堂々たる美人ふたりが通り過ぎるのを待つ不運に見舞われた。美人たちは東洋式歩行術を方言でさんざんこき下ろし、ロヤコーノは理解できなかったが、アレックスは吹き出した。

ずいぶん機嫌がいいな、とロヤコーノは思った。アレックスは派手に感情を表現するタイプではないが、なにか楽しいことでもあったのか、ときどき思い出し笑いをしている。ドドの行方が知れなくなって三日経ち、誘拐事件であることが決定的になって刑事部屋の雰囲気が重苦しい現在、上機嫌な刑事がひとりでもいるのはありがたい。ロマーノとアラゴーナの懸命な捜査にもかかわらず、ドドの日常生活から手がかりを得ることはできなかった。オッタヴィアとピザネッリはそれぞれインターネットと情報網を駆使して精力的に調べているが、いまのところ目立った収穫はない。ピザネッリは、あまり期待はできないが、きょう休暇から戻る銀行家の友人に話を聞くと話していた。

犯人逮捕の成否は、事件発生後の数日間にかかっている。誘拐事件の場合は、とりわけその傾向が強い。その数日間で手がかりを得ることができなければ、よほど運に恵まれない限りは迷宮入りになる。人質がまだ生きている可能性を思うと、捜査班の焦燥は増すいっぽうだった。

ロヤコーノとディ・ナルドはそちらの捜査に寄与できることはなかったので、パラスカンドロ夫妻の窃盗事件に戻った。マルトーネの約束した新たな検査の結果が出るのを待つあいだに、パラスカンドロ家の内情を探っておくのも悪くない。

狭苦しい路地と地味な入口の印象とは打って変わって内部は広々として明るく、近代的だった。受付カウンターのある大きな部屋から通路が二本延び、エアロビクス用らしきアップテンポの曲が響いている。ふたりの男性ボディビルダーが身振り手振りよろしく会話に興じ、その横で二サイズは小さいエクササイズウェアに豊満な体軀を押し込んだ汗びっしょりの中年女ふたりが、彼らの注意を引こうと虚しく努めていた。カウンターのかわいらしい受付嬢が、愛想よく声をかけてきた。

「ご用件を承りましょうか？」

ロヤコーノが身分証明書を見せてパラスカンドロに面会を求めると、受付嬢はわずかに眉を寄せた。

「パラスカンドロはおりませんが、奥さまでよろしければいまお呼びしますので、少々お待ちください」

アレックスとロヤコーノは小さなソファに腰を下ろし、フィットネスマニア四人の駆け引きを楽しんだ。男性陣は、新しい背筋用マシンの効果について熱っぽく語り合う。かたや女性陣は聞こえよがしに会話をし、ちらちらと視線を送るものの無視されるばかり。アレックスはロヤコーノに尋ねた。あの女の人たちが話をしたがっているわよ、って教えてあげます？　そうすれば、あんな大声を出さなくなるんじゃないかしら。ロヤコーノが返答する前に、憂い顔のスージー・パラスカンドロがやってきた。

最初に会ったときは体の線の露わなドレスを着ていたが、きょうは蛍光色のボディスーツだった。ロヤコーノは、マリネッラが勉強のときに使う緑色のマーカーを連想した。同色の靴は、少なくとも十センチは身長を嵩上げしている。まぶしかったのだろうか、アレックスはパチパチと瞬きした。

ロヤコーノ警部は立ち上がって言った。

「こんにちは。突然伺って、申し訳ない」

スージーは明らかに緊張した様子で、人目を憚るかのように周囲を窺った。

「あら、ちっともかまいませんよ、警部。進展があったのかしら。なにかわかりました?」

「いや、とくには。鑑識の予備報告の結果、もう少し聞きたいことが出てきたので……」

「そうですか。とにかく、こちらではなんですから、オフィスへどうぞ」

スージーは美容外科医に世話になった肉体の一部を誇示してしゃなりしゃなりと歩き、デスクと椅子二脚を置いた小部屋にふたりを案内した。ドアをきっちり閉めてから椅子に腰を下ろし、刑事たちにも椅子を勧めた。

ロヤコーノは言った。

「仕事中にお邪魔したくはなかったが、盗まれた品について知りたいことがあったものですから。なにが盗られたか、あれからよく確認しましたか」

「そう言われても困るのよ、警部さん。わかっている限りでは金庫に入っていたものだけみたい。あの金庫は主人しか使わないから、あたしには答えられないわ」

アレックスが口を挟んだ。

「ご主人はこちらではないんですか?」

「ええ、めったに来ないのよ。主人にとってここは投資のひとつで、実際に運営しているのはあたし」

アレックスは質問を重ねた。

「こちらに来ないのなら、ご主人はふだんなにをなさっているんですか？」

スージーは目を逸らして壁を見つめた。

「なにって……主人は引退したのよ。いまは一族の資産の管理に時間を割いているわ。事業をしているの」

「どんな事業です？」

「だから、事業よ。外出する、家に戻る。人に会う。それが事業でしょ。あたしにはなにも言わないから、内容は知らない。それに、泥棒となんの関係があるの？　なんだか、まるで主人のことを調べているみたい」

ロヤコーノは両手を挙げて、スージーの文句をさえぎった。

「違いますよ。泥棒の目的を突き止めようとしているんです。金庫の中身しか盗まなかったなんて、妙じゃありませんか。銀器、宝石、それに財布など金目のものがたくさんあったのに……」

スージーが返事をする前に、ドアがバタンと開いて若いボディビルダーが入ってきた。

「アモーレ、またサウナのモーターが壊れて……おっと、失礼。お客さんとは……」

スージーは見るも哀れなほど慌てふためいた。はっとして立ち上がり、真っ赤になったかと思うと見る見るうちに青ざめ、動揺も露わにデスクに両手をついて身を固くした。服の色を足すと一瞬で虹のスペクトルがそろったわ、とアレックスは思った。

「マーヴィン、なに……なんで、ノックしないのよ。マナーはどうしたの？　お客さんなのよ。

さあ、出ていって。モーターのことはあとにして！」

ロヤコーノは素早く立ち上がって、手を差し出した。

「いや、ちょっと待ってくれ。こっちこそ、押しかけてきたんだから。ええと、そちらは……」

青年は困惑してスージーをちらっと見て助けを求め、もごもごと名乗って、警部と握手した。二十五歳くらいだろうか。見事な体軀にショートパンツとタンクトップをまとい、きれいに日焼けしたつるつるの肌を披露していた。

アラゴーナの胸元と同じだ、とディ・ナルドは思った。もっとも、日焼けとムダ毛の処理のほかに共通点はまったくない。アラゴーナと違って、マーヴィンはフィットネスの歩く広告塔と言っても過言ではなかった。数多の刺青で飾り立てた、くっきりと盛りあがってぴくぴく動く筋肉。完璧な目鼻立ちを縁どる豊かな金髪。男性に興味のある女なら、いまごろは失神しているだろう。ただし、目は虚ろで表情に欠け、頭の働きはいまひとつらしい。本名かどうかはともかく、マーヴィンはかなりの頓馬と見てよさそうだ。

スージーがやっとのことで口を開いた。

「失礼しました、警部さん。マーヴィンは従業員で……とにかくあとで相談すればいいことなので」

ロヤコーノはスージーを押しとどめた。

「いや、ほんとうに気にしないでください。こっちが悪いんだから。なんという名だね、マーヴィン？　つまり、本名は？」

「ああ……マリオ・ヴィンチェンツォ・エスポージトです、警部。で、なにか？」

ロヤコーノはマーヴィンの前腕の刺青をじろじろ眺めた。似通った刺青を幾度も見たことがある。

スージーは再びマーヴィンを追い払おうとした。

「なんの関係があるんだか、さっぱり……」

警部は口調をあらためてスージーをさえぎった。

「どうしたんです？　エスポージト氏と話してはいけないんですか？」

スージーはびくっとしてあとずさり、椅子に腰を落とした。顔色が今度は濃い赤から灰色に変わった。

「いえ、別に。どうぞ話して」

「では、遠慮なく。われわれはピッツォファルコーネ署のロヤコーノとディ・ナルド。パラスカンドロ家に泥棒が入ったことは、おそらく承知だね。その捜査でここに伺った。そこで聞かせてもらいたい。このジムで働いて何年になる？　仕事の内容は？」

警部の厳しく素っ気ない口調にマーヴィンは戸惑い、スージーの視線を探し求めたが、彼女は気づかないふりをした。

「ピラティスのインストラクターと用具の管理の手伝いをしている。ここで働くようになったのは六ヶ月くらい前で、まあ見習いってところかな。つまり、正規の従業員じゃない」

アレックスは言った。

「では、不法就労なのね。以前はどこで働いていたの？」

エスポージトはデスクの天板に非常に興味を引かれているようだった。

「あっちこっちで、ちょこちょこと」

ロヤコーノがきっぱり言った。

「署に戻ってコンピューターで五分も調べれば、全部わかるぞ、エスポージト。手間を省いてくれないか」

「わかったよ。刑務所にいた。バカな真似をしたけど、ちゃんと償った。一度間違ったら、まともな暮らしはできないのか？　一生色眼鏡で見られて、なにかあったら全部おれのせいになるのか？」

ロヤコーノは、激しい抗議に動じなかった。

「そんなことは言っていない。この窃盗事件がどうにも解せないから、二、三質問をしているだけだ。ちなみに、収監された理由は？」

とたんに、静まり返って気まずい空気が漂った。アレックスは努めて真顔を保った。

マーヴィンが顔を上げる。

「マンションに泥棒に入ったんだ」

分署へ戻るあいだ、ディ・ナルドは先ほどの場面を思い出して笑いが止まらなかった。

「もう、信じられない。いきなり入ってきて、あんな年の女性をアモーレって呼ぶなんて。それに、刑務所を出たばかりだって白状したと思ったら、よりによって捜査中の件とそっくり同じことをやって入っていたって言うし。これが不運でないならば……ドナルドダックだって不運じゃない！　ああ、最高！」

ロヤコーノは運転に集中しながら答えた。この街で生まれ育つか、アラゴーナのように頭が空っぽでない限り、街中での運転は至難の業だ。

「ああ、じつに不運だった。だが、前科よりもスージーとの関係が気になるな。スージーは、年齢相応におとなしくしているタイプではない」

「ええ、新鮮な肉をつまみ食いしては、若返るタイプですね……正直なところ、あの夫では彼女を責める気になれない。ところで、夫の事業とやらの正体を調べませんか。やたらと曖昧な言い方をして、なんだか怪しいわ」

追突しないよう、されないよう、前後に同時に注意を払って、ロヤコーノは相槌を打った。

「うん、そのとおりだ。それに、スージーが直接関与していたと仮定すると、いろいろ辻褄が合う。たとえば、警報装置のスイッチが入っていなかったこと」

「金目のものが盗まれなかったことも。おそらく犯人は金庫の中身を知っていた、そして……」

「……そしてそれは、亭主のほんとうの事業と関係がある。捜査の範囲が狭まった。どのみち、あんなボディスーツをあえて着る女は、生まれついての犯罪者だ」

アレックスは笑った。

「お見事、警部。アラゴーナに次ぐ、ピッツォファルコーネ署のコメンテーター誕生ですね」

第三十二章

ジョルジョ・ピザネッリは、少なくとも自分の場合は腫瘍の引き起こす症状が悪化の一途をたどるのではないことがようやくわかって、安堵した。

病気の進行に伴って日ごとに症状が重くなりそうなものだが、相手の迷惑を悟った歓迎されざる客のように消え失せる日もあって、そうしたときは新たな喜びが込みあげた。この日はそれに加えて甘い風が夏の訪れを感じさせ、とりわけ気分がよかった。

ボレッリ家の経済状態を電話で調べる作業をすませ、大銀行の支店長をしている友人に会いに出かけた。電話では話せないことというものがあるし、情報源を決して明かさないことはむろんだが、情報そのものも非常に漠然とした、ヒントのような形で教えるというのが、友人との取り決めだ。

ピザネッリは管区で大きな人望がある。助けを必要としている人がいれば必ず手を差し伸べるし、誠実でまっすぐな性格とあって、共感と共謀とを隔てる細い線を決して越えない。こうした姿勢は、界隈を荒らすケチな悪党からも大物ギャングからも敬意を得ていた。そこで、高齢者や幼児などの社会的弱者を標的にした犯罪が起きると、誰もが協力を惜しまなかった。

友人と会う場所は慎重を期して管内の店を避け、銀行の支店からあまり遠くないテーブル席のあるバールと決まっている。経済危機や不況の及ぼす影響、不動産価格の下降などについて意見を交わす三十分ほどのあいだに、ピザネッリは友人の言葉の端々から、ネット上の資料では知ることのできない、ドドの家庭の内情を汲み取った。これで、一時間後に開かれる捜査会議で報告できる情報が手に入った。

それまでマリア・ムゼッラを離れたところから見張って、時間を有効に使うことにした。内心で〝殺し屋〟と呼んで追っている、人生に絶望した人々を殺す輩《やから》の次の犠牲者と目している女性だ。彼女は向精神薬を催眠剤として服用しており、その服用量と効果を薬剤師に説明してもらって、日常生活のリズムを割り出した。いまは薬による朦朧状態をようやく抜け出して、昼食の用意をしているころだ。妻カルメンの長くつらい最後の数ヶ月をあらためて思い出し、ジョルジョは身震いした。

ピザネッリはマリア・ムゼッラのアパートメントの向かいの建物で玄関口に身を潜め、腕時計に目を落とした。行方不明の少年の捜査で捜査班が狂奔している現状では、アヌンチアータ教会に寄ってレオナルド神父と会う時間を取れないだろう。できれば、調査の新しい方向やムゼッラに注目している理由を話したかった。神父と話すと、いつも考えを整理することができる。あいにく今週は、神父にショートメールで連絡したように、〈イル・ゴッボ〉での恒例の昼食も抜かすことになる。もっとも、そのほうがかえって好都合かもしれない。天涯孤独のムゼッラを訪れてくる人物がいた場合は、のちに神父にその事実を告げ、訪問者が件の〝殺し屋〟である可能性が高いと話してやろう。そうすれば、仰天した顔を見て楽しむことができる。ピザネッリはマリア・ムゼッラが次の犠牲者であることを確信し、必ずや現場を押さえようと意気込んでいた。

その望みが叶ったのちは、愛するカルメンに再び口づけをする瞬間を夢見て、ようやく心安らかに病に屈することができる。

レオナルド神父は短い脚をせっせと動かして坂を上り、マリア・ムゼッラのアパートメントを目指していた。予定は、大幅に遅れていた。

容易ではないのだ、とできれば声を大にして言いたいところだ。機が熟すのを待たねばならないのだから。

未来の天使はあらゆる希望を失い、打ちのめされた状態でなければならない。意気消沈している、先々が不安だという程度では、いずれは立ち直って再び現世や人生に執着しないとも限らない。誰もが自殺に納得する状態――いつかはこうなると思っていた、あの人はもうこれ以上生きていけないとわかっていた、周囲の人がそう口をそろえて言う状態でなければならない。

遺体がすぐに発見されない場合も、覚えている限りでは三度あった。そしてそのたびに、その人の孤独な境遇のみならず、世間からの隔絶も見抜いたことを誇らしく思った。自殺とは、とっくの昔に自分を見放した人生を捨て去る行為に過ぎない。

このような人々を生き長らえさせておくのは、もはや犯罪と言えよう。創造主のもとへ行くことを切望している魂を、心臓が無意味に鼓動を打つままにして、肉体が無理やりこの世につなぎ留めておくのだから。

ムゼッラは、最近はまったく教会に来ない。薬の服用によって長時間を朦朧として過ごし、いくらか正気を保っている数時間のあいだは、ひたすら絶望の深淵へ向かっている。それでもレオナルドは面と向かって話し合い、現在の精神状態が薬物依存によるものか、生きる意欲を完全に失ったためなのかを確認したかった。計画を実行するには、一点の疑念もあってはならない。

そのほかの準備は完璧だ。意識を失ったあとでも起こり得る痙攣や激しい苦痛を伴う恐れなく、深い眠りから死へと導くに必要な薬の分量は、把握してある。疑念を持たれないよう、実行する時刻に応じて使う部屋も決めた。筆跡も完璧に真似ることができるから、遺書を残しておけば誰もが自殺と信じる。

あとは、旅立ちのときが来たことを確認するのみ。決行前の最後の訪問である。

昼食の前に着かなくては、とレオナルドは先を急いだ。さもないとムゼッラは再び眠ってしまう。信徒たちは、そそくさと挨拶をして去っていく小柄な神父を、笑みを浮かべて見送った。神父さまはきょうも、助けを必要とする人々に安らぎを与えにいらっしゃる。

実際、レオナルドはそれを旨としていた。

先日のように激しい尿意に襲われなかったことに気をよくして見張りを続ける傍ら、ピザネッリはこの場に自分を導いた勘について考えていた。マリア・ムゼッラが次の犠牲者だと確信する根拠は、自分でも説明できない。どこかで、こんな説を読んだ覚えがある――勘とは蓄積された知識を瞬時に応用することにほかならない。無意識下で一瞬のうちに事実の再構成、比較、統合、分離をして、数多のなかから最適な仮説を選択した結果である。ならばこの確信は、長年の調査、数多の間違い、行き詰まりの繰り返しの賜物ということだ。〝殺し屋〟は、必ずまた襲う。今度の標的は、目の前の建物の三階にいる。〝殺し屋〟は共同玄関を入って階段を上り、三階の彼女の部屋のドアを叩く。マリア・ムゼッラは、おぼつかない足取りで戸口へ向かうことだろう。

その姿がアパートメントの窓越しに見えたら階段を駆け上り、いよいよ犯人と対峙するのだ。血管にあふれ出すアドレナリンを感じ、頭脳と肉体と精神の完全な調和を喜び、事件の解決が近づいたときの充実感を噛みしめた。そのとき、左の胸ポケットが振動した。パルマ署長の深刻で緊張した声が捜査会議の開始が早まったことを告げ、ただちに分署に戻るよう求めた。

「まあ、いいや」と、ピザネッリは三階の窓に向かってつぶやいた。どのみち、時間の問題だ。

そして、歩き始めた。

ちょうどそのとき、ピザネッリの行く手とは反対の方角に、息を切らして近づいてくるレオナルド神父の姿が小さく現れた。

第三十三章

ロヤコーノは、娘のマリネッラとレティツィアの店に行く約束をしていたが、パラスカンドロのジムへの訪問が予想より長引いて、はらはらした。仕事を優先して楽しい予定をキャンセルすることは、珍しくない。

そうしたときに何日もふくれっ面をしていた妻と違い、娘はずっと理解がある。だからこそがっかりさせたくなかった。さいわい昼食後に予定されている誘拐事件の捜査会議までのあいだをパルマが自由時間にしてくれたので、店に駆けつけた。マリネッラは店の外で待っていた。

レティツィアの店は、この特殊な街で初めて入ったトラットリアだ。それから二年経つが、ここ以上の料理を出す店は知らない。

ひとりきりの寂しさに耐えられず、狼のように街をうろついたあの雨の夜のことは、記憶に染みついている。あれは人生最悪の時期だった。異動先のサン・ガエターノ署で閑職に追いやられ、友人はおろか知人もなく、誰かと言葉を交わすのも、食料を買うのも億劫だった。荒天の闇のなかで唯一明るく光っていたのが、レティツィアの店のネオンサインだ。食事よりも避難場所を求めて、ロヤコーノはドアを開けた。

とたんに、この世のものとは思えないラグーのうまそうなにおいに襲われ、猛烈に腹が空いていることに気づいた。のちにロヤコーノ専用となる、たったひとつ空いていたドアのそばのテーブルにつき、顔をうつむけて濡れた髪からしずくを滴らせ、腹が破裂しそうになるまでむさぼった。その量たるや、信じられないほどだった。

その夜以降、少なくとも週に三、四回は通う常連となった。ここが人気の店と知ったのは、かなりあとだった。夜は予約が必要で、長いウェイティングリストが常にある。だが、ロヤコーノは自身の知らないところで〝特別客〟として扱われ、ドアの横のテーブルは彼のために必ず空けてあった。

なぜなら、料理人、歌手、もてなし役も兼ねる、店主のレティツィアがロヤコーノに夢中になっているからだ。

魅力的なレティツィアが男に不自由しているわけではない。恋人候補は掃いて捨てるほどいる。年は四十を超えたばかり、女性が成熟してようやく自分の真の美しさを意識するころだ。濃茶色の髪、豊かな胸、誰をも引き込む微笑。社交性があって世話好きだが、差し出がましくはない。開店前の数時間ひとりで心を込めて作る料理がこの店一番の呼び物だが、それに次ぐのが店主自身だった。開店後は信頼する助手ふたりにキッチンを任せ、客のもてなしに専念する。

レティツィアがテーブルからテーブルへと静かに移動していくと、男性客は例外なくその優雅な姿に見とれた。分け隔てなく愛嬌を振りまき、媚びを売らないので、女性客にも好かれている。伝統的な調理法と食材に独創性を加味した料理のみならず、夜更けてくると客に交じり、ギターを抱えて歌うセレナーデに誰もが魅了された。

レティツィアは実際はともかくとして感傷的に見えるが、難攻不落だった。過去について語ろうとしないが、子どものいない未亡人であることは知られている。浮いた噂はひとつもなく、あれほどの美人なのにもったいないないと世間の口はかしましい。数多の男が言い寄ってくるが、いつもやさしく笑って受け流し、気を持たせるようなことはしなかった。こうして店が右肩上がりの成長を続けて十年経ったある夜、ドアが大きく開いて、アグリジェントのモンタレグロからやってきたジュゼッペ・ロヤコーノ――ペプッチョが、豪雨を避けて入ってきた。

そのとき、レティツィアの心のなかでなにかが弾けた。堤防が決壊したように、山崩れが起きたように感情があふれ出た。アーモンド形の目、高い頬骨、くしゃくしゃの黒髪の中国人《チネーゼ》は、それ以降レティツィアのファンタジーの中心に居座り、とうの昔に消えたと思っていたエロティシズムを再び燃え立たせた。

レティツィアは本能に従ってロヤコーノに親しく接し、ロヤコーノもまた本能に従ってレティツィアを信頼し、心を開いた。故郷や家族について話し、職場で感じる敵意やこの街が塀のない監獄としか思えないことを打ち明けることができた相手は、何ヶ月ものあいだレティツィアただひとりだった。彼女はそのときも現在も、耳を傾けて悩みを受け止め、ロヤコーノの心を軽くしている。

ペプッチョ――ロヤコーノの母親がこの愛称を使っていたことを知ると、レティツィアはすぐに真似をした――がもっとも多く話題にするのは、娘のことだった。それを繰り返し聞きなながら、レティツィアは目の前にいる人のようにマリネッラの容貌や性格、特徴を想像した。新しくできた友人――自分のほんとうの気持ちを認めるのが怖くて、こう思い込もうとしている――を支える根底には、母親になれず行き場を失っていた母性愛があった。

一ヶ月ちょっと前、謎めいた表情を浮かべたロヤコーノが店に来て、紹介したい人がいると言ったときは、うれしくて胸が高鳴った。マリネッラとは、すぐに心が通じ合った。父親と似て非なる、美しいおとなの女になろうとしている少女は、レティツィアを瞬時に虜《とりこ》にした。マリネッラもまた、レティツィアをライバルではなく、友人と母親を併せた人として好きになった。父親の彼女への思いは、異性に対する愛情ではないことを漠然と察したからだ。女性はそうした感情に敏い。この街に到着した夜、父親がピラースに当惑した目を向けたときにピンと来たのが、いい例だ。

かくして、マリネッラはレティツィアの秘密の協力者となった。その日、マリネッラはレティツィアが出したラグーとナポリ特産のパイ菓子を年齢にふさわしい食欲で平らげながら、父親を無視して、またときにはサカナにしてレティツィアとの会話に没頭した。ロヤコーノは娘のそんな様子がうれしくてならなかった。こうしてふたりは仲のよい友だちとなり、マリネッラは自由に街を歩くことを覚えると、ロヤコーノが仕事で忙しいときはひとりでレティツィアに会いにいくようになった。

そんなわけで、昼を少しまわったころにロヤコーノとマリネッラがさわやかな風を道連れに店に入ってきたとき、誰もが上機嫌で陽気だった。レティツィアは、マリネッラのリクエストに応えて極上のブカティーニ・アラ・カルボナーラを用意して待っていた。マリネッラは、父親がいなくなるのを待って、口笛吹きの大学生を探した結果を話そうと、うずうずしていた。ロヤコーノは、二時間ほど誘拐事件のことを忘れていたかった。

陽光がさんさんと差し込む明るい店内に、客はわずかだった。昼はあまり混まないのだ。マリネッラはレティツィアに抱きついて、頬にキスをした。

レティツィアは言った。

「待っていたのよ。元気？ 不愛想で退屈なパパを捨てて、わたしのところに来る気になった？ そうしたら、毎晩きれいにお化粧して、すてきな男性を一緒に探しにいきましょうよ」

ロヤコーノは渋面をこしらえた。

「おいおい、こっちはシチリア人だよ。映画やお決まりの言い種、小説が何百年も伝えてきたじゃないか。娘が男と一緒にいるところを見たら、足をへし折ってギプスで固めて縛りつけ、家から出られないようにしてやる」

マリネッラは吹き出した。

「動けなくてもどんなことができるか、パパには想像もつかないでしょ。パレルモでクラスメイトだった子は、スクーターから落ちてギプスを嵌めたの。でも、両親が外出した夜にボーイフレンドが家に来て、それから……」

ロヤコーノは口をあんぐり開けて恐怖の表情をこしらえ、娘をひっぱたく真似をした。三人で大笑いをして、ロヤコーノはふと思った。こんなに心が軽く楽しいのは、ほんとうに久しぶりだ。

ウェイターが湯気を上げるブカティーニを三人ぶん盛った大皿を運んできた。ロヤコーノがパスタにフォークを入れたその瞬間、テーブルの上の携帯電話が鳴った。

ラウラ・ピラースの名が、ディスプレイ画面で瞬《また》いていた。

第三十四章

「もしもし？」

「……」

「もしもし？　誰だね？」

「ボレッリ？　エドアルド・ボレッリ？」

「ああ、わたしだ。孫をさらったやつだな？」

「おまえ、しゃべるな。聞け」

「そっちこそ、よく聞け、クソったれ。おまえを殺す。おまえがゆっくり死ぬのを眺めていよう。このろくでなしめが」

沈黙。

「もしもし？　もしもし？」

「頭、冷えたか？　またしゃべったら電話を切る。二度と電話しない」

「待て……わかった。孫はどうしている？」

「元気だ」

「いいか、この野郎、孫に指一本でも触れたら……」

沈黙。

「もしもし？」

「これが最後だ。黙れ。今度しゃべったら、もう電話しない。わかったか？」

「ああ。孫は……」

「元気だ。いいか、よく聞け」

「孫と話したい」

「いまはだめだ。聞け」

「よし、わかった」

「五体満足な孫に会いたかったら、現金で五百万ユーロ用意しろ。いまから二十四時間以内に……ミノ……ええと、身代金を持っていく場所を連絡する。連絡は電話ではしない。だから……ボウ……傍受をしても無駄だ。おかしな真似をしたら、警官をひとりでも見かけたら、たとえそいつがたまたま通りかかっただけでも、二度と孫に会えない。わかったか？」

「この野郎、殺してやる。おまえは死んだも同然だ。必ず見つける。手づるはいくらでもある。おまえをひとひねりで……」

「二十四時間以内に五百万ユーロ。おれの声を聞くのは、これが最後だ」

「必ず見つけるぞ、クソったれ！　必ず……」

沈黙。

第三十五章

騒々しい雑音とともに録音が切れ、刑事部屋は重苦しく静まり返った。身の毛のよだつ体験をひとりで抱え込んでいれば現実味が薄れるとでもいうように、誰もが互いの目を避け、それ以外のものに視線を置いていた。

最初に我に返ったのはピラースだ。

「この電話でも、書いたものを読んでいたわね。途中でつかえていた」

アラゴーナはデスクを指でトントン叩きながら、言った。

「こいつ、東ヨーロッパ人だな。スラブ人だかロシア人だか、とにかくクソいまいましい東の野郎だ」

パルマはネクタイをゆるめた。午後になって暑くなってきた。

「読んでいた――つまりそれを書いた人物がいるわけだ。思ったよりも複雑だな」

「五百万ユーロ」オッタヴィアは、モニター画面からまだ目を離そうとせずに言った。「二十四時間以内に現金で用意するのは、大変だわ」

　アレックスは窓の外を見つめて、つぶやいた。

「用意できることがわかっていて、要求したのよ。それに、両親ではなくボレッリ老人に要求した。金を出すのがボレッリ老人であることも、知っている」

　ロヤコーノがきっぱりと相槌を打つ。

「うん。犯人は老人が莫大な財産を持っていることを知っている。だが、あいにくそれで捜査の範囲が狭まるわけではない。ジョルジョが最初から言っていたじゃないか。ボレッリは有名な資産家だって」

「でも、関係者全員の資産を凍結する指示は、もう出したのよ」ラウラは反論した。「銀行は個人口座も会社の当座預金口座も封鎖した。祖父も父親も貪欲なビジネスマンで、それぞれの所有している会社を合わせると六、七社あったわ」

　それまで黙っていたロマーノが口を開いた。

「老人と話した印象では、現在は車椅子生活のうえに、何年も前に現役を引退しているが、いざというときの奥の手は持っているようだった。さっき誘拐犯を脅したのは、はったりではないだろう。一筋縄ではいかないじいさんだ」

　パルマはうなずいた。

「犯人側には、あまり時間がない。早く交渉をまとめないと、子どもを隠しておくのも難しくなる。県警本部は、マスコミの注意を引かないよう細心の注意を払って近郊周辺を警戒すると同時に、情報屋たちにも働きかけている。子どもを遠方に連れ出すことは、まず不可能だ」

アラゴーナは苦々しげに吐き捨てた。

「時間がないのは、お互いさまさ。学校が必死になって隠しているから、いまのところマスコミに漏れていないだけで、そのうち誰かが『あの子はどうしたんだろう』って言い出す」

ラウラは、アラゴーナの意見を認めざるを得なかった。

「ええ、たしかに。それに、早急に手がかりをつかまないと、特捜部に捜査をまわされてしまうわよ。とくに、世間に知られたら間違いなく」

ロマーノは怒りを露わにした。

「打つべき手は、全部打っているんだ。特捜部は魔法の杖を持っているのか？」

ピラースはロマーノをなだめた。

「そんなことは言っていないわ、ロマーノ。あなたたちふたりも、ほかの人たちも頑張っているのは承知よ。だけど、こうした事件は時間との闘いだから、人数が多いほうがうまくいくときもあるわ」

パルマは断固反対する、と刑事たちは期待した。だが、彼の口から出た言葉は意外なものだった。

「いま一番だいじなのは、子どもを無事に救出することだ。たしかに、捜査班全員が最善を尽くしているが、ぐずぐずしていると足取りがつかめなくなる。特捜部のほうがうまくやれるなら、子どもの命を懸けて優劣を競うつもりはない」

部屋の隅で沈黙を守っていたピザネッリが、おだやかに言った。

「でもね、署長、ある種の情報にたどり着くには、いわばカルスト地形を行かなければならない。特捜部はそうした情報をどうやって手に入れるつもりでしょうね」

アラゴーナがぶつぶつ言った。

「カルスト地形を行く？　なんだ、それ」

「地下だよ、小僧っこ。地下都市だ。ある種の情報は、地中に潜らないと手に入らないのだよ。検事補、捜査の方向を左右しかねない情報があるが、ここだけの話にしてもらいたい。犯罪とは無関係なので、情報源を明かす必要はないでしょう。いいですね？」

ラウラは眉をひそめて一瞬考え込んだが、すぐに返答した。

「危ない橋を渡っているのではないでしょうね、ピザネッリ副署長。くれぐれも、警官としての立場を忘れないで。でも、状況を考えると……とにかく聞かせて」

ジョルジョは数枚のメモ用紙を重ね直して、話し始めた。

「すでに承知のとおり、ドドの周囲の人間全部が金を持っているわけではない。ドドの父親は持っている。仕事熱心な実業家で、北部によくいるタイプのたたきあげだ。しかしこの地方では、少数の業者にくず鉄を供給するのを除いては、ほとんど事業を行っていない。銀行との関係もない。ドドは母親と暮らしているので、おそらく犯人はチェルキアが裕福だとは知らないのだろう。これがボレッリ老人となると、話は別だ」

アラゴーナがサングラスをはずす。

「ええっ、まさかすっからかんだとか？」

ピザネッリは首を横に振った。

「いや、想像以上に裕福だ。必要な金は十分手元にあるばかりか、所有している不動産から莫大な収入を得ている。こっちは仮勘定にしていて、定期的に残金を全部引き出している。その金はどこに行くのかと情報源に聞いたところ、『外』という答えが返ってきた。つまり、国外の口座に送金している。ボレッリ老人に関しては、資産を凍結してもなんの役にも立ちませんよ、検事補」

ピラースは動じなかった。

「どのみち、たいして期待していなかったわ。続けて」

「というわけで、誘拐犯の要求は決して無謀ではない。イタリア国内でこれだけの額を現金で調達するのは膨大な時間がかかるが、国外、それもあまり遠くない国に金を――」

ロマーノがしびれを切らして言った。

「こんな話がなんの役に立つ？　誰がどんなふうに身代金を払うかわかったところで、子どもに一センチだって近づけやしない。こんなときに資産がどうのこうのってしゃべって――」

ピザネッリが手を上げる。

「焦るな。頭を冷やして、理性を保つんだ。頭に血が上っていたら、なにもできないぞ。ぶらぶら歩いて手に入れた情報は、まだほかにもある。さっき話したように、家族全員が金を持っているわけではない」

「それで?」と、パルマ。

「エヴァのボーイフレンド、スカラーノは芸術家だ。大学での専攻は建築だったが、いまは絵描きだ」

オッタヴィアが口を挟む。

「ああ、それはネットに出ていたわ。十年ほど前は、前途洋々の画家だった。ローマ、ナポリで個展を開いている。それにビエンナーレではなかったけれど、ヴェネツィアでも。でもその後、画壇から消えた」

「うん、そのとおり」ピザネッリはうなずいた。「ノイローゼになって回復はしたが、前のようには描けなくなってしまった。エヴァはドドの父親と別れ話が進んでいるとき、友人の家でスカラーノを知り、離婚が正式に成立する前に恋に落ちた。離婚ののち、再び彼と出会い――ということになっているが、実際はずっと関係が続いていたと思うね――自宅に同居させた」

アラゴーナはせせら笑った。

「エヴァに食わせてもらってるってことだろ」

「そう言ってかまわないだろうね。ただ、エヴァは父親からの金で生活している。母親の遺産に含まれていたアパートメント二戸が父親との共同名義になっていて、その家賃収入が主だ。現金はあまり持っていない。でもって、スカラーノは金食い虫とくる」

「どういう意味です?」ロヤコーノが訊いた。

「カードだよ。それも、性質《たち》の悪い連中を相手にしている。個人の家を順番にまわってやっているが、みなプロだ。早い話が、スカラーノはいいカモになっている。情報源は、スカラーノが物騒な連中に振り出した小切手を見たことがあるそうだ」

「借金の尻拭いは誰が？」

「ボレッリ老人だ。娘に内緒で尻拭いしてやっているというから、泣かせるじゃないか。見かけほど娘を嫌っていないのか、スキャンダルを避けたいのか、どっちとも言えないがね。エヴァはどこへ行くにもスカラーノを同伴し、社交界ではエヴァのボーイフレンドとして通っている」

熱心に耳を傾けていたロマーノが、言った。

「ふうん、そいつはおもしろい。単に金欠というだけでなく、喉から手が出るほど金が欲しい男が、ドドの身辺にいるわけか」

ピザネッリはメモをめくった。

「もっとおもしろい話がある。つい最近、スカラーノはボレッリ老人の秘書ペルーゾに伴われて銀行を訪れた。棒で打たれた犬よろしくうなだれている哀れなスカラーノの前で、ペルーゾは支店長に宣言した。カヴァリエレは今回の肩代わりを最後に、われわれの画家の要望にはいっさい応じません、今後は独力で始末をつけてもらいます」

ピラースは素早くメモを取った。

「どんな人間だか、だんだんわかってきたわね。スカラーノはドドの日課や予定、ボレッリの財産、電話番号を知っているばかりか、金を必要としている。絶対にスカラーノを探るべきだわ」

　ピザネッリは再びメモをめくった。

「慌てちゃいけませんよ、検事補。ほかにもまだちょっとした情報がある。ボレッリの資産の恩恵をこっそり受けているのは、スカラーノひとりではない」

「ほかに誰がいるの？」

「秘書のペルーゾです。老人は彼女に絶大な信頼をおき、体が不自由になってからは、経理に関することは任せっぱなしにしている。金に関することは全部、彼女が代理権を持っている」

「そう？　そのこと自体にとくに意味があるとは思えないけど」

「ええ、たしかに。ただ、ペルーゾは一年ほど前からちょこちょこと経理をごまかすようになりましてね。給与や光熱費、税金などに上乗せして引き落とすという巧妙なやり口なので、支店長は見落とすところだった。でも、トト（喜劇俳優　一八九八－一九六七）の台詞を借りれば『合計をすれば総額が出る』。ついには総額があまりに大きくなったので、支店長はペルーゾに説明を求めた」

「で、ペルーゾは？」

「背筋も凍る目つきで支店長を――」

　アラゴーナは意気込んで言った。

「ああ、わかる、わかる。『ヤング・フランケンシュタイン』のフラウ・ブリュッハーがやるみたいにだろ」

　ピラースがじろっと睨む。

「検事補も負けていないや」アラゴーナは声を潜めて言った。「背筋も凍る目つきにかけては」

ピザネッリは話を続けた。

「支店長を見て、こう言ったんです。『ご存じかしら、支店長。取引銀行を選ぶのはわたしですよ。これで説明は十分でしょう』支店長は白旗を掲げ、それからは見て見ぬふりをしている」

ピラースが訊く。

「でも、支店長はペルーゾを告発するべきでしょう？　ごまかしたお金の行き先は？」

「彼女は法的に認められた代理権を持っていますから、告発できませんよ、検事補。異議を申し立てることはできない。ペルーゾは、どんな書類にもサインする権利がある。金は彼女の生まれ故郷サレルノの銀行に当座預金されています。一年でおよそ二十万ユーロという、けっこうな額になっている。もっとも、支店長と話し合ったあと余分な引き落としはなくなり、同時にこの銀行との取引は目立って減った。つまり、よそに乗り換えたんでしょうな」

ピザネッリは口をつぐみ、満足した様子でゆったりと座り直した。

オッタヴィアが軽く咳払いをして、みなの注意を引いた。

「ペルーゾについて、わたしも少し調べたのよ。カルメラ・ペルーゾ、一九五一年サレルノのセッレで生まれ、七三年からボレッリのもとで働く。まだ少女と言ってもいいくらいの年だわ。会社では秘書、そして少なくともここ十年は信頼を一手に受けた代理人と、ありとあらゆる役割をこなしてきた。ボレッリに献身的に尽くし、夫人が死去してからは、老人にこれ以上つらい思いをさせないためか、娘との仲介役も務めている。子どもが苦手で、面倒を見るには不向きなため、学齢期になる前のドドが日中を祖父の家で過ごしていた期間は、家政婦やベビーシッターが雇われていた。感情をめったに表に出さないけれど、最近は老人の健康について懸念を漏らしている。エヴァのことを、あばずれのエゴイストと呼び、ボレッリが死んだら無一文で放り出されるのではないかと、心配しているわ」

全員が目を丸くしてオッタヴィアを見つめた。パルマがようやく言葉を押し出した。

「こんな情報をどこで見つけた？　インターネットか？」

オッタヴィアは笑った。

「いいえ、違いますよ。ネットにはおおざっぱな情報と写真数枚しか載っていません。でも、ペルーゾは近代技術の誘惑に屈し、故郷の旧友ふたりの消息を知るために、フェイスブックにプロフィールを登録したんです。プライバシー設定は、たいして苦労せずに突破できます」

アラゴーナは再びサングラスをかけた。

「じゃあ、オニババアはじいさんの体が不自由なのを利用して、こっそり私腹を肥やしてるってことか。おもしろい。だけど、ドドとなんの関係がある？　不遇をかこつ画家、借金で首が回らないギャンブラーのスカラーノを、洗うべきじゃないか？　借金を踏み倒したら、痛い目に遭わされるんだ。恐怖は大きな動機になる」

パルマは髪を掻きあげた。

「そいつはどうかな。ペルーゾにも動機はある。最後に大きく稼いで、将来を安泰にしようって魂胆かもしれない」

ピラース検事補は腰を上げた。

「みんな素晴らしい仕事ぶりね。ほかの捜査班ではこれだけのことはできないと思う。あと一日、あげるわ。本部長に話を通しておきます。くれぐれも慎重に。犯人からボレッリ老人への連絡を監視して。身代金の支払いをなんとしても阻止するのよ」


ロヤコーノは、ピザネッリのところへ行った。

「すごいな、副署長。ぶらりとひとまわりしてコーヒーを飲んできただけで、十人の刑事がコーザ・ノストラに潜入したよりも多くの情報を集めてくる。潜入捜査員の働きぶりを知っているおれが言うんだから、間違いありませんよ」

「とんでもない。ここはわたしの管区、わたしの街だから住人をよく知っているのだよ。きみも故郷に戻れば、同じことをする」

「いや、そうは思わない。副署長は誰からも信頼されている。それは当然だ。拷問されても、情報を与えてくれた友人の身元を絶対に明かさないだろうし、友人もそれを承知だ。だから、情報をくれる。副署長は大きな戦力ですよ」

ピザネッリはロヤコーノの肩を叩いた。

「われわれピッツォファルコーネ署のろくでなし刑事たちは、ひとり残らず大きな戦力さ。このあだ名を登録しようか。仕事に来るのがこれほど楽しいのは、何年ぶりだろう。かわいそうなドドを誘拐犯の手から救い出せたら、言うことはないのだが」

「まったくね。ひどい話だ。それに比べれば、ディ・ナルドと一緒に調べている窃盗事件なんて、まるで笑い話ですよ。今朝、被害者の経営しているスポーツジムで女房に話を聞いていたら、頭の足りない刺青だらけの若者と鉢合わせしてね。どうやら、愛人らしい。女房の慌てっぷりときたら、いやはや。おまけにその若者は、窃盗罪で刑務所に入っていたとくる。これからデータを突き合わせますが、このお粗末な窃盗事件は、女房が若い愛人にやらせた狂言だと思いますね」

ピザネッリは身を乗り出した。

「ちょっと待った。被害者の名は？　スポーツジムを経営していると言ったね？」

「パラスカンドロです。ジムは――」

「――ヴィットリオ・エマヌエーレ大通り。トーレ。トーレ・パラスカンドロだな？　顔はブルドッグ、声は女の子。女房はシリコンとメスで肉体改造」

「なんで知っているんです？」

「この街で、ブルドッグのトーレを知らない者はいない。悪名が轟いている」

「どうして？」

「あいつはあこぎな高利貸しだよ、ロヤコーノ。暴利をむさぼる血も涙もない男だ。スポーツジムは隠れ蓑だ。警察は長年あいつを追っているが、悪賢くて決して尻尾をつかませない」

第三十六章

会議を終えてピラースが刑事部屋を出ていくとすぐ、パルマは珍しく性急にロマーノとアラゴーナを署長室に連れていった。

ドアを閉め、椅子に座るよう促す。

「新しい情報についてどう思う？　なにか意見は？」

ロマーノが答えた。

「署長、正直なところを言わせてもらっていいかな？　証拠はないんですけどね」

「もちろん」

「単独か複数かはさておき、事件の裏には内部の人間か、誘拐を依頼した人物が明らかにいますよ。ボレッリ家の複雑な内情や、少年が母親とその愛人とともに暮らし、あまり顧みられていないことを知っているんでしょう」

アラゴーナが口を挟んだ。

「それにさ、ドドを監禁している連中は、絶対に外国人だな。電話をしてきた男だけではなく、全員が外国人だよ」

パルマとロマーノは怪訝そうな面持ちになった。

「なぜそう思う?」

「そうでなきゃ、あんなに特徴のある声のやつに電話させないさ。イタリア人にやらせたら、こっちは捜査範囲を狭めることができないんだから」

鋭いな。ロマーノは思わず内心で唸った。

「うん、一理ある」

パルマも相槌を打った。

「そうだな、たしかにそのとおりだ」

ロマーノは続けた。

「オッタヴィアと副署長の調査の結果、二名に強い動機のあることが判明したが、いっぽうのほうがもう片方より強いと思いますね。ボレッリ老人が借金の尻拭いを実際に拒否したのなら、スカラーノは窮地に陥っている。だから、ドドの誘拐を報告する役を引き受けて誠意を見せ、懐柔しようとしたんじゃないかな」

アラゴーナは再び口を挟んだ。

「オニババアも十分怪しいぞ。長年、一生懸命尽くしたのに全然報われなくて、復讐を思い立ったのかもしれない。おれたちのいる前で、ゴミみたいに扱われていたじゃないか。それに、子どもが苦手で、幼いドドの世話を拒んだ。おまけにエヴァのことを……オッタヴィアはなんて言ったっけ? そうそう、あばずれのエゴイストと呼んでいる。だから、ペルーゾも有力容疑者だ」

ロマーノはうなずいた。

「うん、彼女も除外できない。とにかく時間がないし、見込みがなさそうな線でも追わないわけにはいかない。こうした行き当たりばったりの捜査は、干し草のなかから針を探すようなものだけどな。とにかく、ドドの日常生活をもっと調べるべきじゃないか。最近、見知らぬ人物と接触したことがないのはわかっている。ドドの生活範囲は狭いし、学校の警備態勢は万全だ。それに、これまでの証言を総合すると、知らない人と口をきくような子ではない。犯人は唯一の機会をとらえて誘拐した。それに、ドドは美術館で声をかけた女と顔見知りだった」

「そうした点はすでに検討したし、内部の人間に的を絞ってみるのは賛成だ。よし、こうしよう。ボレッツリ老人は身動きができないから、老人の自宅に全員を集めよう。そして、状況を説明して、各人の反応を見る。池に石を投げ込めば、なにかが浮きあがってこないとも限らない」

「一か八かの作戦ですね、署長」ロマーノは、疑念を脇に置いておくことにした。「でも、ほかに方法はないみたいだ」

アラゴーナは、ぐりぐりとこめかみを揉んだ。

「時間があれば、全員を監視して誰かがボロを出すのを待つことができるのにな。だけどこうした状況だから、家族会議に賛成だ」

パルマは立ち上がった。

「よし、決まった。では関係者に電話で連絡し、そのあと少し休んでおくといい。老人の自宅には、今夜行く」

ラウラは中庭でしばし躊躇したのち、車を出すのを待ってもらい、門衛のグイーダ巡査のところへ行った。

「電話でロヤコーノ警部を呼び出してくれる？」

ラウラが驚いたことに、グイーダは即座に気をつけの姿勢を取ってすみやかに数字を打ち込み、受話器を渡して寄越した。

「車で待っているわ」ラウラは電話口で素っ気なく言った。「すぐ来て」

そして、その場をあとにした。

一分後にロヤコーノが階段を下りてきた。グイーダは、思い切って声をかけた。

「警部、検事補に会うなら、車は右へ行きましたよ」

ロヤコーノが足を止めて、無表情な顔を向ける。グイーダは生きた心地がせず、気をつけの姿勢を取って中庭の一点に目を据えた。

ロヤコーノは言った。

「グイーダ、なにか教えてもらいたいときは、おれから頼む。絶対にあり得ないが、私生活に関して忠告が欲しくなったら、書面で依頼する。それまでは、余計な口を出すな」

「承知しました、警部」

ラウラは車のドアを開け、ロヤコーノを車内に招き入れた。運転手の姿はない。

「コーヒーを飲みにいかせたのよ。今夜眠れなくなるといけないから、薄いのをゆっくり飲んでいらっしゃいって。アラゴーナよりずっとましな運転をするけれど、どんな理由があるにしろ、この街で運転する人は正気とは思えないわ」

「心底、同感する。きょうはやむを得ず運転したが、まだ膝がガクガクしている。それで、なんだい？」

ピラースは足を組んだ。

「特別な理由がないと、話をしちゃいけないの？　それはともかく、この事件についての感想を、じかに聞きたかったのよ」

「そうか。時間との競争だな。犯人は子どもに危害を加えないだろうが、すでに三日経つ。身内を調べるべきだろう。オッタヴィアもピザネッリも、貴重な情報を探り出してくれた」

ピラースはうなずいた。

「パルマはあなたに担当させたかったでしょうけれど、思いとどまって正解だったわね。だから、みんなこうして士気が高い。正直なところ、あなたが担当したほうが安心できるけれど」

「心配無用。ロマーノは根性があるし、アラゴーナはきみが思っているより優秀だ。粗野で不作法だが、細かいことによく気づくし、勘が鋭い。それに、さっきがいい例で、全員で話し合って情報を共有している。こうして一致団結できるのが、ピッツォファルコーネ署の強みだろうな。パルマのおかげだ」

「ええ、そうね。みんな素晴らしい仕事ぶりよ。でも、だいじなのは仕事だけではないわ」

ロヤコーノは吹き出した。

「どうした風の吹きまわしだい？　仕事一筋のきみから、そんな言葉が出るとは信じられない。検察庁の女司祭、ハートの代わりに刑法典を持っていると評判なのに」

ロヤコーノは、ピラースの意外な反応をその後いつまでも忘れることはなかった。笑い出すとばかり思っていたのに、ピラースはひどく傷ついた顔をして唇を嚙みしめ、無言で涙を流した。

「ラウラ、すまない……なにか悪いことを言ったかな。冗談のつもりだったんだ、ラウラ……」

ロヤコーノは地面に穴を掘って隠れたくなった。泣かせてしまった。胃がきりきり痛んだ。

「わたしは、そんなふうに思われているのね」ラウラは言った。「無理もないわ。そのとおりだもの。というか、少なくとも最近まではそうだった。どれほど長いあいだそうだったか知ったら、驚くわよ。人生を投げ捨てるのって、簡単なのよ。あなたには想像がつかないでしょうけれどね、ロヤコーノ警部」

「ラウラ……」

「そして、投げ捨てたことを悟ったときには、もうなにも残っていない。空っぽなのよ」

「ラウラ、人生を投げ捨てることがいかに簡単か、おれが一番よく知っている。だが、捨てた人生が戻ってきて、新たな機会を与えてくれることもある。ラウラ、頼むから泣かないでくれ。

女性に泣かれると、どうしたらいいかわからなくて……頼むよ」

ラウラはバッグからサングラスを出してかけ、濡れた頰を手で拭った。子どもみたいだ、とロヤコーノは思った。

「わたしはもうこれ以上、時間を無駄にするわけにはいかないの。好きな人がいても、こちらを振り向かせる方法がわからない。でも、振り向いてくれるまで待つのは、いや。ベッドに連れ込んだ女の数を自慢したがる男に、冷水を浴びせるほうがずっと得意だし――」

ロヤコーノはラウラの言葉をさえぎった。

「ちょっと待った。おれがきみに惹かれていないとでも？　初めてきみを見たとき……クソっ、この年になって言わせないでくれよ。どのみち、言えるわけがない。分署の前に止めた車のなかだぞ。目の前では、グランプリ・レースと勘違いした頭のおかしな連中が車をぶっ飛ばしているし」

ラウラは胸の上で腕を組み、低く厳しい声で言った。

「警告《パッターダ》しておくわ、ロヤコーノ。忘れないで。サルデーニャの女は、心を引き裂いた男の喉をナイフで掻き切るのよ」

「こっちはシチリア人だ。散弾銃は使い慣れている。もっとも、きみには必要なさそうだ」

ロヤコーノはラウラの唇に素早くキスをして、意気揚々と車を降りた。

第三十七章

ドドは、プラスチック製のおまるで用を足した。ハローキティの絵がついているので、女の子用だろう。

最初の何時間かは、我慢していた。壁の隙間から光が少し漏れてきた明け方に、隅のほうでおしっこはしたが、大きいほうは我慢した。だが、夜になるとついに我慢できなくなっておまるを使った。ハローキティは嫌いだが、絵が描いてあるのはうれしかった。

マンジャフォーコは、おまると一緒にトイレットペーパーも寄越した。もうもらえないと困るので、少ししか使わなかった。以前テレビドラマで、少年がトイレットペーパーのないところに監禁されているのを見たときは、怖気づいたものだ。おしっこは床にするとしても、トイレットペーパーがなければ、お尻を拭くことができない。

時間がのろのろ過ぎていく。眠ろうとしたが、夜になると毛布があっても寒く、ぶるぶる震えて何度も目を覚ました。喉が痛かったが、レーナを心配させたくなくて黙っていた。気の毒なレーナ。故郷の言葉で怒鳴るマンジャフォーコとそれに答えるレーナの声を聞いた。ふたりは同じ国から来たらしい。でも、レーナはほかの国の言葉も話す。学校ではロシア語の授業があったし、ハンブルクで一年働くあいだにドイツ語もできるようになったと、前に教えてくれた。

シスター・ベアトリーチェは、この時代は女性に対する暴力が蔓延していると、授業で説明した。すると、クラスで一番年上の落第生バスティアーニは、生意気にせせら笑って言った。いやがる女を無理やり押さえつけてセックスをする男もいるんだぞ。

セックスをするというのがどういうことか、ドドはいまひとつわからなかったが、とても乱暴な行為に思えた。マンジャフォーコがレーナにしているのはそれかもしれない。レーナに余計な心配をかけたくなかったので、喉の痛みやおまる、冷えたソッフィチーニのことは黙っていた。

ドドは、父親のことを考えた。パパが武装した警官隊を率いて助けにきたら、ほんとうのことを話さなくてはいけないのだろう。マンジャフォーコは食べ物や毛布、水、それにコーラもくれたし、ハローキティの絵がついたおまるも渡してくれた。だったら、恐ろしい悪者ではないのかもしれない。

ドドは眠くなってきた。体がほてっているのに、震えが止まらない。毛布を頭からかぶって、マンジャフォーコが警官の銃で頭を撃たれる直前に助けるところを想像した。

マンジャフォーコは、故郷に子どもがいるのかな。疲労と高熱の引き起こす眠りに落ちていきながら、ドドは思った。子どもたちに食べ物を買ってやりたくて、おじいちゃんからお金を奪おうとしているのかもしれない。

おじいちゃん。かわいそうな、病気のおじいちゃん。ぼくが誘拐されたから、パパとおじいちゃんはきっと仲直りしただろう。

ぼくは、パパとおじいちゃんのヒーローだ。

ドドは眠りについた。喉が焼けるように熱かった。

第三十八章

ボレッリ老人の介護人は、パルマ、ロマーノ、アラゴーナの三人を案内して廊下を進み、階段を上った。相変わらずどこも薄闇に沈んでいたが、先日の沈滞した雰囲気とは打って変わって、ぴりぴりした緊張感が漂っていた。

上階の居間に、全員が顔をそろえていた。中央の車椅子に、青白い顔でむっつりしているボレッリ老人。その横につんとして肩を怒らせ、蠟人形のように視線を一点に据えているペルーゾ。エヴァは睡眠不足と疲労で憔悴し、涙で濡れたハンカチを握りしめて、ソファに腰かけていた。その隣でスカラーノが目を伏せ、エヴァの手を握りしめて膝の上に載せている。アルベルト・チェルキアはガラス壁の前で、美しい夜景には目もくれず、行ったり来たりしていた。それまで激しく言い争っていたのだろう、戦火でいまだほてる地帯に足を踏み入れた感があった。

パルマは言った。

「集まっていただいたのは、捜査の状況と検察が講じた措置を報告するためです」

エヴァは声を震わせて訊いた。

「なにかわかりました、署長さん？　誰がドドをさらったの？　三日も経つのよ……もう耐えられない……」

スカラーノはエヴァの肩を抱き、チェルキアはわめいた。

「なにがわかればいいんだ？　こんな無秩序な街で、警察に見つけられるものか！　そんな能力があるか、考えてみろ。警察にできるのは、せいぜい銀行口座を封鎖するくらいだ。ベルガモの会社が、小切手を引き落とせないと連絡してきた。こういうことはできるが――」

パルマがきっぱりと言った。

「チェルキアさん、それは口がすぎるだろう。あなたの気持ち、いや、みなさんの気持ちは理解できるが、法に従って講じなければならない措置というものがある。資産が凍結されていることはあらためて指摘するまでもないが、必要に応じて申し出れば、一定の額までは銀行経由で支払うことが認められる。なお、電話は会社、個人を問わず携帯電話も含めたすべてが、監視下に置かれて録音され――」

チェルキアは激高した。

「なんだと？　まるでこっちが犯罪者みたいじゃないか！　この能無しが！」

ロマーノが睨みつける。

「チェルキア、言葉に気をつけろ。警官にそんな態度を取ると、犯罪になりかねないぞ」

チェルキアは顔をゆがめ、渋々口を閉じた。無精ひげが濃く目立ち、服は皺だらけ、睡眠不足と疲労が顕著だ。ドドの両親は、苦悩を通じて再び一対の存在になっていた。

ボレッツリ老人が低い声で言った。

「了解した、署長。だが、こうした措置はこちらも予期していた。報告だけなら、わざわざ足を運ぶ必要はなかろう」

「そのとおりです。じつは、今後の捜査に協力をお願いするために来ました。犯人は身代金の要求をしたが、受け渡し方法は電話では伝えないと明言した。そこで、犯人から指示が来たときは、ただちにわれわれに伝えると約束していただきたい」

チェルキアは鼻で嗤った。スカラーノが言う。

「しかし、署長、資産が凍結されていたら、身代金を払えるわけがない」

ボレッツリ老人は、冷たい目でスカラーノを見た。

「バカ者、おまえは警察に凍結される資産など、持っていないだろうが。おまえの資産を、いわば凍結できるのはわたしひとりだ。黙っていろ。口を出すな」

エヴァがやり返す。

「パパ、こんなときになんでそんなに無慈悲でいられるの？　少しは人情を持てないの？　ついさっきまで、お互いを非難してさんざん――」

「おまえも黙っていろ。こうなったのは、おまえのせいだ。ろくでもない男ばかり選ぶから――」

チェルキアが口を挟んだ。

「つまり、自分に責任はないってことか？　あんたはいつだって、命令するか、無視するかのどっちかだ。人を人形みたいに操《あやつ》っていないときはそっぽを向いて、なにが起きても知らん顔だ。この出来損ないと一緒になるために、エヴァがわたしと別れたときもそうだった」

ペルーゾは立ち上がった。

「あなたはどうなの？　送金と二週間に一度ちょこっと顔を見にくるほかは、北部で好き勝手しているじゃない。人に文句を言える立場ではないでしょう」

「黙れ。雑用係に毛の生えた分際で、生意気な口を叩くな。そもそも、家族の集まりに出る権利はないんだ」

ボレッリ老人が怒鳴りつける。

「おまえこそ、黙れ。この家では、誰がしゃべるかわたしが決める。そもそも、犯人が金を要求している相手はわたしだ。だから、今後のことはわたしが決める」

スカラーノが言った。

「だいじなのは、ドドを取り戻すことでしょう。かわいそうに、どこかに監禁され、危険な目に遭っているというのに、こうして罵り合って――」

チェルキアがわめいた。

「バカ野郎、ドドはわたしの息子だ！　おまえじゃなく、わたしの息子だ！　かわいそうなドド。この腐った街でロマの腐れペアにさらわれて、ゴミ溜め同然のところに……」

エヴァは顔を覆って泣き崩れた。

「やめて！　やめてちょうだい！　怒鳴らないで！　いい加減にして」

スカラーノはチェルキアの罵言を聞き流して、おだやかに言葉を継いだ。

「署長、ご覧のようにみんな動揺している。今後のことをじっくり話し合って決められるような状態じゃありません。そちらから提案してもらえませんか」

「ああ、それがいい。署長の提案を聞こう」ボレッリ老人も賛成した。

パルマは言った。

「先ほど申し上げたように、犯人がこちらの監視をかいくぐって、なんらかの方法で連絡してきたら、ただちに知らせていただきたい」

ペルーゾが質問した。

「メールで連絡してくるのかしら？　あるいは――」

「フェイスブックとか」アラゴーナはぽつりと言った。

ペルーゾは赤くなって老人を盗み見たが、老人はいっこうに気づかなかった。パルマは続けた。

「繰り返しますが、電話はすべて監視下に置かれ、着信も発信も録音されます。したがって、犯人側がどこそこに電話をしろと指示してきても、こちらにはわかる。つまり、内密に犯人と取引することはできない。インターネットでの連絡も、同様です」

ペルーゾは不満たらたらだ。

「要するに、プライベートなことにも首を突っ込むのね。ここは自由な国じゃなかったの……」

アラゴーナはペルーゾをじろじろ観察しながら、言った。

「自由だから、子どもを誘拐するやつもいれば、その子を取り戻そうとするのを邪魔するやつもいる。自由だから。自由すぎるんだよ、この国は」

エヴァは言った。

「でも……でも、なんらかの方法で連絡してきたら、たとえば手紙とかメモとか……」

「まさにそうした場合に備えるために、伺ったんですよ。必ず、ただちに知らせてください。そうすれば、犯人を捕まえてドドを見つけることができる」

ボレッリ老人は眉をひそめた。

「だが、犯人が嗅ぎつけたら？　警察の監視を悟って、ドドに危害を加えるかもしれない。だったら、リスクがあっても身代金を――」

チェルキアは弾かれたように立ち上がった。

「金は必ず返す。凍結が解除されたらすぐに返す。あいにく、海外に金を保管しないで、イタリアで税金を払っている間抜けなんでね。そのお返しが資産の凍結ときた」

「くだらないことをべらべらしゃべるな」老人は声を引きつらせた。「誰が払うと言った。払うとしても――これは違法ではないと聞いた――誰かに借りなくてはならん」

ロマーノは忠告した。

「身代金を払うのは危険ですよ。いったん金を手に入れたら、用済みになったドドを――」

エヴァは悲痛な呻き声をあげた。チェルキアはエヴァに駆け寄り、スカラーノの険しいまなざしもかまわず、その肩に手を置いた。

チェルキアはこめかみに青筋を立てて、言い募った。

「なんてことを言う、バカ野郎！　縁起でもないことを考えるな。息子の居場所がわかり次第、この手で取り戻して自由の身にしてやる。息子には指一本触れさせない。危害を加えることは許さない」

「おれたちだって、息子さんを自由の身にしてやりたい」ロマーノも負けてはいない。「それに、こっちはプロだ。それを忘れないでもらいたい。あんたにも、みんなにも」

パルマが加勢する。

「そのとおりですよ。こちらの指示を守って、なにかあったらすぐに連絡をいただきたい。では、失礼する」

それまでソファにだらしなく座っていたアラゴーナは、立ち上がって言った。

「あとは仲よく家族会議をどうぞ。また会うときまで、みんなに生きていてもらいたいよ。これだけ、互いに熱い思いを抱いているようじゃ望み薄だけど」

車の横で、三人は大きなため息を吐いた。パルマは言った。

「いやはや、あきれた連中だ。あんなに殺気立って。愚かな真似をしないでくれるといいが」

ロマーノはあきれ果てていた。

「かつては好意を抱いていただろうに、よくもあれだけ深い憎しみを持てるものだな。怒りと憎悪を募らせ合うばかりで、ドドにとってなにが最善か考えようとしない。父親のチェルキアがとくに気がかりだ。平常心をすっかり失っている。老人やスカラーノを憎むあまりに、なにをするかわかったものじゃない」

アラゴーナは両手をポケットに突っ込んで、体を前後にゆすった。

「どいつもこいつも能無しだけど、ボレッリ老人は抜け目がなさそうだ。じいさんはきっと身代金を払って、おれたちには内緒にしておく。自分の思いどおりにできる自信があるんだよ。あの有様じゃ、誰かに代理を頼むんだろうけど、信頼する相手を間違えないでもらいたいな。さもないと、金にもドドにもおさらばだもの」

パルマとロマーノは辟易して、アラゴーナを見つめた。

「どうして、そう冷ややかになれるのかね」

アラゴーナはきょとんとした。

「は？　おれ、なにか悪いことを言いましたっけ」

パルマはそれ以上追及しないことにした。

「まあ、いい。メッセージを届けにくる場合に備えて、覆面車両を一台近辺に置いておく。さあ、帰って寝よう。あしたは朝が早いぞ」

第三十九章

「あの子、熱があるぞ。さっき、そっと入っていったら、いびきをかいているもんだから、額に触ってみたんだ」

「無理もないわね。あそこは隙間風がひどいもの。昼間はものすごく暑くて、夜になるとぐんと気温が下がる。ねえ、ワインちょうだい」

「じゃあ、どうすればいい？　まさかホテルに部屋を取るわけにいかないだろ。ほかのところは知らない。この街に来てからずっと、ここで働いていたんだ。閉鎖されるまでは」

「抗生剤を飲ませなくちゃ。あたしが手に入れる」

「心配でたまらないよ。あした、指示を寄越すことになっているが、どこかに行かせるつもりなんだろうか。警察が待ち伏せていたらどうしよう」

「まさか。冗談でしょ？　あんたが捕まるようなリスクを、あいつが冒すわけがない。あんたの身が危うくなれば、自分の身も危うくなる。心配ないわ」

「言うのは簡単さ。身代金を受け取るときに姿を見せなければならないのは、おれなんだぞ」

「くだらない。あたしのほうがずっとやばいのよ。あの子はあたしの素性を知っている。だから行方をくらまして名前を変え、髪も切らなくちゃならない。それに、あいつは一秒たりとも、あんたのそばから離れないわよ。身代金を持ち逃げされたら、元も子もなくなるもの」

「分け前をもらったら、おまえはブラジルで整形してジェニファー・ロペスそっくりになるんだろ。おれはいまの金髪が好きだけど」

「呑気な人ね。そんなことを考えている場合じゃないでしょ。で、これからどうするの？ どんな計画？」

「あいつに渡された例の携帯に、電話がかかってくる。それ以外には絶対に使っちゃいけないと言っていた。異常に細かいやつだよな。おれたちの居場所も、知ろうとしない。口を滑らせるといけないからだって」

「それで、どんなことを指示されるの？」

「手紙にどんなことを書いて、どこにどうやって届けるのか。書くのはおまえだ。この国のあほくさい言葉をよく知っているからな。子どもとあいつの取り分を渡す場所については、またあらためて連絡がある」

「簡単そうじゃない。電話はいつかかってくるの？」

「もうすぐだ。待っていればいいんだよ」

「そう。どうせ待つなら、楽しまなくちゃ。ワインをもう一杯ちょうだい」

第四十章

オッタヴィアは犬を飼っている。

正確にはリッカルドの犬であって、オッタヴィア自身はまったく飼うつもりがなかった。市中のアパートメントに住む身にとって、掃除のことなどおかまいなしに、そこらじゅうに毛を撒き散らし、よだれを垂らされるのはたまったものではない。だが、症状改善の望めない息子を入れ替わり立ち代わり診察する医師のひとりが、ペットは注意力の喚起に役立つと提言したとたん、何事にも熱心で根気強く、几帳面でせっかちな夫は俄然張り切った。すぐさまインターネットや図書館、専門店で、最適な犬種を調べにかかった。

その結果決まったのが、おだやかで愛情深い犬種とされるゴールデンレトリバーで、いまでは毎晩オッタヴィアを玄関で待ち、帰ってくると太い足を肩にかけ、大きな舌で顔を舐めまわす。犬は自ら、家族のなかから自分の主人を選ぶと言われている。シド——リッカルドが大好きなアニメ映画から取った——は、まったく迷わなかった。オッタヴィアが家族のなかで犬を飼うことに反対した唯一の人物であっても、リッカルドのために飼われたのであっても、ガエターノのほうがよく世話をしてくれても、シドは子犬のときからオッタヴィアをひたすら愛した。いっぽうオッタヴィアは、初めは頑なに知らん顔をしていたが、やがて頭のひとつも撫でてやるようになり、ついにはシドを受け入れた。

ベッドに入る前にシドを外に出すのがオッタヴィアの日課になったが、それには思いがけない役得がついていた。散歩をさせて帰ってくると、夫が眼鏡をずり落ちさせ、本を胸に熟睡していることがままあり、そうしたときはセックスを断るための言い訳をひねり出さずにすんだ。

五月だ。ようやく人気がなくなって静まり返った道を歩きながら、思った。職場に地下鉄、リッカルドに付き添うプールなどの狭い空間に閉じ込められて過ごした一日のあと、五月の夜気はとりわけ新鮮に感じる。排気ガスや人いきれのなかを右往左往しながら吸っているあれは、空気ではない。

これこそが空気だ。五月の夜気。

シドが街灯をクンクン嗅ぎ、ちょっと考えてから後肢を高々と上げた。この時刻、街はいつもと違って見える。

パルマ署長たちのボレッリ老人宅への訪問は、どんな首尾だったのだろう。この事件は、どこか腑に落ちないところがある。これと指摘はできないが、なにか違和感があった。治療を受けるほどではないが痛いことに変わりはない、関節痛のように。

うわの空で耳のうしろを掻いてやると、シドは勢いよく尻尾を振った。先ほどリッカルドは置いていかれるのを嫌がり、上着の袖をつかんで離そうとしなかった。その指を一本ずつほどいて、やっと出てきたのだった。リッカルドは、日によって扱いにくいときがある。十三歳になるが、自分の世界に閉じこもり、母親と心を通わせようとも、遊ぼうとも、注意を引こうともしない。母親がそこにいるとわかれば、満足している。

まさに監獄だ。それ以上でも以下でもない。

ドド・ボレッツリ誘拐事件は、どこか腑に落ちない。なにが気になるのだろう。

関係者全員の過去や背景は、インターネットで調べた。むろん、誘拐犯については調べようがなく、なにもわかっていない……だが、ほんとうになにもわかっていないのだろうか？

シドが騒々しく地面を嗅いでくるくる回り始めたので、ビニール袋とシャベルを用意した。ボレッツリ家で捜査が進展したのならいいのだが。気になってしかたのない正体不明のなにかが、いつか意識の表面に顔を出してくれるといいのだが。

署長たちと一緒にボレッツリ家に行ってみたかった。たまには見張りや聴取、尋問といった実際の捜査に参加したい。オフィスに縛りつけられているのではなく、足で捜査をしたかった。ネットで情報を集め、ときにはペルーゾに対してしたように、他人のフェイスブックを覗き見していると、昔ながらの秘書の近代版にすぎない気がしてくる。

しかし、それにも増して願っているのは、特別扱いされないことだった。重度の自閉症の息子を抱えた四十女という状況が、警察官としての仕事の妨げになっていると、誰にも——とくにパルマ署長には——思われたくない。それにしても、あの騒動のあとも分署が閉鎖されず、こうして全員が力を合わせて精力的に重大事件を捜査しているのだから、たいしたものだ。

野良猫が数メートル先の塀の上で背中を丸めて毛を逆立てたが、シドは相手にしなかった。いい子ね、シド。そうよ、知らない人の相手をしてはいけないのよ。

では自分にとって、署長はどんなタイプの〝知らない人〟なのだろう。毎朝、出勤するときに感じる新たな喜びは、なにを意味するのか。なぜ署長がそばに来るたびに、愚かにも、無鉄砲にも立場を忘れてときめくことを自分に許してしまうのだろう。

シド、と夜の静寂《しじま》に向かってささやいた。なにがどうなっているのか、教えて。わたしの思いを、シドだけは知っている。ここ一ヶ月というもの、帰宅するとシドはすぐにそばに来て、梃子でも動かない。夜テレビを見ていると、映画でも鑑賞するかのように、こちらに視線を据えている。シドはなにを考えているのだろう。思春期の少女みたいだと思っているのだろうか。立場をわきまえろと、言いたいのだろうか。

シドはその問いかけを感じ取ったのか、知的な茶色の目を風に舞う新聞紙から離してオッタヴィアを見つめ、足に鼻を押しつけた。オッタヴィアはシドの頭を撫でて、ささやいた。この誘拐事件のことで、なにかが気になってたまらない。その正体がわかる？　頭がおかしくなりそうよ。知っていたら、教えて。

五十メートルほど離れてライトを消して駐車している車のなかで、ひとりの男がオッタヴィアと犬を見つめていた。すてきな光景だ、と男は喜んだ。

男は、ルイージ・パルマ署長だった。

最近は署を出ると、子なしの離婚男には恰好のワンルームマンションに帰る前に、行き当たりばったり車を走らせる習慣ができた。そして、なぜかいつも、ある副巡査部長の身上書に記された住所に来てしまう。パルマの車は、緑豊かな住宅街の閑静なこの道が、好きなのかもしれない。

バカ者、とパルマは自分を叱った。誰を騙すつもりだ？　ほんとうは、彼女の顔や署長室の開け放しのドアの前を通るときに垣間見える姿を思わずにはいられないからだ。人間の惨めさがひときわ強く示されたとき、たとえば今夜のようにボレッリ家の醜悪な諍《いさか》いを目撃したときは、とりわけその思いが強くなる。これまでここでオッタヴィアを見かけたことはなく、期待もしていなかった。家族と幸せに過ごしている光景や、人生をともにしている夫と息子に愛情深く接する様子を想像し、同じ空気を吸うだけで十分だった。それが今夜は、彼女を遠くから見つけたとたん、思わず近くまで車を寄せた。前後の見境のない衝動的な行動だった。だが、何者かの手でどこかに監禁されている少年が心配でならないいま、壊れた家庭の無残な痕を網膜に留めて眠りにつきたくはなかった。

そうか、犬を飼っているのか。知らなかった。金茶色の長くやわらかな毛を持つ、エレガントでいい犬だ。飼い主もエレガントだが。

オッタヴィアが犬を撫で、遠目では話しかけているようにも見えた。パルマも少年時代は犬を飼っていて、ちょっと恥ずかしく思いながらも、いつもこっそり話しかけていた。パルマは暗がりからキスを送った。

オッタヴィアが共同玄関へ戻ってドアを開け、なかに入るまで見守った。急ぐ様子はなかった。勤務が終わって家路につくときも、彼女は急がない。にっこりして、いつも言う。お先に、署長さん。ちゃんと家に帰ってくださいね、お願いだから。パルマは書類仕事に追われて遅くなると、わびしい部屋に帰る気を失って、署長室のソファで一夜を過ごすことがある。真っ先に出勤してくるオッタヴィアは、それを度々見ていた。

パルマはしばらくその場に留まった。五月の夜はエキゾティックな香りで街路を包み、視界を滲ませた。

だが、実際に視界を滲ませているのは、うっすら浮かんだ涙と哀愁だった。

第四十一章

暗黒の闇。

暗黒の闇は夜更けて訪れる。

さいわい、長くは続かない。ほんの五分くらい、深淵を覗き込んで震えあがり、幾度か深呼吸をするうちに終わる。

長くは続かないが、あと少し指を伸ばして寂しさに触れられたら、爪跡が残ることだろう。

暗黒の闇。

ドドは寒さに震えながら、夢のなかでもがいていた。

前には山へ登る道がある。父親におぶさって体をいっぽうに傾け、父親よりも背の低い母親と手をつないでいた。

あまりに寒く、歩みを止めてもらいたかった。この世に両親と三人きりでいるいまこの瞬間に、時を止めてもらいたかった。最後のバカンスなのだ。夢のなかでそれがわかっていたが、口に出すことができなかった。

ドドは毎晩、両親の言い争う声を自分の小さな部屋で聞いていた。意味がわからないながらも、非難の言葉をひとつ残らず記憶して、年を追うごとに少しずつ、両親の結婚が終わった理由を自分に納得させていった。

喉が焼けるように熱いが、汗ばんだ手でフィギュアを握りしめ、勇気を振り絞ってとぼとぼ前進する。夢のなかで、ドドと母親、それに忠実な巨人はみんなに追われていた。追ってくるのは、わけのわからない言葉で怒鳴るマンジャフォーコ、目を血走らせて怒っているマヌエル、ガラスを引っかいたときのような声のシスター・アンジェラ、死人みたいに灰色のカルメラ。そして最後は、モーターつきの車椅子に乗った祖父だ。一生懸命に走らないと、坂を上りきったところで追いつかれるだろう。

焼けるような喉、上り坂。最悪だ。もう速く走れない。最悪だ。

周囲を包む暗黒の闇。最悪だ。

暗黒の闇。

これから起きることに恐れ慄き絶望する、夜の一瞬。

安らぎが破壊されて幾千もの悲しみが生まれ、夜明けへのはかない期待を屍衣のように覆う、夜の一瞬。

暗黒の闇。

浅い不穏な眠り、すぐあとに続く夢。

クリーヴィ・ヴィールの村広場、背後に迫る警官ふたり。

息が切れ、力尽きる寸前だ。抱えた包みは重く、いまにも落としそうだ。

角を曲がると、平屋の家並みや二、三の商店ではなく、森が目の前に広がった。慣れ親しんだ森。森は友。安堵の息を漏らす。

追ってきた足音が、止まる。警官は、森に分け入る勇気がない。もう安全だ。

だが突然、夜になる。深夜だ。手のなかの包みは重く、熱かった。おまけに、ぐんぐん熱くなる。

暗黒の闇。

なにも見えない。木の根につまずき、奪ったものを落としそうになるが、慌ててつかみ直して体を起こす。魔女の指のように冷たい木の葉が、頬を撫でる。足が泥炭に埋まり、湿気がまとわりつき、汗と露が体を濡らす。

警官が声をからして呼んでいる。恐怖に駆られて走る、自分の激しい息遣いが耳朶《じだ》を打つ。

暗黒の闇。なにも見えない。包みは重く、熱い。指を焦がすほどに熱くなり、もぞもぞ蠢く。

これはなんだろう？　追われていては、思い出すことができない。

開けた場所に出るが、なにも見えないことに変わりはない。夢のなかでは、そういうものだ。洞穴の前の空き地かもしれない。洞窟は、子どものころに友だちとしょっちゅう遊びにいってよく知っている。きっと洞窟だ。きっと、逃げられる。

洞窟に入ると、なぜか建設現場で仕事を求めて並んでいた。だが、周囲にいるのは、ボロボロの服を着て、土気色の顔で白目を剝き、黒い歯をカタカタ鳴らしている、ゾンビみたいな死者ばかり。大男になったいまでも、こういう映画がテレビで放映されるとすぐにスイッチを切る。

あまりの熱さに包みを落とすが、死者たちは見向きもしない。

クリーヴィ・ヴィールの警官ふたりの声が、遠くから近づいてくる。警官は深夜も闇ももののともせずに追ってきた。

包みがほどけて、少年の頭が転がり出る。高熱で真っ赤になった顔の目鼻から蛆がこぼれ落ちた。何年も前、盗んで隠した豚の頭を三日後に取りにいったときと同じだ。少年がしかと目を据え、名を呼んだ。警官が聞きつけて、駆け寄ってくる。だが、走る力はもうない。

恐怖に慄き、びしょぬれになって地面にしゃがみ込み、悲鳴をあげた。

暗黒の闇に包まれて。


暗黒の闇。

さいわい、長くは続かない。あと少しでも長引けば、暗黒の闇が引きずり込む井戸の深さに、正気を失う。

さいわい、暗黒の闇が続くのはわずか数秒。さもなければ闇に潜む数多の亡霊に引きずり込まれて、木の枝に吊るされた死者が踊り、足首をつかもうと土から鉤爪《かぎづめ》が突き出す、常軌を逸した世界をさまよう羽目になる。

さいわい、暗黒の闇は一瞬で消える。だが一瞬といえどもそれは毎夜訪れ、甘い思い出も希望もない、過ちに対する後悔と罪悪感に満ちた不毛の地に立ち尽くすことを余儀なくされる。暗黒の闇が訪れたときに眠っていないと、恐ろしい目に遭う。呪われた霧の向こうへ連れ去られ、二度と帰してもらえない。

暗黒の闇。

一睡もできない。

たとえこれが終わっても、眠ることのできる日は来ないのではないだろうか。この先一生、毎夜、暗いなかで目を見開いて、未来のかすかな光を追い求めるのかもしれない。

わけがわからない。こんなはずではなかった。

簡単にあっさり終わり、ちょっとつまずいた程度の些細で不愉快な出来事として、すぐに忘れることができるはずだった。不愉快な出来事は、誰の人生にも起きる。人間の記憶というものは、本能的に心を守ろうとして取捨選択をし、都合の悪いことは終われば忘れ去られる。不愉快な出来事はこれまで何度も経験し、そして乗り越えてきた。容易ではなかったが、乗り越えた。

鼓動を聞きながら——一、二、一、二、ドン、ドン、ドン——一縷の希望を持て、と自分に言い聞かせる。いつかは必ず夜が明ける、と言い聞かせる。

どうしていいか、わからない。電話をかけることは不可能だ。すべての電話は監視下に置かれる、刑事はそう言った。あいつ——あいつらと話せば、洗いざらい録音されて、次の瞬間には警察が押しかけてくる。些細なはずだった不愉快な出来事は、巨大になって人生を覆い尽くす。二度と電話はかけられない。おまけに携帯電話とSIMカードを渡したときに詳細な指示を与え、こちらからかけたとき以外は使ってはならないと、厳しく命じてある。リスクを避けるためだった。

彼らがどこにいるのか、わからない。知らなければ口を滑らせる恐れがないと思った。子どもをどこへ連れていったのだろう。

さして時間を取らずにきれいさっぱり解決すると、期待していた。唸るほど金のある老いぼれは、多少の金がなくなったところで気づきやしない。老いぼれは初めのうちは役に立ったが、のちに疫病神となって人生を破壊した。

老いぼれが憎い。

夜陰が周囲を包み、黒い指を伸ばして鼓動が止まりそうなほど強く心臓を鷲づかみにする。電話ができないのなら、どうすればよいのだろう。彼らが事情を悟って辛抱強く待ち、不安に駆られて早まらないことを願うのみだ。

不安に駆られるのは、ひとりで十分だ。

今夜は目を見開いて、来ないかもしれない夜明けを待つことになる。

暗黒の闇のなかで。

第四十二章

前夜、マルコ・アラゴーナは熟睡した。

そうでないときのほうが珍しいくらいだ。枕に頭がついた瞬間に瞼が閉じ、目覚まし時計に起こされるまで健やかな眠りをむさぼるのは、子どものころからの習慣だ。

起きたくないと思ったことは、一度もない。当然だ。

憧れの的だった刑事になることができ、閉鎖寸前まで追い込まれた分署の汚名をそそがんと仕事に打ち込む、スーパーヒーローたちの仲間になった。ピッツォファルコーネ署のろくでなし刑事たちの一員になった。無知なる者どもよ、帽子を取って敬意を表わせ。恐るべき〝クロコダイル〟の正体を突き止めたあのロヤコーノ警部の同僚となり、組んで捜査をしたときは、解決に至ったのはもっぱらマルコ・アラゴーナ一等巡査の力によると、中国人《チネーゼ》に言わしめた。

現在は、爆発寸前の歩く圧力鍋、フランチェスコ・ロマーノ別名ハルクと組んで誘拐事件を捜査中だ。マルコ・アラゴーナに勝る者がいるだろうか？　マルコ・アラゴーナより優れた者がいるだろうか？

ホテル十一階の部屋を出る前に、もう一度鏡に目をやった。外見は非常に大切だ。映画、テレビ、小説からも明らかなように、タフな警官とわかる恰好をしていないと、悪党の餌食になる。きょうはスポーツジャケットを着て、その下のシャツはボタンをはずして胸元を見せ、戸外での活動と鍛錬をアピールしている。青のサングラスは、表情を読まれて後手にまわるのを防ぐため。前髪を立てて念入りに櫛を入れた髪形は、精力的な男を演出するほかにも、いまいましくも薄くなってきた頭頂部——嘆かわしいことに、父親は四十にして完全に禿げた——を隠す役を務める。靴には詰め物をして、身長を三センチ——容疑者と睨み合って目を伏せさせ、負けを認めるよう仕向ける際に必要な、貴重な三センチを嵩上げしてある。

廊下を歩いていくと清掃係の娘に出会ったので、とびっきりの笑顔をこしらえた。片方の眉をほんの少し上げ、真っ白な歯を唇のあいだから覗かせ、右に少し頭を傾けて顎の割れ目を強調する。研究し尽くした笑顔だ。正式な挨拶ではないが、一秒の数分の一でも注意を向けられて、さぞかし喜ぶことだろう。きっと天にも昇る心地になる。

アラゴーナの散らかり放題の部屋を思い出してうんざりした娘は、思った。ふん、間抜けな顔してバカじゃないの。

いつも朝食を取るルーフガーデンに通じる階段を、しなやかな軽い足取りで上った。いよいよ、きょう一日に意味を与える素晴らしいひとときが来る。ひそかに熱を上げているイリーナに会うことができるのだ。

それについて文句を言われたら、こう反論することだろう。恋をしてはいけないのか？　タフで冷徹な警官、朝から晩まで犯罪と闘うヒーロー、才能に恵まれながらも同僚に遠慮して目立たないようにしている刑事マルコ・アラゴーナは、人並みの感情を持ってはいけないのか？映画や小説に登場するタフな警官は例外なく女に弱く、その分厚い胸の下に熱い心を持っているではないか。

アラゴーナはイリーナに夢中だった。イリーナは本名だろうか。形のよい胸の上にピンで留めた名札にはそう記されているが、天国から遣わされた、ホテルのルーフガーデンで朝食を給仕する使命を帯びた天使ではないかと思う。ここを住居として選んだのは、じつに幸運だった。きょうは神々が願いを聞き届けてくれたのだろう、きれいに晴れ渡っている。

もっとも、雨天だからといって悲観するには及ばない。その場合は屋内で朝食が供され、空と海、風雨に打たれる火山から成る、かくも名高き絶景をふだんと変わらず堪能することができる。だが、五月のさわやかで香《かぐわ》しい空気、眼下に延々と連なる屋根に降り注ぐおだやかな陽射しのぬくもりと輝きに勝るものはない。

こうした詳細はともかくとして、哀れアラゴーナはイリーナとまともに言葉を交わしたことがない。話しかけようとするたびに喉が干上がり、コーヒーのお替わりを頼む際でも、唇から漏れ出るのはかすれて不鮮明な音。いつも空咳をしてごまかしている。

ただ、微笑みかけることはできた。特筆すべきは彼女がにっこりしてくれることだ。そうすると、この世のものとは思えない青い瞳、光り輝く金髪、色白の腕にうっすら生えている産毛が朝を明るく染めあげる。

〈メディテラネオ・ホテル〉での暮らしが不経済であることは、事実だ。それに長所ばかりではなく、ある意味では自由がなく、さらには心配性の母親がしょっちゅう電話をしてきて、いつまで仮住まいをするつもりかと説教する。だが注文する前に察しよく、お決まりのベーコンを添えたスクランブルエッグを給仕してくれるイリーナを思うと、そんなことは気にならない。刑事特有の鋭い観察眼で、結婚指輪をしていないこと、ほっそりした体に——うれしいことに、あまり背は高くない——脂肪の塊がついていないことは、見て取った。あとは、候補は大勢いるだろうが、特定のボーイフレンドがいないよう願うのみだ。

日の当たるいつものテーブルにつき、贅沢なビュッフェ料理をせっせと補充するイリーナを、豆乳のポットやナチュラルヨーグルトの容器のあいだから覗き見た。まだ早い時刻なので客は少なく、年配のかくしゃくとしたドイツ人カップルが人目も憚らずにがつがつ食い、大柄な北部出身の母親に連れられた悪ガキふたりが、殺し合いでもしたいのか、フォークを振りまわしているだけだった。

イリーナがこちらを向くのを待って、思索にふける表情——内なる苦悩を表わすと自負する一番のお気に入り——をこしらえ、仕上げにかなたの水平線に目を据えた。彼女はきっと敏感だろうから、苦悩を思いやってなぐさめてくれるに違いない。視界の隅で近づいてくるイリーナをとらえて鼓動が早くなったが、素知らぬふりをする。温かみのある小さな声が、マルコの胸を震わせた。

「コーヒーですか」

これまでにマルコにかけられた、唯一の言葉だ。そして、毎朝こう答える。

「濃いダブルエスプレッソをマグカップで。ありがとう」

一生懸命ひねり出した、コーヒーを注文する際に可能な最長の言葉である。

イリーナはいつもの朝と同じくにっこりして、少なくともコーヒーに関してはマルコの望みを叶えるべく、歩み去った。

どこの出身なのだろう。マルコは思いにふけった。〝イリーナ〟が本名か、愛称なのかもわからない。住まいはどこか。ここの勤務のほかに仕事を掛け持ちしていて、強盗やレイプをされかねない物騒な地域を歩いて帰るのかもしれない。スーパーヒーローが守るべきだろうか。話しかけたい、マルコは痛切に欲した。「濃いダブルエスプレッソをマグカップで」とは別の言葉を、口にしたかった。

イリーナは三つのテーブルを忙しく行き来して、クロワッサンやカフェラテを笑顔で給仕している。だが、その笑顔がマルコに向けるそれと違うのは、明らかだった。

やっぱり、とマルコは確信した。向こうも同じくらい好意を持っている。あとは時間の問題だ。ふたりは結ばれる運命だ。

悪ガキのひとりが席を立ち、片足でぴょんぴょん跳んでイリーナの前に行った。

「あのさ、クロワッサンをもう一個持ってきてくれる？」

「はい」

悪ガキはイリーナにつきまとった。

「ねえ、どこから来たの？」

イリーナは首を少し傾げた。日光が金髪と戯れ、金粉を撒き散らした。イリーナは悪ガキの頬をやさしく撫でて言った。

「モンテネグロよ。モンテネグロの出身だけど、この国にはずっと前からいるわ」

モンテネグロは素晴らしいところに違いない。マルコは、重要な新情報を噛みしめた。イリーナのような人は、天国にしかいないと思っていた。

「ふうん、じゃあロマ？」悪ガキは重ねて訊き、マルコはルーフガーデンから真っ逆さまに突き落としてやりたい衝動に駆られた。

イリーナは、星がきらめきながら落ちていくような声で笑った。

「いいえ、ロマじゃないわ。南スラブ人よ」

ジャムやバター、ハチミツの載った皿に専念していた母親が、ようやく息子の迷惑行為に気づいて顔を上げ、呼び戻した。

イリーナはアラゴーナのコーヒーを用意しに、カウンターへ向かった。その途中でふいに振り向いて、視線を向けてきた。

アラゴーナの心臓が、一瞬止まった。なんでこっちを見たんだろう？　あのまなざしはなにを意味しているのだろう。

なにかを察してもらいたかったのか。こちらに聞かせるために、あの悪ガキと言葉を交わしたのだろうか。

夢見心地で、ため息を吐いた。

そうしているあいだに、なにかがマルコの脳を刺激して、誘拐された少年のことを思い起こさせた。ぶしつけな質問をした悪ガキが原因だろうか。違う。なにかほかのことだ。そこにあるとわかっていても、水面下で素早く動く影のように、つかみどころがなかった。

なんだろう？　なにが刺激を与えたのだろう。

イリーナが濃いダブルエスプレッソの入ったマグカップを運んできて、太陽を背にして立っていた。にっこり微笑んだマルコの潜在意識の奥深くでは、早くも脳が仕事を始めていた。

第四十三章

「どう？　連絡はない？」

「ない」

「あの子、まだ熱がある。少し下がったみたいだけどね。抗生剤を飲ませておいた」

「そのうち下がるさ。おれたちが悪いんじゃない」

「それはそうだけど、子どもになにも起きないようにしろって、言っていたから……」

「電話をするとも言っていた。十二時間前にかけてくるはずだった」

「なにか用ができたのよ」

「十二時間もかかる用が？」

「そんなことってある？」

「その話はしたくない。きっと電話をかけてくる。とにかく、待とう」

「その話はしたくないって、どういう意味？　なにを心配しているの？」

「別に。そのうち、電話がある」

「ごまかさないで。なにを心配しているのか、話して。あたしはこのヤマに人生を賭けたのよ。うまくいかなかったら、どうしてくれるのよ！」

「落ち着けよ。必ず電話をしてくる」

「そういうあんたは、夜明けからずっとここに座って酒を飲みながら、携帯を見つめているじゃない。心配でたまらないくせに、あたしに落ち着けって言うの？」

「かけてくるってば、うるさいな！　待つしかないんだよ。ちょっと予定が遅れたくらいで、なにもかも投げ出すのか？」

「だって……もしも、ばれたら……誰かに嗅ぎつけられたら。たとえば警察が……」

「黙れ！　警察にも誰にも、ばれるもんか。計画どおりにうまくいくって！」

「だったら、なんで電話してこないのよ」

「してくる。必ず電話してくる。なにか用ができた、って自分で言ったじゃないか」

「あんたは『十二時間もかかる用が?』と答えた」

「うん。だったら、どうしたい? どうしたらいい?」

「そのときが来たのかも。もうひとつの計画を実行するときが」

「そんなことは言っていない」

「あら、言ったも同然じゃない」

「電話をしてくるよ。おれたち……おれたちにはあの子がいる。必ず、かけてくる」

「捕まって刑務所に入れられるかもしれない。そうしたら、二度と出られない。あたしたちみたいに、子どもをさらった者がどんな目に遭うか知ってる? 連中が一番恐れているのが、それなのよ。世間の人には、あたしたちはみんなロマで……」

「うるさい。絶対に、電話をしてくる」

「あたしたちみたいなのは、刑務所のなかでも安心できない。誰もいないところへ連れていかれて、それから……」

「やめろ! やめてくれ! 口を閉じろ。おまえがおれを引きずり込んだんだろ。なのに、いまになって南アメリカの贅沢暮らしではなく、ムショ暮らしが待ってると言うのか? なにを間違ったんだろう? 指示には全部従った、完璧に。だったら、向こうも約束を守らなくちゃ。そうだろ?」

「大声を出したって、なんの役にも立たないわよ。この話を持ちかけたら、あんたはすぐに乗ったでしょ。銃を突きつけて無理やりやらせたわけじゃないんだから、あたしに文句を言わないで。もし、うまくいきそうもなければ、次の手を考えるのよ。酔っぱらって怒鳴っていたって、どうにもならない」

「あいつは電話をしてくる。絶対にしてくる。待つだけだ」

「そのあいだに、考えるのよ。早く考えなくちゃ」

「かけてくるとも。こっちには、あの子がいる。だろ？」

「そうよ。だからこそ、危険なのよ。あの子はわたしの素性も名前も知っている。それを忘れないで」

「黙れ。とにかく、待つんだ。絶対に電話がある」

「じゃあ、あんたは待ちなさいよ。あたしは考える」

第四十四章

待ち望んでいたものの例に漏れず、午前の早い時間に電話は突然かかってきた。

そのときアレックスは、パラスカンドロ夫人の愛人と思われるピラティストレーナー、多数の刺青で飾り立てたマリオ・ヴィンチェンツォ・エスポージト、愛称マーヴィンの記録を読んでいた。数えきれないほど見聞きした経歴だった。中学一年で学校を中退、万引きを繰り返し、十四歳でひったくりをして初めてグループホームに収容。その後出たり入ったりしたあげくに短期ながら厳しい刑を下されて少年刑務所。小規模な薬物密売を経て、富裕な地区のマンションに泥棒に入り、成人犯罪にデビューした。

計画は、一見完璧だった。マンションの最上階だけは、窓に鉄格子が嵌まっていない。そこからロープを伝い下り、バルコニーから侵入したのだが、あいにく向かいの建物に住む不眠症の元判事が、浴室の窓にもたれて妻に内緒でタバコを吸っていることまでは想定していなかった。

三年後、いくつかの手続上の過ちと素行良好を理由に刑期が減じられ、マーヴィンはまっとうな道を歩む——できる限りは——決意を胸に、刑務所をあとにした。

書類を閉じると同時に、デスクの上の携帯電話が振動した。単なる職業上の関係だからと自分を偽って〝科学捜査研究所〟で登録した番号が、表示されている。内心は期待をしていたから、心臓が口から飛び出しそうになった。

間違い電話かもしれない、不安と期待半々で次の呼び出し音を待った。ピザネッリ副署長は出かける準備をし、オッタヴィアはいつものように、すさまじい速さでキーボードを操作している。アラゴーナとロヤコーノは、誘拐事件について低い声で相談中だ。廊下で電話に出ることにした。

「もしもし?」

「おはよう。いま忙しい?」

「いいえ、大丈夫。いま署だけど、廊下に出たから」

しまった、とアレックスは唇を噛んだ。なんて愚かなことを言ったんだろう。廊下に出た――仕事の電話なのに、なぜ廊下に出る必要がある。しかも、上位職の相手に対して敬語を使わなかった。

努めて取り繕った。

「すみません。つい、失礼な口をきいてしまって……」

マルトーネは、ほれぼれするような声で笑った。

「いいのよ、堅苦しくしないで。それに、人のいないところのほうが好都合だわ」

ちゃんと気づいているのだ。アレックスは完璧な口調を心がけて、失地回復に努めた。

「では、お話を伺います」

「あとでロヤコーノ警部に伝えてね。このあいだ約束したパラスカンドロ家の鑑識を、範囲を広げてもう一度やらせたところ、いいものが見つかったの。各所、とりわけ浴室と寝室に、夫妻とも使用人とも異なる指紋が部分的なものも含めて多数あった。さらにうれしいことに、指紋は登録されていた。この人物には前科があって、名前は――」

「マリオ・ヴィンチェンツォ・エスポージト。一九八七年三月十七日、当市で誕生。二〇〇九年にマンションに窃盗目的で侵入して受刑、昨年二月に釈放」

マルトーネはがっかりした声を出した。

「あらまあ、知っていたの？　どうして？」

「まったくの偶然です。でも、実際に指紋が残っていたんですね？　エスポージトは金庫以外のところに指紋を残していたということ？」

「そのようね。でも、今回見つかった指紋は、どれも事件前のものだった。エスポージトはあの家に頻繁に出入りをしていて、かなり……親しい間柄のようよ」

「というと？」

「いくつかの指紋は、ベッドのヘッドボードについていたの。両手の指紋がね。エスポージトはトイレに行く前に、ベッドのヘッドボードを両手でつかんだのでしょうね。指紋が木材に鮮明に残っているから、強く握ったと見ていいわ」

外から戻ってきたロマーノと目で挨拶を交わして、アレックスは思案した。

「じつはこちらも、パラスカンドロ夫人の愛人ではないかと、疑っていました」

ロザリア・マルトーネはくすくす笑った。

「あら、位置を考えると、夫の愛人の可能性も捨てられないわよ」

同性愛を示唆されて、アレックスはどぎまぎした。

「いいえ、絶対に夫人のほうです」

マルトーネは再び笑った。

「冗談よ、ディ・ナルド。からかってみたの。さて、これで証拠が手に入ったわね。エスポージトはあの家に行ったことを否定できないし、前科もある。簡単に容疑が固まりそうね」

「ええ、でも夫人の関与がどの程度だったのか、はっきりさせなくては。エスポージトが協力させたのか、夫人がエスポージトと共謀して計画したのか」

「もちろん、そうだわ」

これで用件はおしまいだ。アレックスは、正式な挨拶をすべきかどうか迷って、押し黙った。ロザリアも、沈黙している。

すると、管理官はささやくように言った。

「きのう、わたしのメールを受け取った？」

アレックスは、口がからからになった。

「ええ」

「返事をくれなかったわね」

あのメールに歓喜したことを、アレックスは伝えたかった。一晩じゅう天井を見上げて、白衣の下の美しい肢体を空想していたことも。

「ええ。でも、あの……とてもうれしかった。ほんとうにものすごく」

管理官は再び沈黙した。それから言った。

「あなたのことは、わかっているのよ、ディ・ナルド。目が合った瞬間に理解した。あなたも同じでしょう？　そうよね？」

アレックスは、給料全部をコップ一杯の水と引き換えたいと思った。トイレに向かうオッタヴィアが怪訝な面持ちで唇だけ動かして訊く。「大丈夫？」

アレックスは身振りで、大丈夫よ、と伝えたものの、頬が熱くなるのを抑えることはできなかった。

「ええ、そのとおりよ。わたしも同じ。でも……その話はしないことにしていて……自分だけの秘密だから」

アレックスは、一瞬自分の正気を疑った。拷問されても言わないであろう、これまで自分ひとりの胸に秘めてきたことを、赤の他人に電話で打ち明けてしまった。

マルトーネはおだやかに答えた。

「あなたの気持ちは理解できるわ。わたしもそうしている。苦しいときもあるわ。でも、ある種の感覚やまなざしにめぐり会うことはほとんどない。とてもまれだから、機会を逃してはならないの。だから、メールしたのよ」

アレックスは、ふっと心が軽くなった。

「ありがとう、メールも電話も。なにもかもうれしくて」

「そのくらいでは、返事をくれなかったことを許さないわよ、ディ・ナルド刑事。せめてピッツァくらいはご馳走してね。近いうちに、夜に電話をするわ」

「ええ、近いうちに。もちろん、わたしがご馳走します。なんといっても上官ですもの、ご機嫌を取っておかなくては」

「上手に機嫌を取ってくれることを、期待しているわ。じゃあ、また」

第四十五章

その朝、ジョルジョ・ピザネッリは家を出る前に、カルメンとゆっくり話をした。これはほぼ日課と言ってよく、その際は用心を怠らない。寂しさが募って頭がおかしくなったと隣人に思われないよう、カルメンの好きなモーツァルトかチャイコフスキーの交響曲のレコードをかける。それから寝室のドアを開け、カルメンが音楽を聴いている姿を瞼に浮かべて話をする。最後の数ヶ月間は妻の耳に届かせるために大声で話し、五分ごとに様子を見にいったものだが、いまは小声で事足りる。あの世の人との会話には、それなりに長所があった。

カルメンにマリア・ムゼッラのことを話して、ほかの大勢の犠牲者候補のなかから彼女を選んだ理由を説明した。管区には、驚くほどたくさんの向精神薬服用者がいるのだよ。この薬はきみが苦痛から逃れるために服用していた精神安定剤とは、正反対の効果がある。いや、正反対でもないな。とどのつまり、きみを永久《とわ》の眠りにつかせたのはこの薬なのだから。ともあれ、マリア・ムゼッラの睡眠時間は非常に長く、そのあいだは安全だ。

最近は〝殺し屋〟が次に狙う人物を割り出して、殺人を防ごうとしているのだよ。数々の自殺が他殺だったことを証明するのは、断念した。〝殺し屋〟は狐みたいに狡猾だ。同じ手口は二度と使わず、決して尻尾をつかませない。じつに抜け目がない。

他殺と確信している理由は、耳にタコができるほど説明したね。わたしには、わかるのだ。偽装自殺の被害者はみな、生きていく力はないが、死ぬ決意はしていない。たとえ一日でも激痛に耐えることができなくなったきみとは、違う。まったく、違う。

そこで、耄碌《もうろく》したからしかたがない、と大目に見てもらえるのをいいことに、次の犠牲者を捜し出すことに専念し、管区内の一番大きな薬屋の近くに住んでいる人々を調べて、薬への依存度がもっとも高い人物を特定したのだ。どこからか、手をつけないといけないからね。

ピザネッリはカルメンに投げキスをして分署に向かい、昨晩のボレッリ宅での家族会議の顚末をパルマたちから聞いた。不幸な出来事をきっかけにして再び心を通わせ合い、一致団結して苦悩を乗り越えればいいものを、往々にして反対の結果になる。やりきれない話だ。カルメンの死も、息子ロレンツォとのあいだに溝をこしらえた。いまだに三日に一度は電話で話すが、互いに義理を果たしているにすぎず、共通のなつかしい思い出だけがかろうじて父と子を結びつけていた。

それから、あこぎな高利貸しのブルドッグのトーレについて、ロヤコーノと少し話し合った。トーレは興味深い人物で、限定された地域で商売をする従来の金貸しスタイルを脱却して、近代的な経営を目指し、他の地方の同業者と手を組んで交互投資や共同出資などを行う本格的なジョイントベンチャーを立ちあげた。警察は長年パラスカンドロを追っているが、とピザネッリは説明した。もっぱら他の地方での高利貸付で稼いでいるため、手が出せないのだよ。ブルドッグは尋問された際、例の女の子みたいな声で検事にうそぶいた。「事業者に資金を提供したからといって、彼らが誰に当てて小切手を切ったか知っていることにはならない」つまり、アルプスのこっち側での高利貸付の被害者はどこかに多数いるものの、パラスカンドロの口座に氏名は現れず、やつの息のかかった銀行は見て見ぬふりをしているのだよ。

ピザネッリは、ロヤコーノのことが気に入っていた。再編成後の分署の雰囲気も好きだった。雪辱を晴らしたいという健全な意欲と再出発の喜びを全員が持ち、パルマは各人の長所を的確につかんでそれを後押ししている。箸にも棒にもかからないと思ったアラゴーナも、なかなか悪くない。

アラゴーナのことを考えると、自然と眉間の皺が伸びた。あの若造は見所がある。よほどよく観察しないと、気づかないものではあるが。

分署から、泡立つプロセッコ（スパークリングワイン）のようにさわやかな五月の大気のなかに出た。これほど決然とし、希望に満ちているのは久しぶりだ。長年追ってきた偽装自殺の解決に近づいたことを初めて実感できた。

マリア・ムゼッラの自宅まであと百メートル足らずになったとき、ピザネッリは大好きな友人に出くわした。

同時に、事件の解決は春の花の香りのように、はかなく雲散霧消した。

レオナルド神父は、二日連続でせかせかと坂を上っていた。緊急の用事があったのだが、少しのちに予定の変更を余儀なくされることになり、大いに苛立つことになった。

マリア・ムゼッラは救済者のリストから除くほかなくなった。主の遣わした天使レオナルドの手で、ときを待たずして幸運に巡り合う寸前だったのだが。ひんやりした教会でくゆる香に包まれて重ねた会話や説教、種々の薬物についての調査などに費やした多大な時間と努力が、全部無駄になった。親友ジョルジョは最近、いまいましいほど頑なになってきた。

しかし、とレオナルドは自らをなぐさめた。危機を回避できたのだから、喜ぶべきだ。ムゼッラのアパートメントへの出入りを、ジョルジョに目撃されたらどうなっていたことか。薬物の過剰摂取で死亡したムゼッラと遺書――結局、修道着のポケットに入れたままになっている――が発見されたとき、筋の通った説明ができただろうか。不可能ではないが、かなり難しい。

しかしながら神は、ジョルジョの到着を遅らせ、もしくはレオナルドのそれを早めて、ムゼッラのアパートメントから百メートル足らずのところで出会わせなさった。こうして救いの手を差し伸べることで、使命がいかに神聖であるかを示されたのだ。ジョルジョは小躍りしてレオナルドを近くのバールに誘い、コーヒーを前に突飛だが正確な推論を披露した。それがいかに正確かは、レオナルドが一番よく知っている。

レオナルドは常に違わず情け深い面持ちを保って、ジョルジョの話に付き合った。ジョルジョは五月の朝の陽を浴びて、ついにすべてが明らかになったと大喜びで語っている。気の毒に。いっそのこといますぐ、ムゼッラのもとへ赴き、持っている瓶の中身を全部飲ませたいくらいだ。

しかし、サンティッシマ・アヌンチアータ教会の司祭にして付属修道院院長でもあるレオナルド・カリージは神聖な使命を実行し続ける義務がある。どれほど親しかろうが、友人を喜ばせるために義務をないがしろにすることは許されない。そこで、ジョルジョに神の恩寵が与えられることを祈り、不吉な推測が当たらないことを願っていると言い置いて、親友と別れた。

さて、どうしたものかとレオナルドは思案した。主は無限の英知を以てしてマリア・ムゼッラの空疎な人生を引き延ばされ、なにかを伝えようとなさった。なにをお伝えになりたいのだろう？　その夜、修道院の庭で春を迎えて咲き誇る新鮮な花のにおいを嗅ぎながら祈りに身を捧げていると、神はレオナルドを光明で包み、ご意思をお伝えくださった。新たな使命は、元教師のエミーリオ・ダンナの救済だ。熱心な信者だが、妻を亡くした悲しみと、会話どころか電話に出ることも拒む子どもたちの仕打ちに深く打ちのめされている。

主は答えを賜れた。気の毒なダンナは、神のご示唆による適切な指導で自問を始めることだろう。自分には、生きている意味があるのだろうか？　頑固な心臓が止まることを拒否するからといって、なぜ孤独で寂しい生活に何年も耐える必要がある？

疑う余地はない。気の毒なエミーリオをもっと足繁く訪ねよう。そこであくる日の午後、レオナルドは修道着をたくしあげ、短い脚をせっせと動かしてエミーリオ・ダンナの自宅へ向かった。

五月のさわやかな大気と神の偉大な栄光に、心を弾ませて。

第四十六章

ドドは再び熱を出した。そして、母親のことを思った。

ふだんはたいてい父親のことを思っているが、こうして喉がずきずきと痛んで寒くてたまらないときは、自分のベッドで母親に添い寝をしてもらいたかった。

ドドが体調を崩したり、泣いたりすると、母親はいつもベッドで寄り添って頭を撫で、ときどきそっと額に唇をつけて熱いかどうかたしかめる。

いちいち言いつけるのは幼い子やおとなになれない子のすることだと思っているので、ドドは困ったことがあってもなにも言わないが、母親はすぐに察して、添い寝をして頭を撫でてくれた。父親のように、わくわくどきどきする話はしてくれないが、いまは母親に頭を撫でてもらいたかった。排泄物と腐ったソッフィチーニの悪臭のなかで汚い毛布にくるまっていると、母親に会いたくてたまらなかった。

ドドはうつらうつらしながら、考えた。レーナに起こされて、薬と水を飲まされたような気がする。ママかと思ったら、レーナだった。なんでまた、金髪なんかにしたんだろう。おじいちゃんの家によく行っていた小さいころ、レーナに面倒を見てもらっていた。そのときのほうがいまよりいいけれど、女の人はときどきなにかを変えたくなるらしい。

ママがマヌエルと一緒にいるのはそのせいだ、とパパは言った。変えたい、とママは言ったそうだ。

ドドはマヌエルがあまり好きではなかったが、父親には黙っていた。両親が離婚したクラスメイトのなかには、親の新しいパートナーの悪口をもう片方の親に言いつける子がいる。それはなにかを買ってもらいたいからでも、かわいがってもらいたいからでもない。親がそれを聞いて喜ぶからだ。

マヌエルは冷たくはしないが、かわいがりもしない。母親はドドがなつくことを望んでいたがしまいにあきらめ、多くの友人のように新しいパートナーと子どもとの仲が険悪で悩まされなければそれでよしと思っている。ドドとマヌエルは互いに我慢することを覚え、母親が家にいるときは三人そろってテレビを見るようにもなったが、会話は乏しく、楽しいとは言えなかった。そこでドドはしばらくすると自室にこもって、フィギュアで遊んだりコミックを読んだりする。

母親が学校に迎えにいけないときはマヌエルが代理を務めるが、ドドの母親と正式に結婚していないことを知っているシスターたちは、イエスさまが悲しむと言って、挨拶はするものの渋い顔をする。帰りの車のなかでは、ふたりともそれぞれの思いに浸って、沈黙しているのが常だった。

母親はそんなことはなく、ドドを深く愛し、ドドも母親を愛した。だが、女親には話せないこともある。そこで母親は常にドドを観察し、その気持ちや考えを推し量った。ドドが北部の父親の家やバカンスから帰ったときは、父親の暮らしぶり、経済状態、女性関係などについて質問攻めにする。いっぽう父親はドドの母親にはいっさい興味を示さず、質問もしない。パパは男だからな、とドドは思うのだった。

ドドはうつらうつらしながら、母親がそばにいることを切に願った。添い寝をして、温めてもらいたかった。母親の独特なにおいが恋しかった。幼いとき、いつもハミングしてくれた、ほかでは聞いたことのない子守歌を聞きたかった。

母親がここにいれば、ハチミツ入りのホットミルクを作ってくれたことだろう。舌を少し火傷するが、喉の痛みは軽くなる。ドドはしょっちゅう喉が痛くなる。喉が弱い、と母親は言っている。

ドドは母親を思った。どれほど心配していることか。どれほど悲しんでいることか。

家に帰ったら――ドドは心に決めた。学校を何日か休み、ママは友だちに会いにいかずに、家にいてもらおう。そして、マヌエルはカードゲーム仲間の家に泊まらせる。お金を少し余分にやれば、楽しく遊んでしばらく戻ってこないだろう。

家でしばらく、ママとふたりきりでいたい。ベッドに並んで寝転がろう。そして、ハチミツ入りのホットミルクに子守歌、ママのにおい。

ママが横にいれば暑くも寒くもない。ママが横にいれば、いつもちょうどいい。ねえ、バットマン。これから話すことは、誰にも内緒だ。家に帰ったら、ぼくは赤ん坊に戻りたい。家に帰ったら、ママにずっと抱かれていたい。

排泄物と腐った食物の悪臭が漂うなかで汚い毛布にくるまり、ドドはそう願った。

それから、眠りに落ちた。

第四十七章

マヌエルは、肘掛椅子でうたた寝をしているエヴァをしげしげと眺めた。これまで見慣れていた癇癪持ちで、突然機嫌を悪くするエヴァとは別人のようだ。

エヴァは決して認めないだろうが、毒舌をふるうところなど、父親とそっくりだ。父親のことを狷介《けんかい》で狭量だとさんざんこき下ろしたかと思うと、いきなり矛先をマヌエルに転じ、生活力のないことをなじる。たいていは、夏の嵐と同じでそのうち止むさ、と数限りない侮辱を聞き流すが、病身の老いた父親に対する悪口の辛辣さに辟易することもしばしばだった。

実際、ボレッリ老人は底意地が悪く、莫大な資産を遅かれ早かれ――健康状態を考えるとたぶん早々に、当然の行き先である地獄まで持っていくつもりなのだろう、誰にも手を触れさせずに抱え込んでいる。また、機会さえあればマヌエルを無能なごく潰しのジゴロ、いつも貧乏くじを引く阿呆な娘が拾ってきた野良犬と罵倒する。賭博の負けを返さなければ、繊細で暴力を心底憎んでいるマヌエルが、物騒な連中に痛めつけられてどこかの暗い路地に放り出されることなどおかまいなしに、醜い老婆ペルーゾに命じて資金を絶った。

このどれもこれもが、事実だ。

だが、ボレッリ老人の金のおかげで、高尚な魂が一考する価値もない低俗な行為、すなわち生活の糧を稼ぐという行為に手を染めずにすんでいることも、事実だ。さらには、ボレッリ老人が営々と貪欲かつ不正に貯め込んだ財産のおかげで、両親のようにやり繰りに腐心しないで芸術活動に専念できるのも、事実だ。貧しい両親が恥ずかしく、ふたりとも他界したときはほっとしたものだ。

あとはパートナーのエヴァが――情熱を分かち合い、マヌエルを支える運命に生まれついたエヴァが、芸術家の陥るスランプと、作品の市場価格の下落が審美眼のないディーラーや雇われ評論家のせいだということを、理解してくれれば言うことはない。おそらく事態は間もなく好転し、以前のように敬意を払われ、称賛を浴びる日が来る。なんといっても、ヴェネツィアで個展を開いた偉大な芸術家なのだから。

だが、あきれるほど泣いたあげくに口を開けて眠っている彼女は、芸術家の欲求や繊細な性格はおろか、カード賭博は彼女を父親の支配から解放するためだったことも理解できない。手っ取り早く大金を稼いで、胸糞の悪い老人を見返すことができたらどれほど痛快だったことだろう。あいにく思惑がはずれたことは認める。人気のない暗い場所を避ける身になってしまったが、勝敗はまだ決まったわけではない。偉大な魂は常に楽観的だ。

エヴァは呻いたり、びくっとしたりして眠り続けている。深い苦悩は彼女を一気に老けさせた。まるで、六〇年代まで葬式のときに雇われていた泣き女みたいだ。なぜこれほど悲しむのか、不思議でしかたがない。甘ったれ坊主は自分の部屋に閉じこもって、あほくさいフィギュアで遊ぶばかりで、まったくかわいげがない。戦争や闘争の真似事ばかりしていて、知能は衰退しないのだろうか。まともに考える能力はあるのだろうか。

きっと、攻撃的で粗暴な父親の影響だ。きのうは、危うく殴られるところだった。繊細な芸術家と知り合ったエヴァが、即座に捨てたのも無理はない。

エヴァ――マヌエルは心のなかで語りかけた。かわいそうに、さぞかしつらいのだろう。だが、物事のいい側面も見るべきだ。これがふたりきりの新しい生活の出発点になるかもしれない。悲しみは時間とともに薄れ、それの残した傷とともに生きていくことを人は学ぶ。そのあいだにきみの父親が事件のショックで世を去れば、ぼくたちはついに自由を手に入れて、愛と芸術を育《はぐく》むことができる。

この悲しみは、恩恵だ。重荷を――横暴な父親、野蛮な元夫、醜い老婆、借金の返済を迫る社会のクズどもを捨てるチャンスだ。すべてを忘れるために、ゴーギャンを見習ってふたりきりでどこか遠くの島へ行こう。そうすればきっと、再びインスピレーションを得て傑作を生み出し、偉大な芸術家がエヴァとともに送った生涯や、創作の原動力となった悲劇は後世まで語り継がれることだろう。

窓から入った陽光が、エヴァの瞼を射た。エヴァはびくっとして体を起こした。

「ドド？　ドドなの？　まあ……どのくらい眠っていたのかしら」

マヌエルは、おだやかになだめた。「ほんの数分だよ。一分かそこら。なにかあったらすぐ起こせるように、ぼくがずっとそばについていた」

エヴァは瞬《まばた》きをして、両手を見つめた。まだ現実に立ち戻ることができないようだった。独り言のように、つぶやいた。

「夢を見た。すごく真に迫っていて、ほんとうに起きているようだった。わたしはドドに添い寝をして、熱を出したときや喉が痛いときにするように、頭を撫でていた。あの子は、季節の変わり目によく喉が痛くなるの。寝つけるように、ドドのお気に入りの歌を静かにハミングしたのよ。ドドは生まれたばかりの赤ちゃんのにおいがした、わたしだけが知っているにおい。ああ、なにもかも細かいところまで……」

エヴァは泣き出し、ついには体を揺さぶって激しく嗚咽した。

おいおい、またかよ。マヌエルはひそかにため息をついた。

それから、その場にふさわしく悲しげに微笑んで、エヴァを抱きしめた。

第四十八章

アレックスとロヤコーノは、ジムの入口でパラスカンドロ夫人を待った。事件現場の自宅を公式に訪問して夫の前で問い質し、うっかり口を滑らすことを期待する方法もあった。

だが話し合った結果、夫人ひとりに会って、こちらの探り出した事実を突きつけ、罪を認めるか、あくまでも白を切ってこれまでの生活にしがみつくか、どちらかを選択させようと決めたのだった。

マーヴィンが先に出勤してきた。不都合なことでも起きたのか、渋い顔をしている。いくら鈍くても、捕まった場合は再犯に加えて、被害者のひとりと共謀した計画的犯行とみなされて重い刑を下されることは、いまや悟っているだろう。

雇い主のパラスカンドロ夫人、スージーはその三十分後にやってきた。大きなサングラスで顔を隠し、落ち着かない様子だ。後方をたしかめないでいきなり車のドアを開け、通りかかったスクーターにドアを引きはがされそうになって、すさまじい悪態を投げつけた。

ロヤコーノはディ・ナルドに合図をして、覆面パトカーを降りた。

なかに入りかけたスージーを、ふたりは挟むようにして立った。スージーは驚いたふうもなく、窮屈そうに肩をすくめた。

「おはようございます、奥さん。ちょっと話をしたい。オフィスでないほうがいいでしょう。迷惑をかけたくないのでね」

スージーはうなずいて、少し先のバールへ向かって歩き出した。アレックスとロヤコーノは彼女のあとに続き、店の隅に設けられた小部屋に落ち着いた。

全員が腰を下ろすと、ロヤコーノは口を切った。

「さて、あなたの自宅を調べた結果、きのうジムで会ったピラティスのインストラクター、マリオ・ヴィンチェンツォ・エスポージトの指紋が多数発見された。想像がつくでしょうが、じつに意味深長だ。これについて、説明してもらえますか？」

アレックスは警部のテクニックに感じ入った。現在判明している事実以外のことはなにも言っていないが、巧妙にほのめかしていた——なにもかもわかっている。頓馬な愛人は金庫破りに入った際に、多数の指紋を残した。さあ、どうする？　愛人を海に沈めるか？　それとも洗いざらい告白するか？　アラゴーナの「中国人《チネーゼ》と組むとすごく勉強になるぞ」の言は、正しかった。

スージーの表情は、大きなサングラスと美容整形による不自然なこわばりのため、判じがたかった。と、その仮面のような顔が急変した。下唇が震え始めると、池に小石を投げ込んだかのように一気に顔全体に広がった。サングラスをむしり取ってテーブルに叩きつける。

「バカ。ほんとにバカとしか言いようがないわ。金の亡者の次は頭の空っぽな男なんて、どこまでついていないんだろう。どうしようもないわ。あたしには男を見る目が、全然ないのよ」

それは悲しみではなく、怒りだった。混じりけのない怒りだ。アレックスはロヤコーノを窺った。警部はスージーの話に集中したいのだろう、両手を膝に置いて静かに座り、感情をいっさい出さずに目を糸のように細くして、いつもの瞑想の姿勢を取っていた。こうしていられると、相手は間が悪くなり、その膠着状態を破りたい一心でしゃべりたくなる。意図してのことだろうか、偶然だろうか。

スージーはロヤコーノを見て言った。

「あいつとの結婚生活がどんなものか、警部さんには想像がつきっこないわよ。あいつは二十歳のあたしを妻にしたのよ。まだ若造だったけど、いまと同じ商売をしていて、父は——魂よ、安らかであれ——金を借りていたの。取り立て屋をふたり連れて、店に現れたわ。証拠ひとつ残さずに、平然と人を殺す連中よ。父は洋服店を経営していたけれど、うまくいかなくて店員に暇を出し、あたしが手伝っていた。いまでもあの日のことを覚えているわ。店に入ってくると、例の胸糞の悪い女の子みたいな声で言った。『おい、ねえちゃん、おまえの親父に話がある。シャッターを閉めな』そこで、犬みたいな顔を——あいつがブルドッグのトーレって呼ばれているのは知ってるわよね？——まっすぐ見て言ってやったのよ。『自分で閉めればいいでしょ、ゲス野郎』取り立て屋のひとりがあたしの腕をつかむと、あいつはそれを制止して、こっちの顔を一分くらい見つめてから、方言で命令した。『帰《けえ》るぞ、おまえら』そして、ほんとうに帰っていった。あくる日、ひとりで来たわ。花束と父の振り出した小切手を全部持って」

バールのウェイターが小部屋の入口に顔を覗かせたが、スージーは邪険に手を振り、「誰も入れないで」と言いつけて追い払った。

それから、苦笑した。

「見たでしょ？　ブルドッグのトーレの女房の特権よ。ここらへんの人の大半が借金をしていて、怯えている。トーレが毎日少しずつ金持ちに、有力に、性悪になっていくから」

アレックスは戸惑って、椅子の上でもじもじした。いっぽうロヤコーノは、顔の筋ひとつ動かさない。

スージーは話を続けた。

「結婚したわ。ほかに、どうしようもないもの。よその街や外国に逃げても、必ず見つかってしまう。ブルドッグのトーレに逆らうことはできないのよ。父や店が被害を受けることも、目に見えていた。だから、結婚した。でも、いまでもあいつが憎くてたまらない。あいつもあたしを憎んでいる。あいつに屈服しない、唯一の人間だから。三十年以上続いている戦争なのよ」洟《はな》をかんだ。「あたしはあいつのそばで、老いていった。とにかく、子どもだけは作らないように、気をつけた。そして、仕返しにさんざん搾り取ってやった。洋服に宝石……それに、整形手術も少し。全然わからないだろうけれど、ほんとうなのよ」

アレックスは、ロヤコーノの唇の左隅が震えているように思った。

「それから、このジムを買わせた。エクササイズが好きなの。エアロビクスにフィットネス、ピラティス、エアロバイクとなんでも。どのみち、亭主は隠れ蓑が必要だったから、この元映画館を一セントも払わずに手に入れた。いくらだか知らないけど、オーナーは借金があったのよ。そして北部にいる友人というか、同業の連中を利用して設備をそろえた」

ロヤコーノが質問する。

「同業というと？　どんな商売ですか」

スージーは目を丸くした。

「やだ、知らないの、警部さん？　信じられない。もっと切れると思っていたのに」

アレックスが説明した。

「あなたから直接聞きたいんです、奥さん。捜査上、必要なので」

スージーは思案してから言った。

「ふうん、そういうものなの。亭主の仕事は高利貸し。この街の半分くらいの人の急所を握っている金貸しよ」

ロヤコーノが口を挟む。

「でも、これまで誰もそれを証明できなかった」

スージーは大きく息を吸った。

「ねえ、警部さん、取引しない？　いま捜査しているのは、取るに足らない窃盗事件よね。そうでしょ？」

ロヤコーノは無言だ。

スージーは言葉を継いだ。

「もし、詳しいことが明らかになったら、マーヴィンは絶体絶命だわ。あたしだって、こればかりは許してもらえない。つまり、助かるためには警察と取引するしかないの。だから、取引しない、警部さん？」

警部は少々思案したのちに答えた。

「独断で取引に応じる権限はないんでね。とにかく、話を聞こう。あくまでも仮定の話ということで」

「そうね、では仮定の話ということで聞いて。ブルドッグには、北部の被害者たちの振り出した後払い小切手を現金化した大金が、定期的に届けられるの。あたしはマーヴィンと示し合わせて、それが到着した週の週末にブルドッグをイスキア島に連れ出し、留守のあいだにマーヴィンが盗みに入ったのよ。手袋をするよう、さんざん注意しておいたのに」

お見事、とアレックスは内心で警部の直感に喝采《かっさい》を送った。スージーがマーヴィンと話し合う前に聴取しよう、と警部は直感的に決めた。マーヴィンが実際は手袋を嵌めていたこと、彼の指紋はせいぜいスージーの不貞行為を告発する程度で、窃盗事件とは無関係であることを知らないうちがよかろうと判断したのだ。

「だけど運悪く、あのろくでなしは今回に限って現金ではなく倍額の後払い小切手で受け取って、少しずつ現金化することにした。とどのつまり手に入ったのは、名前を変えて新しい人生を始めるための大金ではなく、ただの紙切れ。さて、スージーとマーヴィンは一千万ユーロの価値がある後払い小切手をどうしたらいいのでしょう？　なにもできない。だけど、あくまでも仮定だけど、もしもそれが警察の手に渡ったら、もしもそれが駅のコインロッカーに入っていて、たまたまあたしがその鍵を持っていたら？　もしもブルドッグが小切手全部に裏書していたら？　金の亡者のブルドッグが現金化するときではなく、安全のためにすぐに裏書していたら？　盗難を恐れて裏書していたら？　あくまでも仮定だけど、哀れなブルドッグはブタ箱から一生出てこられないんじゃないの？　違う？」

スージーは抜かりがなかった。

アレックスは言った。

「泥棒の件はどうします？」

「泥棒ってなんのこと？　なにも盗まれていないのよ。なんにも。容疑者不明。永遠に不明。だけどその代わりに、店に放火したり、人の足の骨を折ったりして四十年も悪事を繰り返してきたあこぎな高利貸しを捕まえて、社会から葬る機会が手に入る」

長いあいだ、沈黙が続いた。スージーは部屋の入口で立ち番をしていたウェイターに合図して水を持ってこさせた。ひと口飲んで唇を手で拭い、スージーは言った。

「マーヴィンはいい青年よ、警部。性根がよくて、やさしいの。道を誤ったのは事実だけど、あの子の生まれた界隈には二種類の人間しかいない。捕まるか、捕まらないかが違うだけ。だけど、やっていることはどっちも同じ。あの子は若くて陽気で、ベッドのなかではギリシャの神そこのけ。一緒にいて楽しかったし、この件はあたしの責任よ。金庫の中身が小切手ではなくて現金だったら、連れていくつもりだった。だけどこうなっては、あたしたちが生き延びるチャンスは、あんたたちしかない。取引を断られたら、ブルドッグは手下に命じて、あたしとマーヴィンの足をセメントで固めて湖に放り込み、ふたりは駆け落ちしたと言いふらす。それがあいつの手口なのよ。そして、あんたたちはブルドッグを逮捕することができなくて、収穫なし。取引に応じてくれたら、あたしはなにもかも売り払って行方をくらます。外国に行くのもいいわね」

アレックスは身を乗り出した。

「仮にわたしたちが取引に応じたとしたら、マーヴィンは？」

「マーヴィン？　そうねえ、ジムを残していってあげようかな。そうすれば、曲がりなりにも経営者になって、まっとうな暮らしを送ることができる。そうだ、あんた、あの子に興味ない?」

第四十九章

マリネッラは大広場《ピアッツァ》から丘へ向かう坂道を上っていた。教会のファサードがそのほぼ全部を占める広い建設用地で足を止め、大勢の作業員が行き交う様子を眺めた。地下鉄の駅ができる予定だが、完成はいつになるかわからない。

こうしていつもどこかで建設工事が行われている状況は非難の的になっているが、マリネッラは好きだった。生命力のみなぎった巨大な動物が変身を繰り返し、新しい姿になって若返っていくように感じられた。

変化や新しさを求めるのは大切だと、マリネッラは思う。たとえば、自分は生まれてから——つまりは十六年足らずのあいだに——二度、転居することになる。というのも、この風変わりな美しい街で暮らそうと決めたからだ。そして、先ほど買い物に出たときに例の口笛を吹く青年に再び出会い、彼のことが少しわかったいまは、なるたけ長く住んでいたくなった。

出会いは、まったくの偶然だった。

ここ数日口数が少なく、物思いにふけっていることの多い父親は、むっつりと朝食をすませて、いつもより早く出勤していった。これは事件の解決が近づいた証拠だ。積み重ねた論理や思考が頭と心を占領し、外の世界を遮断してしまうのだ。今回はそれがちょうどいいときに起き、顔を輝かせ、浮き浮きしている理由を質されることはなかった。

ひとりになるとすぐ、ジーンズ、Tシャツ、ジャンパーを身に着け、玄関へ向かいながら鏡の前で簡単に髪を整え、化粧をしないで外に出た。きょう訪ねていく先から慌てて帰ってこなくてもいいように、買い出しと部屋の片づけを手早く片づけるつもりだった。

とても好意を抱いている例の青年に出くわしたのは、一段おきに階段を下りているときで、柱の陰で靴ひもを結んでいた彼に衝突しそうになった。

初めて交わす会話は、こんなふうに始まった。

「おい、気をつけろよ！」

「あら、あたしが悪いの？　見えないところで靴ひもを結んでいるほうが、悪いのよ」

青年は立ち上がった。見上げるほどの長身だ。

「すてきな発音だね。シチリア人だろう？　シチリア訛りは大好きだ」

マリネッラは次第に腹が立ってきた。朝のこんな時間に出くわすとは。化粧もしていなければ、きれいな服も着ていない。スニーカーだから、余計に背が低く見える。おまけに、訛りのことまで言われた。

つんとして、言い返した。

「だから？　あたしはたしかにシチリア人よ。そのどこがいけないの？」

青年は突き飛ばされたかのように、あとずさった。

「そんな……シチリア訛りが好きだって言ったじゃないか。とくに、女の子のが好きなんだ。とにかく、自己紹介させてくれよ。近所に住んでいるんだから、もっと早くにしとけばよかったんだけどね。マッシミリアーノ・ロッシーニ。家は――」

「六階、階段のここととは反対側」

青年はきょとんとしたが、楽しんでいるようでもあった。

「そんなにぼくのことを知っているなら、せめて名前くらい教えてくれないか？」

マリネッラは深呼吸して心を落ち着かせた。

「ごめんなさい。あなたの姓と呼び鈴の名札を結びつけただけなのよ。じつはおととい、お母さんにお砂糖を借りて――いけない、早く返さなくちゃ。あたしは――」

「――マリネッラ・ロヤコーノ。五階。正直なところ、十日くらい前から知っている。最初に階段のところで会ったあと、管理人に教えてもらった。五ユーロかかったよ。お父さんと住んでいるんだろう？」

では、彼もマリネッラに興味を持って訊きまわったのだ。素晴らしい。とても素晴らしい。

「ええ、まあね。しばらく一緒にいるけど、自宅はパレルモで……つまり、その、これまでパレルモに住んでいて……自宅はそこだけど……でも……」

マッシミリアーノは吹き出した。

「わかったような、わからないような。とにかく、それで十分だ……ええと……来週はこっちにいる？　いるなら、いつか午後にコーヒーをご馳走しようかなと思って」

どう答えたものかと、マリネッラは思案した。

「そうねえ……あとでまた話したほうが……まだここにいれば行くけど、たしかではないから」

「わかった。だけど、電話番号がわからなくちゃ、話ができない。それに、電話をかけていい時間も教えてもらわないと」

「そうね。だけど、あたしは……電話番号を教えたからといって、すぐに友だちになるって意味じゃないのよ。ここには知り合いがいないから、劇場や名所とか、お薦めの場所を教えてもらえればと思って」

マッシミリアーノは、顔を輝かせた。

「きみが転ばせそうになったのは、うってつけの人物だよ。不良だと思われては困るから、もう少し教えておく。ぼくは文学を専攻している大学生で、ジャーナリストでもある。まだパートタイムだけど、大手の新聞社で働いている。きみは、パレルモではどこの学部？」

「学部？ 高校の第四学年が控えていて、おまけに学年末まで待たずに出てきてしまったのに。」

「あたし？　話せば長くなるわ。でも、ここに越してくるつもり。父をひとりにしておくのは、かわいそうだもの。そろそろ行かなくちゃ。あなたの携帯の番号を教えて。こっちからかけるから、番号を登録してね」

マリネッラは坂道の最後の部分を上りながら思った。一日の始まりがあれほどすてきなら、上機嫌になって当たり前だ。なにもかも簡単に、すっきり解決できて当たり前だ。楽天的になって、当たり前だ。

トラットリアはまだ閉まっていたが、マリネッラの予想に違わず、レティツィアは店内で仕込みに勤しんでいた。バッタの大群の襲来——冗談交じりに客のことをこう呼ぶ——に備えているのだ。

こうしたユーモアのあるレティツィアが、マリネッラは大好きだった。いつも陽気で笑顔を絶やさない。軽薄なのではなく、傷つき、苦しみ、泣いた末の笑顔だ。ある種の笑顔は卒業証書と同じで、見せるためには、努力して手に入れなければならない。父が再びこうした笑顔を浮かべる日が来ることを、マリネッラは願った。

レティツィアは、マリネッラを抱きしめて歓迎した。糊の利いたエプロンとシェフ帽をつけた姿は、イブニングドレスを着ているのと同じくらい、艶《あで》やかだった。

しばらくおしゃべりを楽しんだあと、マリネッラは前の日に父親がそそくさと帰ったことを詫びた。

「パパは、仕事となると、どんなときでもすぐに取りかからないと気がすまないの。そういう性格なの。悪気はないのよ」

「もちろん、承知しているわ。あなたがまだこっちに来ていないときも、そうだったもの。それに、あのサルデーニャ人の検事補から電話がかかってくると、なおさら張り切る。あなたがこの街に着いた夜、ここで捜査班のみんなと夕食を食べたあと、一緒に帰っていったのよ」

「あの人は、あまり好きじゃない。つんけんしていて自分勝手で、無口なんだもの」

「だけど、お父さんは彼女のことが好きよ。それも、ものすごく。伝わってくるもの。でも、わたしのことは……好意を持ってくれて、いつも親しくしてくれるけど、あの女に対する感情とは違う。じつは、男と女として……話をしたいことをお父さんにわかってもらおうとしたの。でも、わたしのことは友人としか考えていない。それ以上ではないのよ」

マリネッラは、まさにこのために訪ねてきたのだ。レティツィアが心を開いてくれたので、ようやく本音を打ち明けることができる。

「それは思い違いよ。そうじゃなくて、パパはあなたの気持ちに気がついていないの。男は鈍感だから、はっきり言わなくちゃ通じないのよ」

レティツィアは笑った。

「あらまあ、あなたに男のなにがわかるの？　若いときにはわからないことって、あるものよ」

「そうかもしれない。でも、あたしも女だってことを忘れないで。パパのことは、娘のあたしが誰よりもよく知っているわ。似ているところもあるから、余計によくわかるの。パパが気づくまで待っていても、無駄よ」

レティツィアは、眉をひそめた。

「まさか、お父さんに話すつもりじゃないわよね？　絶対に、だめよ。まともに顔を見られなくなるわ」

今度はマリネッラが笑った。

「まさか！　パパが自分から気づくように仕向けるのよ。そうしないと、怯えて逃げちゃうから。魚釣りみたいなものよ」

「うまい喩えね。でも、なんで協力してくれるの？」

「あなたは友だちだもの。それに、おいしい料理を作ってくれる……あと、さっきも話したけど、ピラースなんか大嫌い。きちんと準備して計画を立てましょうよ。あたし、ここに越してくることにしたの。ママはひとりにしておいても大丈夫だけど、パパにはあたしが必要だから。それに、今朝ついに知り合ったの、例の……」

レティツィアはエプロンを取って、きっぱりと言った。

「わかった、仕込みは中止。最初から全部話して」

危うさをはらんだ五月の陽光を楽しむ世間をよそに、レティツィアとマリネッラは内緒話に没頭した。

第五十章

ボレッリ家はどんなときでも全部の窓が厚いカーテンで覆われていて、昼でも夜のように暗い。カルメラ・ペルーゾを始め家政婦やお手伝いは、初めのうちはあちらこちらにぶつかってさんざん痛い思いをしたが、やがて家具の配置を完全に把握して、薄闇のなかを亡霊のように不自由なく歩くことができるようになった。だが、太陽の光が好きなカルメラは、外出の機会があるたびに心が躍った。

カルメラは過去を振り返っては、どこの分かれ道で選択を誤ったのか、いま鏡に映っている女になる道をいつ選んだのか、と自問する。

鏡に映っているのは、老婆だ。干からびた肌、皺の刻まれた血色の悪い顔、生気を失った目。希望と意欲にあふれ、人生にさまざまな夢を抱いていた日々が、きのうのことのように脳裏によみがえった。

二十歳でボレッリの会社に入り、その年齢ならではのエネルギーと野心で仕事に打ち込んだ。優秀だったので出世の階段を次第に上がり、ついにはボレッリの秘書となった。そして、その後ずっと秘書であり続けた。

ときどき、悪夢を見ていたのではないかと思う。身動きする力がなく、周囲で起きていることをぼんやり眺めるばかりで、災難が降りかかるままになっている、恐ろしい悪夢を見ていたのでは、と。

カルメラはボレッリの愛人でもあった。手紙の口述や仕事の指示と同じ口調で肉体を求められると、犬のような忠誠心とあきらめ半分の気持ちでおとなしく従う関係が長年続いた。当時もいまと変わらず、目立たない存在だった。平凡なおとなの女になりつつある平凡な若い娘が、高層ビルの最上階のオフィスで、横暴な専制君主の夜の遊び道具になっているとは、誰も想像さえしなかった。

もっとも、ひとりだけはそれを知っていた。

ある日、ボレッリの妻が電話をかけてきて、海辺のカフェで会いたいと告げた。カルメラはカフェで交わした短い会話を鮮明に覚えている。「夫との関係を知っているけれど、恨んでいるどころか感謝しているのよ」と夫人は言った。「自分のことしか愛せない男とベッドをともにしなければならない重荷から解放してくれたんですもの。ただ、あなたのことが気の毒でならない。ボレッリはこの先あなたになにも与えないし、自由にもしてくれない。あの人は自分が快適になることが大切で、まわりの人のことはいっさい考えないの」

カルメラは泣きながら家に帰った。その日、自分の人生とその終わりを初めて自覚した。そのときに予想したとおりになった。ありふれた話だから、わざわざ語る価値はない。二つの肉体が接触するだけの味気ない行為は、一時間かそこら天井を見ているうちに終わった。カルメラは単なる物品《もの》、生理的な欲求の捌け口だった。

ボレッリが老いて病み、真の野望を邪魔する重荷とも感じていた生殖本能が消失するまで、この関係は続いた。ボレッリは金銭をアクセサリー、必要悪としかみなしていない。なによりも欲しいのは、権力だった。

病気になっても権力を行使することはできる。事実、病院や最先端治療を行うクリニックを次々に訪れて誇り高く病と闘うあいだも、会社の指揮を執って事業を拡大し、建設業に加えて金融業にも進出した。
しかし、徐々に代理人に仕事を託さざるを得なくなった。

ボレッリが失った身体機能の代わりを務めたのが、秘書兼愛人のカルメラだった。いまや銀行や政治家、事業者、さらには裏社会のボスとの交渉に当たるのは、カルメラだ。これといった特徴のない平凡で地味な老女は、どんなときにも人目を引かず、それが大きな利点になることもあった。

もっともそうなってもボレッリの態度は、社員の大勢いる部屋の片隅にデスクを与えた四十年以上前とも、その二年後にプライベートオフィスのソファで服を脱いで待つよう命じたときとも、変わらなかった。関心も思いやりも示さない。エヴァの元夫が警官たちの前で言ったように、雑用係に毛の生えた分際なのだ。元夫はろくでなしだが、言っていることは正しい。

だが、〝雑用係〟はしばらく前に盲従をやめ、自分の道を進んでいた。全権を委任された正規の代理人の地位を利用して、あちらで少し、こちらで少しと支払いに上乗せする形で会社の金を横領し、自分名義の口座に振り込んでいた。この年で人生をやり直す気はさらさらなく、金そのものが欲しいのではない。ボレッリに罰を与えるためだった。哀れな老いた雑用係は知性と狡猾さと忍耐を用いてボレッリの所有物を盗んだ唯一の人物だ、と自分自身に示したかった。それに、死に際に彼女からそのことを聞かされるボレッリに対しても。

カルメラはデスクの上の書類をそろえ直しながら、家のなかを暗くしておく理由を老人に尋ねたときのことを振り返った。鏡だ、鏡に映った自分を見たくない、との答えが返ってきた。

怖いのだろうか、鏡に映った車椅子の邪悪な老人が魂を飲み込む悪魔に見えるのだろうか、と訝ったものだ。

ボレッリが笑顔になる唯一の機会は、孫が遊びにきたときだ。孫には惜しみなく愛情を注いだ。信じられないことに、死が腐臭のように重く漂う暗い部屋で、ドドは祖父の横に座って話を聞くことを喜んだ。まるで自分が祖父の生まれ変わりで、前世に起きたことを知ろうとしているかのようだった。

だが、運命はこの楽しみも奪った。あたかも、ボレッリをいかなる感情もやさしさも持たない、本来の姿に戻すかのように。

そもそもこの世に生まれ出て名前を継いだというだけで、なぜ自分よりも愛される権利があるのだろう。ボレッリには、はなから感情というものがないのだとあきらめていたが、ドドに対しては存分に示している。カルメラは納得がいかなかった。

だから、ドドが許せなかった。ドドがまだほんの赤ん坊だったときも嫌いだったし、一度も抱いたことがない。孫はボレッリから感情を引き出して、彼は愛することができないのではなく、カルメラを愛していないだけだと、いともたやすく証明した。

カルメラは片時も老人のそばを離れない。その献身ぶりは、神に仕える聖職者に勝るほどだ。老人を心底憎んでいるが、彼のいない人生は考えられなかった。

ボレッリは、なにをしているか承知のうえでカルメラの人生を奪った。その恨みつらみを、死の床で苦しむボレッリの耳に唇を寄せて綿々とささやく自分を、カルメラは繰り返し空想した。

いかにひどい仕打ちを受けたか、どんな復讐をしたのかを話すときに、老人にわずかでも意識が残っていて欲しい。

苦しめ、呪われた老人よ。苦しめ。なにもできないもどかしさ、やり場のない怒りにさいなまれ、胸を締めつけられるがいい。足元に投げ出されたわたしの人生を、おまえは踏みにじった。わたしと同じくらい、苦しめ。

苦しめ。

第五十一章

ロマーノは、キリストの道行きよろしくエヴァ・ボレッリ、その父親、元夫の自宅を車で巡り、犯人が電話以外の手段でドドの家族に連絡する場合に備えて張り込んでいる、覆面パトカーの配置を確認した。

この措置は、ボレッリ老人が身代金を用意したという情報が前日の午後に入ったのを受けて、パルマ、アラゴーナと協議して決めた。犯人側が身代金の受け渡し方法などの詳細を紙片にしたためて届けると予想したためだが、ロマーノはあまり期待していなかった。犯人が、家族全員の日常を詳しく知っている人物と通じているのは間違いない。たやすく警察の手に落ちるとは期待できなかった。

内部の協力者は誰か、その人物が首謀者なのか、あるいは単なる共犯なのかと、ロマーノは考えに考えた。使用人――エヴァ宅のお手伝い、ボレッリ老人の家政婦、介護人などの私生活や友人関係をさらに詳しく調べるべきだろうか。だが、そうなると振り出しに戻って、学校のシスターたちまで含めた広い範囲を調べる必要が出てくる。そんな時間の余裕はなかった。

ピザネッリには従来の方法で、オッタヴィアには最新技術を駆使して手伝ってもらうことにしよう。お調子者のアラゴーナの言葉は、必ずしも間違ってはいない――ピッツォファルコーネ署のろくでなし刑事たちは、シーズン初めは優勝候補の一角にも上らなかったが、いまはやればできると信じれば逆転勝利を収めることのできるチームに成長した。

ドドはどこにいるのだろう。祖父が隠し持つ財産を吐き出させるために、ドドは人知れぬところへ連れていかれた。裏切り者は誰だろう。そいつは、ドドを抱きしめ、キスをし、道路を渡るときには手をつなぎ、食事を作ってやったことがあるのかもしれない。もしこれが無事に解決したら、二十年後に精神科医の診察室で寝椅子に横たわったドドは、誰に感謝することになるのだろう。ただし、身代金を引き出すために、人質の体の一部を切り取って少しずつ郵送してくる場合もある。そんなことにならないよう、願うのみだ。

ロマーノはゆっくり車を走らせながら、娘でも息子でもいい、子どもが欲しいと痛切に願った。ただし、誰の子でもいいわけではない。ジョルジャの子でなければならない。そもそも、ジョルジャ以外の女性と関係を持つことは、考えられなかった。ジョルジャはロマーノの妻、ロマーノはジョルジャの夫なのだ。

結婚とは、ふたりが一緒になるというだけではない。世界を前にして契約をしたためて音読し、連署をする約束事だ。ドアを閉めて出ていけばおしまい、とはならない。ふざけた手紙一通で、解消できるものではない。〝親愛なるフランチェスコ、云々――〟、冗談じゃない。

ジョルジャ。車窓から流れ込む新鮮な春の空気に向かって、ささやいた。どういうつもりなんだ、きみは？　一度ひっぱたいたくらいで、おれたちの絆は切れてしまうのか？　八年の結婚生活も婚約していたころの思い出も、海水浴のあとの肌に残った塩みたいに、きれいさっぱりふるい落としてしまえるものなのか？

そもそも、おれがぼうっと弁護士からの手紙を待っていると思うのか？

おれには弁明し、話を聞いてもらう権利がある。正当な権利がある。このあいだのあれは、殴ったんじゃない。ついかっとなったことは認める。ときどきかっとなるし、最近はそれが頻繁になったことも認める。でも、おれは犯罪者ではない。おれはやつらを捕まえて刑務所に入れている。女や老人に悪さをするやつにとっては、最大の敵だ。つまり、そういう類の人間ではないということだ。そうだろう？

その証拠に、誘拐犯を早く捕まえたいと、誰よりも強く願っている。犯人はドドを取り上げて、父親や母親を苦しめている。もしかしたら危害を加えたか、これから加えるかもしれない。捕まえたら、おれの怒りをきみに見せてやる。本物の激高がどんなものか、見せてやる。

きみが一分でも耳を貸してくれたら、なぜあんなことをしたのか、今後はなぜ二度としないのかを説明する。おれは攻撃的な人間ではないが、ここのところずっと、つらくて悩んでいた。犯罪者みたいに職場を追われ、悪徳警官のたむろしていた分署に送られたのだから。でもきみが帰ってきて支えてくれれば、気持ちが落ち着く。子どもが授かるよう、ともに努力しよう。おれも子どもが欲しい。いまは、以前とは違う。

いまは、なにもかも変わった。

ジョルジャのことを熱心に考えていたロマーノは、道路の反対側の歩道をこちらに向かって歩いてくる本人を目にしたとき、幻影かと思った。驚きのあまりに声を失い、ただぼんやり見つめていた。ジョルジャはサングラスをかけ、ブリーフケースを小脇に抱えて薄い生地のスカートを長い脚のまわりにひるがえし、軽やかな足取りで颯爽と歩いてくる。

後続のバスにクラクションを鳴らされて、道路の真ん中で止まっていることに気づいた。アクセルを踏み、広場まで行ってロータリーに入り、元の道を戻る。さいわい、見失わずにすんだ。どこへ行くのだろう。なぜ、ブリーフケースを持っているのだろう。

きっと弁護士のところだ。

オフィスビルや事業所が建ち並ぶこの地域に来た理由は、ほかに考えられない。手紙に書いてあった気持ちを、正式な別居という現実の形にするつもりなのだろう。相談はおろか、知らせもしないのか。だが、こちらの意見を述べる権利はあるはずだ。耳を貸すべきだ。

目の前に真っ赤な霧が立ち込め、アドレナリンが腕から手へ伝わっていく感覚があった。わななく手でハンドルを握りしめ、クラクションを思い切り鳴らした。前を走っていた小型車が急ハンドルを切り、道路を横断中の歩行者にぶつかりそうになる。

ロマーノはジョルジャを追った。無理にでも、話を聞いてもらいたい。終わりにしたい、二度と会いたくないと思っているのなら、もう愛していないのなら、せめて直接言ってもらいたい。

あと二十メートル足らずのところまで来たとき、ジョルジャはバールの外のテーブルでコーヒーと外気を楽しんでいる、スーツとネクタイ姿の男に近づいていった。男が立ち上がり、握手を交わす。ジョルジャの美貌に驚いているのが、見て取れる。他人のものを横取りする、いまいましいジャッカルめ。ジョルジャは男に促され、会釈をして腰を下ろした。そして、微笑んだ。

あろうことか、微笑んだ。夫の心を殺したあげくに、ほかの男に微笑んだ。フロントガラスにくっついた虫みたいに、夫を人生からきれいに拭い去ったあげくに。

歩道に半分乗りあげて車を止めた。乳母車を押していた女が避けたはずみに転びかけ、通りかかった男が車内を覗き込んで文句を言った。

ロマーノは車を降り、警察の紋章のついたサンバイザーを無言で下ろした。その形相を見て誰もが口をつぐみ、文句をつけた男は片手を挙げて詫びた。

残りの二十メートルを、どくどくと打つ鼓動を聞き、歯を食いしばって、心のなかで唱えながら歩いた。きれいに拭い去った、きれいに拭い去った……

ジョルジャはロマーノに気づいて、微笑を消した。夫の顔をひと目見て、熱い霧がその思考を曇らせていることがわかった。うろたえて周囲を見まわし、逃げ道を探す。

妻の怯えた目にさらに怒りを煽られ、ロマーノはテーブルに近づいた。ジョルジャは動くこともできず、両手を顔の前に掲げて防御の姿勢を取った。

ロマーノの口から出たのは、まさに野獣の咆哮だった。

「きれいさっぱり手を切るつもりだな、ジョルジャ？　別れて、人生からおれを消すのか？　書類も全部用意したんだろう。準備万端なんだな？」

テーブルをつかんで揺さぶった。空のコーヒーカップ、水が半分入ったグラスが倒れ、男は慌てて飛びのいた。

「おい、きみ……」

ロマーノは振り向きもしなかった。

「黙ってろ、バカ野郎。おまえとはあとで話をつける」

ジョルジャのサングラスの下から、涙が一滴流れ落ちた。ロマーノの内部でなにかに亀裂が入った。

「今度はお涙頂戴か？　泣くのか？　おれの話には耳を貸さず、チャンスもくれないで……」

ジョルジャは、二、三歩離れたところに避難している男のほうを向いた。遠巻きにしている人々はみな、同情と好奇心を露わにして見守った。

「申し訳ありません、先生。この人は夫……夫でした」ロマーノに向き直って言った。「マズッロ先生は会計士事務所を開いていらっしゃるのよ。雇っていただけるはずだった。あなたがいつものように、なにもかもぶち壊しにしなければ」

立ち上がると、ジョルジャは走り去った。

石像のように立ち尽くす、心が粉々に砕けた警官を残して。

第五十二章

警官に訊くと、こんな答えが返ってくることだろう。

なにかがビーチタオルの下の小石のように気になって、まんじりともせずに悶々とし、取り除こうとして一生懸命手探りするのだが見つからないときがある。それは意識のすぐ下にあって、親指を鼻の頭にくっつけて小さな手をひらひらさせ、やーい、やーいとからかってきて、まことに苛立たしい。だから、頭が痛いときのように額に皺が寄り、話しかけられてもうわの空だったりする。正体が明らかになるまでは、歯痛のごとく悩ましい。

オッタヴィアは、歯痛に悩まされているかのように見えた。ぼんやりしていて反応が鈍い。ときおりなにか思いついては会話の途中でコンピューターの前に行ってキーボードを叩き、少しすると頭を振って腹立たしそうに立ち上がる。

オッタヴィアの様子を見つめるパルマは、不安に駆られていた。

実際のところ、全員が不安に駆られていた。誘拐の件が分岐点に差しかかったことを誰もが悟っていた。犯人側が接触してくれば逮捕に向けて作戦を練ることができるが、そうでない場合は特捜班に捜査権を渡さなければならない。県警本部は、北部地方の捜査官数人への協力要請を検討している。身代金の支払い及び人質解放の段取りが決まったときに介入する、スペシャリストたちだ。ピッツォファルコーネ署から捜査権を取りあげられたくない、あきらめたくないと全員が思っている。これは、ろくでなし刑事と呼ばれる面々が、日を追うごとに自身の存在意義を感じてきた証拠だと、パルマはとらえている。少し前までクズ扱いされていた人間にとって、それは決して小さなことではない。パルマ自身も、負けを認めるのはいやだった。誘拐犯に手を取られて宿命に向かって歩いていくときカメラに振り返った、ドドの顔が忘れられなかった。

刑事部屋の会話は次第に途切れがちになり、しまいにアラゴーナまでが沈黙した。窓の外では、陽光が海へと下る斜面に建ち並ぶ古い建物の屋根や車に反射して、無数の光の破片を撒き散らしている。それを眺める彼の顔は、暗号を一心に解読しているかのようだった。アレックスとロヤコーノは、パラスカンドロ家の窃盗事件の捜査に出かけ、ロマーノはボレッリ家とチェルキア家の張り込みを確認中だ。

ピザネッリ副署長は報告書を丹念に読んでいた。ピザネッリも不安に駆られ、口数が少なかった。昨夜、また自殺の報が入ったのだ。亡くなったのは老齢の男性で、生きていく気力がなくなったと近所の人たちに一度ならずこぼしていた。遺書を残し、睡眠薬を大量に服用。パルマは、副署長がなぜこうした自殺案件に執着しているのか、不思議でならなかった。いまや社会問題となっている経済的困窮、孤立が原因に決まっているではないか。ピザネッリの妻も自殺したので、こだわっているのかもしれない。誘拐事件が解決したら、昼飯に誘って話し合おう。

そうやってあれこれ考えているパルマの耳に、オッタヴィアの大声が飛び込んできた。

「わかった！　いつかわかると思っていた。ねえ、署長、誰がドドをさらったか、わかったわ。絶対に間違いない！」

オッタヴィアが敬語を使わずに話しかけてきたのは、初めてだ。パルマは話の内容よりもそちらに驚いた。ピザネッリとアラゴーナが、はっとして顔を向ける。ちょうどロマーノが戻ってきたが、誰もその動揺した表情に気づかなかった。

オッタヴィアが言葉を継いだ。

「ドドを連れていった女の正体が、ずっと気になっていたの。ドドが誰にもなにも告げずについていったのが、不思議でしかたがなかった。もちろん、そのことは全員で話し合って、女はドドの顔見知りだったと結論したわ。だけど、どこで知り合ったの？　ロマーノとアラゴーナが聞き込みをしても、ドドがすんなりついていくほどなついていた人物や、ビデオの映像に少しでも似た人物は浮上しなかった」

パルマはうなずいた。

「うん。それで？」

「タイプ用に渡された聞き込みの報告書を読んだところ、誰もがドドのことを内気、おとなしい、臆病と証言している。人見知りする性質でしょうから、初めて会った人にはついていかない。つまり、ドドは女をよく知っていて信頼もしているけれど、最近は交流が絶えていたのではないかしら」

「というと？」アラゴーナが口を挟む。「幽霊か？」

オッタヴィアは横目で睨んだ。

「ピラース検事補との会議を思い出して。関係者の背景を報告し合ったときよ。副署長は全員について詳しく報告し、わたしはボレッリの秘書ペルーゾのフェイスブックを覗いて発見した情報を話して、ペルーゾは子ども嫌いだと指摘したわ。祖母になった幼なじみに、皮肉交じりのコメントを載せていたから」

アラゴーナが感想を述べる。

「オニババアの面目躍如だな」

「幼なじみが憤慨したコメントを返すと、ペルーゾは子どもが苦手な理由をくどくど書き連ね、幼いドドが自宅よりも祖父の家で多くの時間を過ごしていた時期についても触れたわ。ペルーゾが文句ばかり言うので、ボレッリ老人はしかたなく家政婦やベビーシッターを雇ったのよ」

「それで？」と、パルマ。

「あら、明白じゃないですか。ドドはなんの疑いも持たずについていった。そんな人はベビーシッターくらいしか考えられない。エヴァはドドを自分の父親のところに行かせていたので、ベビーシッターは必要なかった。だから、ボレッリ老人が雇ったうちのひとりだと思う」

　ロマーノが質問する。

「なるほど。だが、ベビーシッターはひとりではなかった。そのなかの誰だろう？」

「もちろん確認を取る必要があるけれど、家政婦やベビーシッターというものは、最適な人が見つかるまで替えていく。だから、自己都合にしろ無断にしろ、辞めたのでなければ、最後に雇われた人の可能性が高いし、ドドの記憶も鮮明なのではないかしら。ドドが祖父の家にしょっちゅう行っていたのは学校に上がる前で、いまは十歳だから五歳くらいのときだわ。よく覚えていて信頼もしているとしたら、やはり最後に雇われた人でしょうね」

　オッタヴィアが話し終えると、刑事部屋はしんとした。少しして、ロマーノが言った。

「どうかなあ。そんなことは、ボレッリ家の誰かがとっくに考えたんじゃないか。こんなに明白なんだから――」

　オッタヴィアが反論する。

「明白だけれど、わたしたちは誰も考えつかなかった。それに、たとえばその女がよそへ引っ越したとか、あるいは――」

　ピザネッリが口を挟む。

「髪を染めたりしたら。誰もが、女は金髪だと思い込んでいた。クラスメイトの証言があったからな。ええと、誰だっけ……」

　ロマーノが即座に答えた。

「ダートラ、クリスティアン・ダートラ。女はフードをかぶっていたが、クリスティアンは金髪がはみ出しているのを見た。そこで、女は金髪だと話した」

「うん、その結果われわれも家族も、金髪だとばかり思っていた。件のベビーシッターがたとえば黒髪だとしたら、まったく考慮のうちに入らなかった」

パルマは考え込んだ。

「なるほど。辻褄が合う。ロマーノ、老人に電話をしてベビーシッターの名前を聞き出してくれ。もしあれば写真や書類、なんでもいいから探してもらおう。オッタヴィア、その時期にボレッリ家で使用人の採用や解雇があったか調べてくれ。県警本部には、手がかりを見つけたと伝える。さあ、行動開始だ」

第五十三章

「もう、かかってこないわよ」

「まだわからないだろ。あと少ししたらきっと――」

「かかってこないったら！　バカ！　まだ飲み込めないの？　かかってこないし、こうして貴重な時間を無駄にしていたら取り返しがつかなくなる」

「レーナ、冷静になれよ。ここであきらめたら、金も身分証明書も南アメリカの暮らしも手に入らないぞ。なにも手に入らない」

「あんたは頭がおかしいのよ。あんたなんかに関わるんじゃなかった。お金の心配をしている場合じゃないでしょ。刑務所に入れられて一生出られないかもしれないのよ！」

「わめくなよ、頼むから。そんな大きな声を出されちゃ、なにも考えられない」

「どのみち、ろくに考えていないくせに。それに、あんたをここに置き去りにはできない。あんたが捕まったら、あたしも捕まってしまうもの」

「ここを出ていくわけにはいかないだろ。子どもがいるんだから」

「やっとわかってきたみたいね」

「なにが？」

「あたしたち、身軽にならなきゃいけないのよ」

「というと？　子どもをここに置いていくってことか？」

「だから、バカだって言うのよ。あの子はあんたの顔を見たから詳しい人相を話すことができるし、あんたみたいな大男はすごく目立つ。それに、あたしの名前だって知っている。五分も経たないうちに、見つかっちゃう」

「だったら、どうする？　いまさら、どうにもできないだろ」

「解決する方法がひとつだけある。わかっているでしょ」

「……」

「やらなきゃならないのよ」

「まさか本気じゃないだろうな。おまえ、正気か？　そんなことを考えるなんて、信じられない」

「それも、急いでやらなくちゃ」

「もうすぐ、電話してくるよ」

「してこないわよ。あんただって、わかっている。夢を見ていたのよ。すてきな夢だったけど、高くついたわね。生きていたかったら、身を守るしかない。これまでと同じよ」

「だったら、逃げよう。それで十分じゃないか。いますぐ、ここを出よう。船を次々に乗り換えていけば、足取りを消すことができる」

「身元が割れていなければの話でしょ。だめよ。選択の余地はないわ」

「頼む。言うな」

「あの子を殺すほかないのよ」

第五十四章

警官に訊くと、こんな答えが返ってくることだろう。

聞くともなしに聞いた言葉、見るともなしに見たことが結びついたときだ。

あるいは、こんな答えだ。よく知っている人でも、思いがけない場所で見かけると誰だかわからないようなときだ。

あるいは、こんな答えだ。ある曲のメロディーがふと頭に浮かんで一日じゅう鳴り続け、なぜこのいまいましい曲が頭に浮かんだのかと、自問したときだ。

警官に訊くと、それはそういう仕組みなのだと、答えることだろう。


オッタヴィアの推理は、全員を動かした。誰もが話し、電話を取り、忙しく行き来し始めた。ついにはグイーダ巡査までもが騒ぎを聞きつけて幾度も顔を出し、コーヒーを淹れたり、資料を探したりの雑用を買って出た。グイーダはひとりの父親としてドドのことが心配でならず、できることはなんでもしたかった。

電話に出たボレッリ老人は、ロマーノの質問に躊躇なく答えた。

「レーナだ。ほかにはいない。一年以上、勤めていたな。赤毛だったので、まったく思いつかなかった。ふさふさした見事な赤毛だった。ドドはあの娘にとてもなついていた」

「まだ確証はなく、推論に過ぎませんが、詳しく調べる価値はあります。住所、もしくは勤め先をご存じですか」

老人が激しく咳き込むあいだ、ロマーノは待った。

「いや。だが、カルメラは絶対になにも捨てないから、なにか書類を保存してあるだろう」

「では、空振りかもしれませんが、あまり時間がない……」

「五分以内に全部ファックスさせる。なにかわかったら、すぐ教えてくれ」

ボレッリの予想をいいほうに裏切って、グイーダは三分も経たないうちにファックス用紙を持ってきた。

パスポートのコピーはあまり鮮明ではなかったが、怯えた目をした若い女の顔は十分確認できた。

パルマは書類を読みあげた。

「マドレーナ・ミロスラーヴァ。一九七一年六月十二日、セルビア、クリーヴィ・ヴィール生まれ。現住所、ノヴァーラ通り一三。よし、あとひと息だ。この住所に車を向かわせる。きみたちはここで電話交換手と一緒に職業安定所など、手当たり次第に電話をかけて勤め先や同居人を探り出してくれ。それに、金髪に染めているかどうかも」

第五十五章

「おまえ、病んでいるよ。心が病んでいる。自分がなにを言っているか、わかっているのか？ 子どもを殺したら、刑務所でどんな目に遭うことやら。おまえは外国人で子どもはイタリア人……想像するのも恐ろしい」

「いまから刑務所に入ったときのことを考えるなんて、どうしようもない人ね。捕まらないようにするのが先でしょ」

「だけど、もし……」

「もう聞きたくない！　あと一回だけ言う。そしたら、あんたを置いて出ていく」

「だけど……もし……口に出すこともできないよ」

「しっかり聞いて、ドラーガン。いい？　死体が決して見つからない方法でやらなきゃいけない。死体がなければ、殺人事件にはならない。そうでしょ？　法律でそう決まっているのよ。テレビで言っていたもの。だから、絶対に見つからないようにするの」

「どうやったらそんなことができる？　おれたちは……」

「バラバラにするのよ。そして、夜になったら、何ヵ所にも分けて埋める」

「だめだ、だめだ。絶対に許さない！　一緒に連れていこう。なにか訊かれたら、おれたちの子だって答えればいい」

「冗談でしょ。あの子は赤ん坊じゃなくて、十歳なのよ。ちゃんと話ができる。そうしたら、こっちはおしまいだわ」

「よくそういう話ができるな。あの子をかわいがっていたじゃないか。着替えをさせて、食べさせて、一年も一緒にいたんだろ。あの子もおまえが好きで――」

「だから、好都合なのよ。あの子はあたしを信用している。最初に眠らせておけば、苦しまずにすむわよ」

「あんまりじゃないか。まだほんの子どもで、将来があるのに――」

「なによ、意気地なし。あの子の命か、あたしたちの命か、どっちかよ。選択の余地はないわ。

あたしはふたりの子どもを残して、故郷を出てきた。その後、あの子たちがどうなったかわからない。あたしがあの子たちの夢を見ないと思う？　あの子たちのことを考えないと思う？　あの子たちを捨てたんだから、ドドを捨てるのは簡単だわ」

「そうじゃないだろ！　殺すんじゃないか！　誘拐がうまくいかなかったからといって、子どもを殺してバラバラにすることはないだろうが！」

「ほかに手はないのよ。こうしていても、時間の無駄だわ。ぐずぐずしていたら、警察に見つかっちゃう。さっさとすませるのよ。さあ」

「だめだ。一緒に連れて逃げる。大丈夫、逃げきれるさ。頼れるやつの電話番号や住所を知っている。ほとぼりが冷めるまで、イタリアにいよう。あの子は怯えているから、しゃべりゃしない。口止めする方法を考える。あの子のことはおれが考える」

「よく言うわ、自分のことも考えられないくせに。あんたは図体がでかいだけの役立たずよ。あんたができないなら、あたしがやる。そのあと、ここを出ていく」

「いや、やらせない。携帯電話はここに置いて、あの子を連れていく。生きたまま」

「あんたに人生をめちゃくちゃにされるのは、ごめんよ。絶対に、そんなことはさせない。そのうちあたしたちはうっかり尻尾を出すか、失敗をするかもしれない。あの子が誰かにしゃべって、見つかってしまうかもしれない。わかんないの？　あたしたちかあの子か、どっちかよ。殺してバラバラにしたあと、国外に逃げる手段が見つかるまで身を潜めているのよ」

「あの子に指一本触れるな。いま寝ているから、毛布にくるんで車に乗せてずらかろう」

「殺すわ。止めようとしたら、あんたも殺す」

「やめろ。おれが許さない」

「止められるものなら、止めてみなさいよ」

第五十六章

警官に訊くと、こんな答えが返ってくることだろう。

それは尻に刺さった棘、もしくはどことなく違和感のある写真みたいで、苛々する。

あるいは、こんな答えだ。やらなければいけないのに、先延ばしにしている仕事みたいなものだ。

あるいは、こんな答えだ。ベッドで毛布にくるまったとたんに目に入った、閉め忘れたクローゼットのドアと同じだ。起き出して閉めない限り、眠れない。

警官に訊いてみるといい。

情報が矢継ぎ早にもたらされた。どれもこれも最初は期待が持てたが、すぐに行き詰まった。グイーダは顔を輝かせたり、肩を落としたりして、電話やファックスの前と刑事部屋とを行き来した。

マドレーナ・ミロスラーヴァは、ノヴァーラ通り一三に住んでいる――いや、それは五年前の話ですよ。

アパートの管理人は彼女のことを覚えていた――いいえ、郵便物の転送先は残していきませんでしたよ。でも、一年かそこら前に道でばったり会ったから、まだこの街に住んでいるんじゃないかしら。いいえ、勤め先は聞かなかった。あたしは人のことには首を突っ込まない主義なのよ。

マドレーナは職業安定所に登録していた――いいえ、こちらのサービスはもう受けていません。ええ、住所を書いていきました。パスポートに記載された住所と同じです。

マドレーナ名義の電話が登録されていた――いいえ、その番号は何ヶ月も前から使われていません。

移民社会の情報屋から聞き込んだところによると、ミロスラーヴァは十年前に不法移民を運ぶミニバスでイタリアに入国したきり、出国したという情報はなかった。

外国人がふっつり消息を絶つのは、珍しくない。闇労働には、労働者の住所も含めた消息の隠蔽《いんぺい》がつきものだ。というわけで、進展はなかった。

ロマーノの電話が鳴った。

「もしもし、ボレッリの秘書カルメラ・ペルーゾです」

「ああ、どうも。なにか?」

「レーナを捜しているそうね。五年前まで、こちらでベビーシッターをしていた」

「ええ。先ほどは身分証のコピーをどうも。助かりましたよ。まだ持っていたとは——」

「六ヶ月前、あの娘についての問い合わせがあったのよ」

「え？　どんな？」

「身元の照会」

「なるほど。もちろん、相手の名前は覚えていない——」

「もちろん、覚えていますよ。はっきりと。その人の名前も住所も、いまここにあります。レーナがわたしどものところで働いていたと話したので、確認するためでした。わたしはなんでも書き留めておくのよ」

「そいつは素晴らしい。では、お願いします」

「ルチッラ・ロッサーノ。ヴォメロ地区のジョット通り二二。電話番号は081—241272222」

「いやあ、ありがたい。おかげで——」

「ドドとは関係ないんじゃないかしら」

「どういう意味です？」

「別に。ボレッリ氏が連絡を待っていますよ。では、失礼」

ルチッラ・ロッサーノは在宅しており、三回目の呼び出し音で電話に出た。

税務調査ではないと請け合い、捜査妨害をしないよう念押しすると、難なく確認が取れた

――ええ、レーナはふらっとうちに来て、ええ、毎日ふらっと来て時給六ユーロで、あ、これはもちろん感謝のしるしに渡していただけですよ、ふたりの子のベビーシッターをしていましたよ。だって、あたしは働かないわけにはいかないから。前の亭主はすごく金持ちなのに、文無しだと主張して税金をごまかす悪いやつで、養育費を全然払ってくれなくて。最低のクソ野郎、あら、失礼。でも、言いたいときには言わないとね。レーナはここ一週間、体の具合が悪いと言って来ていませんね。こっちは子どもの世話でてんてこ舞い。もっと割のいい働き口を見つけたんじゃないかしら。でも、試用期間中かなにかで、言い出す勇気がないんでしょう。あのクソったれに子どもを押しつけられて、どうすればいいかわからない。もう、人生めちゃくちゃだわ。

関係のない話ばかりしているとパトカーを迎えにいかせますよ、としびれを切らしたロマーノが脅かすと、ロッサーノはつっけんどんに答えた。あたしの知っている限りでは、レーナは同郷のドラーガン・ペトロヴィッチという男と暮らしていましたよ。恋人ではなく、単なるルームメイトなんですって。トリノ通り一五、電話はないわ。知っているのは、このくらい。あの娘に連絡がついたら土曜に来てもらいたいと伝えていただける？　ボーイフレンドと会う予定があって、あのいたずらっ子たちの面倒を見てもらいたいのよ。いいでしょ？　ちなみに奥さん、とロマーノは質問した。レーナの髪は何色です？　ああ、それね。あの娘に訊いたのよ。もともとのダークレッドのほうがずっとすてきなのに、どうして娼婦みたいな金髪にしちゃったのって。

ペルーゾの情報が確認できたことで、捜査班は俄然色めき立った。パルマはさっそく本部に電話をしてパトカー二台の追加を要請し、一台をトリノ通り一五へ、もう一台は複数の現場に同時に移動する場合に備えて分署に急行させた。それからピラース検事補に電話をして、最新情報を報告した。

検事補は非番だったが、電話は転送され、ピラースはパルマの言葉に注意深く耳を傾けたのち事細かに質問し、地方検事局のデータベースで調べる際に必要な氏名を書き留めると、しばし考え込んでから言った。

「ねえ、署長、このマドレーナ・ミロスラーヴァが仕事を辞めた五年後に突如思い立って金髪に染め、以前面倒を見ていた子どもを誘拐したとは信じがたいわ。考えれば考えるほど、身内の誰かが企て、脅迫電話で話す内容も書いたと思えてくる。その人物を突き止める必要があるわ。では、切るわね。あとでそっちに寄ります」

署長が刑事部屋に戻ると、ロマーノはすでに移動中のパトカーに大声で住所を伝え、ピザネッリは父親からレーナのことを聞いて電話をしてきたエヴァを、懸命になだめていた。エヴァは、なんで思いつかなかったのかしら、と繰り返し嘆いた。髪の色よ、あれですっかり惑わされたのよ。

ドラーガン・ペトロヴィッチの情報収集に取りかかったオッタヴィアは、オンライン調査を阻む最大の壁、ヒット数過多に突き当たった。

「あー、頭に来る。これって、マリオ・ロッシを検索するのと同じだわ。セルビア人は、みんなこの名前なの？」

パトカーから連絡が入り、ドラーガン・ペトロヴィッチがトリノ通り一五のみすぼらしい屋根裏部屋に住んでいることが確認された。ペトロヴィッチは隙間風の入る埃っぽいその部屋で、以前は赤毛で現在は金髪のレーナという女と同居していた。好色そうな管理人が甘ったるい声で人相風体を話す様子からすると、彼女に色目を使っていたみたいですよ、と制服警官は報告した。あいにくペトロヴィッチも女も留守にしていた。旅行に行くと告げて、一週間前に大きなバッグを持って出ていったという。管理人の知る限りでは、車は持っていない。男について管理人からもっと聞き出すよう、ロマーノは頼んだ。勤め先は？　どんな仕事をしている？

数分後、制服警官の報告が入った。

「ペトロヴィッチは〈イントラジット〉の常勤作業員だったそうで、そのため定職を持った者にしか貸さないこのアパートメントを借りることができました。〈イントラジット〉が昨年倒産したあとは、行商、左官などの職を転々としていたが、実際は富裕な地区でベビーシッターや清掃をしている女に食わせてもらっていたと、管理人は話しています」

オッタヴィアは、ロマーノが伝えたその情報を検索エンジンに入れた。

「あった、あった。〈イントラジット〉の異動リストにペトロヴィッチDが載っている。裁判所で管財人の帳簿を調べれば、もう少し詳しくわかるかもしれない」

パルマは悲観的だった。

「せいぜい身分証明書のコピーが見つかる程度じゃないかな。ピラース検事補に連絡して申請してもらうが、あまり期待できそうもない。それにしても、こいつらどこに身を潜めているんだろう」

ピザネッリは言った。

「レンタカー、あるいは誰かに借りた車を使っているかもしれない」

アラゴーナが顔をしかめる。

「子どもを誘拐するときに、地下鉄ってわけにはいかないよな」

ぼやいたのは、ロマーノだ。

「ロマのふたり組か。クソいまいましい、ロマの腐れペアめ」

第五十七章

警官に訊いてみるといい。誰でも適当に選んで。

こんな答えが返ってくることだろう。思考の鎖がついに全部つながったときは、まるで夏の夜空に花火が上がったみたいだ。

あるいは、こんな答えだ。それは、線がつながって円が完成したときのような、完全無欠の感覚だ。

あるいは、こんな答えだ。それは素晴らしい感覚だ。情報の断片が突如正しい位置に全部収まって、聞いたこと、見たことすべてに説明がつき、混乱が消えて鮮明に見通すことができるようになる。

ジグソーパズルを完成させるようなものだ、と答える警官もいるだろう。一瞬にして、目の前に一枚の絵が現れる。

どの警官もこう語ることだろう。この瞬間のために警官になった。この瞬間のために足を棒にし、埃にまみれ、血を流し、罵言を浴び、命を脅《おびや》かされ、門前払いを食わされ、惨めな姿をさらして、頑張ってきた。

この素晴らしい感覚は光となって暗い部屋に射し込み、闇を追い払う。


マルコ・アラゴーナ一等巡査は口をパクパクさせた。例によっておもむろにサングラスをはずしたものの、それをデスクに置く手は震えていた。彼の頭のなかで、無数のありふれた品々が魔法もどきの技術で組み立てられてヒーローの武器になる、SF映画のような現象が起きていた。その口から、甲高い声がほとばしった。

「いま、なんて言った？」

全員の視線がアラゴーナに集まった。誘拐犯の潜伏場所を考えていたロマーノは、仰天した。

「なんのことだか、さっぱり……」

アラゴーナは地団太を踏んだ。

「いま、なんて言った？　もう一度言ってみろ」

「おい、アラゴーナ、どうした――」

「あいつらを、なんと呼んだ？　ミロスラなんたらかんたらと、ドラゴヴィッチとかいう男のことを？」

オッタヴィアが反射的に訂正する。

「マドレーナ・ミロスラーヴァとドラーガン・ペトロ――」

「おい、答えろ」

「ロマって呼んだけど……あのな、アラゴーナ、こういうことに関して説教する資格が一番ないのは、おまえ――」

アラゴーナはもうなにも耳に入らなかった。〈メディテラネオ・ホテル〉のルーフガーデンで、悪ガキが天使のことをロマと呼んだときに脳に植えつけられた種子がついに発芽して、彼の心を占めていた。

呼吸を忘れていたアラゴーナは、騒々しく息を吸い込んだ。その場に凍りついたように立ち尽くし、深い悲しみを込めてつぶやいた。

「あいつだ。あの野郎が仕組んだんだ。ひどいよ、信じられない。きのうの夜、あいつも同じことを言ったじゃないか」

アラゴーナの激しい変化に誰もが呆然とし、その言葉の意味を問い質す勇気が出なかった。

少しして、ロマーノが口ごもりながら言った。

「まさか……嘘だろ。思い違いだよ……そんなことはあり得……」

説明しろ、とパルマが怒鳴ろうとした矢先、ロヤコーノとディ・ナルドが小切手の束を持って駆け込んできた。

「署長、これを見てくれ。みんな、見てくれ」

第五十八章

ロマーノとアラゴーナにパルマが加わって、三人でそこへ向かった。

パルマはこういうことは、めったにしない。署長になったとき、捜査に直接携わっている刑事たちにうるさくつきまとうまいと、固く心に決めて守ってきた。捜査にまつわる苦労は、身に染みて知っている。何時間にもわたる尾行、張り込み、尋問。質問をしても答えが返ってくるとは限らないし、捜査が壁に突き当たることもある。反発や意見の相違に傷つき、ぬか喜びに終わる見せかけの解決に出くわす場合もある。

だからこそ、事件を解決して拍手喝采《かっさい》を浴び、写真を撮られ、インタビューを受ける栄誉を上司が奪うのは不当だと、常々思っている。解決はチームとしての努力の賜物だと承知しているから、いつも離れたところにいた。つまるところ、人の心に巣食う腐敗に光を当てるのは、成功でも勝利でもないのだから。

しかしながら今回ばかりは衝動的に上着を引っかけ、刑事たちと連れ立って署をあとにした。

ともにいることで、ふたりを苦悩から守りたかった。残酷でおぞましい場面では、ふたりに寄り添っていたかった。

先ほど、アラゴーナの閃きと、ロヤコーノとディ・ナルドが持ち帰った意外な証拠の内容を聞くと、誰もが耳を疑った。種々の悪が蠢く暗黒の闇にまた新たな要素が加わったことに慄き、言葉を失った。

ピザネッリは打ち消そうとした。

「まだ決まったわけじゃないさ。たまたま妙なことを口走ったからといって必ずしも……わたしには信じられない。そんなことあるわけがない。それに小切手は、それ自体にとくに意味はない。銀行が貸付を渋ることはよくあるし、そうなると事業者はこうした金融業者に頼らざるを得ない。何度も見聞きしているよ。まだ結論は出せないぞ。たしかに可能性はあるが、だけどなあ……なにもかもこっちの勘違いってことになるかもしれない」

ロヤコーノはうなずいて、デスクの上に小切手を広げた。

「そうだな。とにかく、たまげた額ではあるけれど、やはり信じがたいよ」

オッタヴィアは空《くう》の一点に目を据えて言った。

「違う、絶対に違う。ほかに説明がつくはずよ。信じられないわ」

アラゴーナは、爆弾発言のあとは目を見開いて意味不明の言葉を祈りのようにつぶやいていたが、いきなり立ち上がった。

「これじゃあ、時間の無駄だよ。さっさとこのクソ野郎を捕まえて、ドドの居場所を吐かせなくちゃ。辻褄が合っているじゃないか。それとも、わかりやすく図解しろとか？　おれはなんて頓馬なんだろう、もっと早くに気がついてもよかったのに」

パルマも焦燥を募らせた。

「行こう。とにかく行って、たしかめよう。ロヤコーノ、ピラース検事補がこちらに向かっているから、事情を説明してここで待ってもらってくれ。のちほど連絡を入れる」

ロマーノはジョルジャと遭遇したときの青ざめた顔のまま、すでに階段を下り始めていた。

車内で言葉を発する者はいなかった。あとは、一連の偶然について説明を求め、真実を追求するほかない。

覆面パトカーが建物の向かい側で、玄関が完全に視界に入る位置に止まっていた。五月の朝の陽光を浴びてきらめくナポリ湾は、ひときわ美しかった。

パルマはパトカーの制服警官に尋ねた。

「最後の報告のあと、人の出入りは？」

「いいえ、ありません。今朝はまったく動きがなく、ブラインドも上げていません」

「そうか。見張りを続けてくれ」

三人は無言で階段を上った。市街の喧噪から離れ、豊かな緑に囲まれた建物は、遺棄されたかのように静まり返っていた。最初の踊り場に着くと、赤ん坊の泣く声が一瞬聞こえ、パルマは胸を締めつけられた。

呼び鈴を押し、続けてもう一度。三人は眉をひそめて、顔を見合わせた。ドアを叩いた。

打ち破りますか、とロマーノが署長に訊いていると、ドアが開いた。

まだ一抹の疑問が残っていたとしても、それは目の前に現れた顔を見て瞬く間に消え去った。食べ物とアルコールのすえたにおいの充満した薄暗くじめついた室内で、だらしのない恰好の男が足をふらつかせ、虚ろな目で三人を見据えていた。

男は無言でくるりと背を向け、部屋の奥へ戻っていった。

三人が会いにきたのは、この男――アルベルト・チェルキア、ドドの父親だった。

第五十九章

ひどいザマだろ？　目も当てられない。

肥溜めみたいなところで、申し訳ない。もっとも、わたしにはぴったりだ。長いあいだ、クソまみれだったのだから。誰にも想像がつかないほど、長いあいだ。

疲れたよ。くたくただ。見てのとおり、飲んでいる。つらいときはいつも飲む。感覚が麻痺して心が軽くなり、解決するあてのない難題を忘れて遠くへ飛ぶことができる。

きみたちが来るのを待っていた。こっちから行くべきだったんだろうな。でも、無事に切り抜ける望みが少しでもあるうちは、待つ義務があった。そうだろう？

わたしは自分だけではなく、他人に対しても責任がある。わたしには息子がいる。息子は成長したら、わたしの遺していくものについて説明を求める。わたしは、ひとりきりで生きているのではないのだよ。きみたち、子どもは？　なんだ、いないのか。じゃあ、理解できないだろうな。

小切手か？　どこで見つけた？　信じがたい巡り合わせだ。総額三百八十万ユーロ。おまけに、あれで全部ではなく、ほかの業者のところにもある。署名はどれも同じだ。振出人欄を見て、さぞかし驚いたことだろう。（株）チェルキア、最高経営責任者。書き出しは大文字。

世間では経済危機とよく言う。便利な言葉だよ。ほんとうの経済危機がどんなものか知りもしないのに、そう言えばすむと思っている。給料取りは、月末にはたとえ少なくても必ず給料が入ってくるし、懐が窮屈になったところで、海辺のバカンスに行く費用がない、住宅ローンの返済を一回抜かした、という程度だ。わたしみたいな人間にとっての経済危機がどういうものか、きみたちは一生かかってもわからないだろうな。いいかね、わたしはディーラーも入れれば五百人を国内で、国外の施設ではさらに三百人を抱えている。つまり、千を超える人々の生活に責任がある。ありもしない解決策を模索して、ここ三年は夜もおちおち眠れなかった。

それはゆっくり始まるから、初めのうちは気づかない。代金の入金が遅れるいっぽうで、こっちは早期の支払いを催促される。原材料の価格が値上がりする。ほんの少し。売り続けるために、値引きする。ほんの少し。やがて、流動性資金が必要になる。ほんの少し。

にっちもさっちもいかない状態になるが、それに気づくのは何ヶ月も先だ。気づいたときには、手遅れだ。オフィスの前に列を作っていた銀行員たちは誰も電話に出なくなり、しばらくすると今度は以前とは別の理由で列を作る。

そして、連中が登場する。

連中は督促状や配達証明郵便で、借金を取り立てたりはしない。借金を返せないやつは、さっさとこの世から消してしまう。踏み倒しても大丈夫だという噂が広まっては、まずいからね。

善良な人間ではなく、連中を追い詰めてくれよ。地上から抹殺してくれないか。そうすれば、誘惑されないですむ。一度でも連中を頼ったら、もうやめられない。コカイン中毒やアルコール依存など比べ物にならないくらい、始末が悪い。

希望――こいつが曲者だ。あと少しの辛抱だ、すぐに元どおりの生活になる、と希望を持つ。義父は長いこと、高利貸しをやってきた。金融業と体裁のいい呼び方をしても、実際はあこぎな高利貸しだ。これを考えついたとき、不正に稼いだ金を吐き出させるのだから正義を行うことになる、と自分に言い聞かせた。そう、ロビン・フッドみたいに。ほんの数日だ、すぐに丸く収まる。そう思っていた。ほかに方法があれば、現状を打開する方法がほかにひとつでもあれば、こんなことをしたと思うか？　するわけがない。絶対にやらない。

義父はわたしの人生をぶち壊した。

妻がぶち壊したというべきかもしれないが、やはり張本人は義父さ。妻は義父とそっくりだ。性格が悪くて傲慢なんだ。もっとも、愚かで浅薄なところは義父の上を行く。女房と牛は身近なところから探せ、と言うじゃないか。あのことわざに従うべきだったよ。

だけど、見てくれは悪くなかったし、父親は有名な実業家だ。結婚すれば、頂点に立つことができると思った。ところが、妻と同じ高さになるためには、ずっと上り続けなければならなかった。投資を繰り返し、不動産を買い漁った。立ち止まるときが来ても、上り続けた。潮時を悟るべきだったが、打ち負かすことのできない義父が常に一歩先にいた。ついには、子どもに義父の名を与えることまでした。

わたしの息子。

だいじな息子。最愛の息子だ。目に入れても痛くない。

だったら、なぜこんなことをした、と思っているのだろうが、しがない給料取りのきみたちに、理解できるものか。これしか方法がなかったんだ。ひれ伏して助けを乞うても、老いぼれは指一本動かしはしなかったろうよ。娘が愛人を家に連れ込み、わたしを追い出して息子から引き離したときも、素知らぬ顔をしていたくらいだ。

老いぼれにはたったひとつ、弱点がある。わたしの息子のためなら、なんでもする。

わたしも、同じさ。息子のためを思えばこそ、立ち直る決心をした。あの子の生活や将来を守りたかった。わたしは、息子のヒーローでなければならない。偉大なヒーロー。ふたりでいつも、パパは忠実な巨人、ドドは小さな王さま、と呼び合っているように。

ドドに手伝わせても大丈夫だ、役割をこなすだろうと思った。ほんの短期間、せいぜい二日程度だ。前にベビーシッターをしていた、はきはきした頭のいい娘を探し出して計画を持ちかけ、彼女の同郷の男も引き入れた。金と航空券、身分証明書と新たな人生を約束した。誰でも新たな人生や、やり直すチャンスを求めている。そうだろう？　経済危機のほんとうの意味とは、それかもしれない。変化だよ。変化の必要性とその追求だ。

そこで、ドドに言い聞かせた。レーナが迎えにきたら一緒に行きなさい。このことは、始まる前も終わったあとも秘密にしておかなければいけない。さもないとパパがみんなに怒られる。ドドは賢くて、上手に秘密を守ることができる。すぐ迎えにいくと、約束した。あとはずっと一緒に暮らし、離ればなれになることは二度とないと約束した。

綿密な計画を立てた。ただちに資産が凍結されることは知っていた。だから、わたしが身代金を用意できなくても不自然ではない。口座を封鎖する際は残高までは調べないので、個人名義の口座も会社名義の口座も、すっからかんだとばれる恐れはなかった。

老いぼれは、自分と同じように堕落しているこの街で、いまだに資産家として有名だ。そこで、犯人が身代金を要求してもおかしくないと判断した。あらゆることを想定して、計画を立てた。

脅迫電話をかけた際に言うべきことを書いた紙と携帯電話をレーナに与え、細かく指示をした。声を覚えられている可能性があるので、レーナが電話をしてはならない、ドドが怖がらないよう、一緒に誘拐されたふりをするなど。息子のことが心配だったんだよ。父親は息子のことを考えてやらないとね。

レーナの紹介した愚鈍そうな大男と予定表を作り、あらかじめ決めた間隔でこちらから電話をかけ、計画の進み具合を尋ねることにした。

だが、とんでもない失敗をやらかした。わたしからの連絡を受けるために渡した携帯電話は、会社名義のものだった。だから、すべての電話が監視下に置かれると聞いたとき、つい逆上してしまった。

わたしはバカではない。きみたちが確たる証拠を握っていないことは、十分承知だ。後払い小切手何枚かと、レーナを捕まえなければ証拠として使えない手がかりがいくつかあるだけだ。わたしが洗いざらい告白したところで、なんの手出しもできない。わたしはバカではない。

だが、困っていることがある。助けてくれよ。きみたちだけが頼みの綱だ。

レーナも男も、電話に出ないんだ。あらかじめ決めた連絡の時刻から、丸一日遅れてしまった。きみたちの到着をブラインドの隙間から見て、もう傍受を心配しても無駄だと悟り、すぐに電話をした。ドドを置いて急いで逃げるよう伝え、あとでドドを迎えにいくつもりだった。必ず迎えにいくと、ドドに約束したんだ。

ところが、なぜだか電話に出ない。

ドドを監禁した場所を、教えてもらわなければならない。口を滑らすといけないと思って、訊かなかったんだ。

だから、頼む。助けてくれ。

ドドのところへ連れていってくれないか？

第六十章

急げ。

一刻も早く。ミスは許されない。

電話や伝言を待つだけだったのが、いまや時間との死に物狂いの競争になった。大変だ。パルマは愕然とした。

不眠と罪悪感に酔いが重なって憔悴しきったチェルキアの告白が始まってしばらくは、その呂律のまわらない低い声に呪縛されたかのように、三人とも黙って聞き入った。皮肉な巡り合わせだ、とパルマは思った。ひとりの父親の魂が落ち込んだ暗黒の深淵を目の当たりにした三人が三人とも、子どもを持っていないとは。

ロマーノが我に返って怒声を発し、チェルキアの胸倉をつかんでぼろ人形のように振りまわした。チェルキアは表情を変えることもなく、息子のところへ連れていってくれと、泣いて繰り返すばかりだった。パルマはアラゴーナと割って入って、ようやくふたりを引き離した。

パルマは携帯電話でピラース検事補に連絡し、携帯電話の位置探知機を大至急都合してもらいたいと頼んだ。だが非常に高価な機器とあって数が少なく、たいがい使用中だ。十五分足らずで、分署で待機していたピラースは、ただちに行動した。技師とノートパソコンに似た探知機がライトブルーのバンで到着した。

足元の定まらないチェルキアを三人がかりでバンに乗せ、パルマは運転手に命じた。できる限り、飛ばしてくれ。折よく到着したパトカーの先導で、バンは走り出した。技師は手短に説明した。携帯電話の位置探知には使用中であることが必須なので、一分間隔でかけてください。ロマーノは険しい面持ちで、携帯電話の充電が切れていないことを祈っていろと、チェルキアに言った。

探知のためにリダイヤルボタンを押す役は、アラゴーナが引き受けた。パルマはピラースに逐一現状を報告した。刑事部屋の面々も、気が気ではないことだろう。

二台の車はサイレンを鳴り響かせ、渋々道を開けた人々の恨めしげな視線をよそに突っ走った。繁華街を出て郊外へ向かう。小さな町を過ぎ、またもうひとつ。

「クソっ！　どこだ？」ロマーノが苛立って歯ぎしりした。

アラゴーナが叫んだ。

「そうだ！〈イントラジット〉に決まってるじゃないか！〈イントラジット〉の元工場だよ。ゲス野郎はそこで働いていたんだろう？」

パルマはアラゴーナの勘のよさに驚嘆し、運転手に命じてさらなるスピードで工業地区へ向かわせた。技師は請け合った。実際、その近辺にいるみたいですよ。

間に合いますように。パルマはそれまで忘れていた神に祈った。まだ十歳の幼い子です。どうか、間に合いますように。防犯カメラに振り向いたドドの白黒の映像が、瞼の裏によみがえった。間に合いますように。パルマは祈り続けた。

アラゴーナは繰り返し電話をかけたが、誰も出なかった。技師が告げる。

「ここです。半径四百メートル以内にいる」

目の前に、看板が立っていた。失職した労働者たちの投石で傷だらけになった、一年前に倒産した会社の名が記されていた。〈イントラジット〉。

第六十一章

ピラースは、無言で受話器を耳に当てていた。

緊張の極に達してこわばった顔は血の気がなく、唇は固く嚙みしめられている。それから、一定の間隔をおいて繰り返した。

「それで？ それで？」

刑事部屋を重苦しい静寂が支配した。半開きの窓から、ときどき街のざわめきが流れ込む。クラクション、サイレン。歌声。

オッタヴィアは涙を流さずに泣いていた。いくつもの失われた愛と呪われた魂、そして大勢の罪なき子を思って泣いていた。ドドのために、自身のために泣いていた。

ピザネッリはなにも見たくないというふうに、両手で顔を覆っている。アレックスは室内に背を向けてすべてを拒絶し、腕組みをして窓の外を睨んでいた。

ロヤコーノは固唾を飲んでピラースを見守り、その顔に微笑が浮かぶのを待った。微笑を見たいとこれほど願ったことは、後にも先にもない。

そのうしろでは、ドアのすぐ横でグイーダ巡査が棒立ちになり、瞬きをすることも忘れて古来の祈りを一心に唱えていた――無事でありますように。主よ、あの子をお救いください。


刑事たちは銃を握りしめ、泥棒や不届き者に荒らされた元工場に踏み込んで薄暗がりに目を凝らした。

しんと静まり返っている。猫が二匹、食べ残しの入った破けた紙袋を置いて逃げていった。

ロマーノは、チェルキアの腕をつかんで支えていた。アラゴーナはリダイヤルボタンを最後にもう一度押した。電話の鳴る音がかすかに聞こえてくる。

警戒心をかなぐり捨て、建物の内部を目指していっせいに走り出す。胸をどきどきさせて進む一歩ごとに、パルマの内部で不安が増していった。パルマとアラゴーナが行きついたのは、かつての事務室だった。

テーブル、椅子二脚。電気ストーブ、ガスコンロ。毛布が一枚、汚れた皿二枚、ナイフにフォーク。テーブルの中央で、携帯電話が振動しながら鳴っている。

ふたりとも銃を握った手を力なく垂らして、立ち尽くした。

入口に向かい合ったもうひとつの戸口で、絶叫があがった。パルマはのちに何年も、心の引き裂かれる思いで聞いたこの声を、眠れぬ夜に思い出した。あの絶叫のあとには、人生も希望もなかったことだろう。

ドアの奥に、鉄の壁のだだっ広い倉庫が闇に沈んでいた。闇はどこまでも深く、果てしない。暗黒の闇だ。

チェルキアが床にうずくまり、その一メートルほど横でロマーノが真っ青になって立ちすくんでいた。

ドドの父親は毛布を抱き、なにかを握ってむせび泣いていた。

パルマは一歩近寄った。ほんの一歩。暗黒の闇にそれ以上入り込むことは許されない。闇に目を凝らして、チェルキアの握っているものを見た。

フィギュアだ。

薄汚れ、マントの破けた、スーパーヒーローのフィギュアだ。

ただのプラスチックの人形だ。

バットマン、バットマン。

ごめんね、バットマン。絶対に置いていかないって、約束したのに。

絶対に離れればなれにならないって、約束したのに。

でも、しかたがないんだ。だって、きみを見ればパパにわかるから。

ぼくがパパを待っていることが、わかるから。そうしたら、ぼくを捜して見つけてくれる。

パパに、そう伝えて。説明してあげて。

パパによろしく。パパに伝えて。世界で一番パパが好きだ。パパのことを信じている。迎えにくるのを待っている。そのあと、ずっと一緒にいようね。

パパは忠実な巨人。

ぼくは、小さな王さまだ。

イタリア発、21世紀の〈87分署〉再び
――美しくも信頼できないナポリの五月は、なにが起きても不思議ではない

川出正樹

「スティーヴ・キャレラがぞっとするようなものが二つあるとすれば、その二つとは、大金持ちのからんでいる事件と、子供にかかわりのある事件だった」

エド・マクベイン『キングの身代金』

「悲観主義者なのに（あるいは、逆に、悲観主義者だからこそ）、イタリア人は自分の人生や社会をたえず変えようとする」

ファビオ・ランベッリ『イタリア的「南」の魅力』

あの七人が帰ってきた！　ナポリで最も治安の悪い地区の一つを管轄する小規模ながらも戦略的に重要なピッツォファルコーネ署に勤める、一癖も二癖もある愛すべき七人の警官たちが。〝イタリア発、21世紀の〈87分署〉〟と謳われたマウリツィオ・デ・ジョバンニによる人気警察

小説シリーズの第一作『P分署捜査班 集結』の刊行から一年、早くも第二作『P分署捜査班 誘拐』の登場だ。まずは前作の内容を簡単に紹介すると――、

コカイン密売容疑で逮捕された捜査班の欠員を補充するために各分署から送り込まれたロヤコーノ警部を始めとする四人の刑事。有能だが元の職場で厄介者扱いされていた彼らは、汚職事件とは無関係だった古参の二人とともに、情が深く統率力があり熱意溢れる若手の新任署長パルマのもとで急造チームを結成する。前任者が起こした不祥事のせいで、ほかの警察官からは〝ピッツォファルコーネ署のろくでなし刑事〟と白い目で見られ、上層部からは一挙一動を注視される中、各人各様の欲望と悩みと欠点を抱えた孤独な刑事たちが、分署存続を懸けて少女監禁事件とスノードームという奇妙な兇器による公証人の妻殺害事件の真相を追う。

さて、そんないわく付きな成り立ちだけに当初はギクシャクしていたものの、初陣を飾ってチームとしての連帯感も生まれた〈P分署捜査班〉の面々が次に立ち向かうのは、奇妙な空き巣事件と狡猾《こうかつ》な児童誘拐事件だ。

ナポリの街がひときわ美しくなる五月のとある日の早朝、マンションに泥棒が入ったという通報を受けて、早出をしていたロヤコーノ警部は、市民の安全を守れなかったという後ろめたさを感じつつディ・ナルド巡査長補とともに現場に向かう。被害に遭ったのはスポーツジムを経営する夫妻。週末旅行に出かけているあいだに、金庫を破られ中身を盗まれてしまったというのだ。だが、よくある空き巣事件とは明らかに様子が異なっていた。開け放たれた玄関ドアにはこじ開けた形跡がなく、複数の防犯カメラを備えた警報装置のスイッチは、妻が入れ忘れ

ていた。しかも床やテーブルの上に、陶器や絵画、財布等の貴重な品々がまるで展示するみたいに整然と置かれていたのだ。壊れたものは一つもなく、金目の品がなにも盗まれていない。混乱のなかに細心の注意と秩序がある奇妙な犯行現場に違和感を覚えたロヤコーノ警部は、保険金詐欺を狙った自作自演を疑うものの、保険には未加入だという。その上、金庫を管理していた夫は、中にはたいしたものは入れてなかったと主張。なぜ彼は、明らかな出任せを言うのだろうか。

一方その頃、ピッツォファルコーネ署では、オッタヴィア副巡査部長が応対した電話の内容に署長以下全員が凍りついていた。美術館に見学に来ていた私立学校の十歳になる男子生徒ドドことエドアルドが連れ去られたというのだ。現場に急行したロマーノ巡査長とアラゴーナ一等巡査は、一緒にいたクラスメイトから、金髪の女性が、彼女に気づいて手を振ったドドに手招きをしたという証言を得る。二人の様子から顔見知りの可能性も高く、誘拐と断定できない中、姿を消した少年がナポリでも指折りの資産家の唯一の孫だと判明し、にわかに空気が張り詰める。そして翌日、ついに犯人からの電話が鳴った。

辻褄が合わないことだらけの異様な窃盗事件と入念に仕組まれた児童誘拐監禁事件。前者は被害者の証言が信頼できない点が、後者は第九章で早々に明かされるように実行犯と計画者が異なる点がミソだ。どちらの事件も、不測の事態が発生したせいで犯人の思惑通りにことは進んで行かない。とりわけ誘拐事件の方は、真犯人が周到に巡らした措置故《ゆえ》に状況が大きく変化し、終盤、一気に緊張感が高まる。

この二つの難事件に加えて、本書にはもう一本太い柱がある。最古参のピザネッリ副署長が、ここ数年、独自に調査し続けている一連の自殺案件だ。過去十年間に同じような自殺——全員が孤独な失意の人で、署名のない簡潔な書き置きだけを残している——が管内で何件も起きていることに不審の念を抱いたピザネッリ。この管区で生まれ育ち、自他共に認める地区の生き字引である老齢の警官が、悲劇の裏で暗躍する人物がいるはずだと確信するも同僚から賛同を得られず、本来の職務とは別に時間外に一人で追いかけている様は、前作『P分署捜査班 集結』でも大きく筆を割かれていた。妻の身に起きた不幸な出来事をきっかけに親友となったレオナルド神父も、ピザネッリの仮説には否定的で、進展のないまま貴重な時が過ぎていくのだが、今回、新たな局面を迎えることになる。

同時進行する独立した複数の事件に立ち向かう刑事たちの姿を、公私両面から情緒豊かに活写していく手法は、まさにエド・マクベインが〈87分署〉シリーズで確立した警察捜査小説のスタイルを継ぐものだ。実際、イタリアのエンターテインメント総合サイトComingsoonに掲載されたインタビューの中で、子供の頃から〈87分署〉シリーズを愛読し、複数の主人公を作品ごとに切り替えて起用するチームによる集団捜査という革新的な発想に夢中になり、ミステリを読み漁っていた父親にも勧めたと語っているように、マウリツィオ・デ・ジョバンニは、このシリーズに対して強い敬意を抱いており、そこかしこに影響が見て取れる。

例えばキャラクター面では、本シリーズの中心人物であり東洋的な風貌から〝中国人《チネーゼ》〟とあだ名される堅実で論理的な思考をするロヤコーノ警部は、〈87分署〉のトップ・スターでイタリア系二世のスティーヴ・キャレラ二等刑事を彷彿とさせるし、テレビドラマのタフガイ刑事の外見を真似ている傍若無人ながらどこか憎めない若者アラゴーナ一等巡査は、ダイヤモンドの原石のような才能を秘めているが、同シリーズのバイ・プレイヤー、オリー・ウィークス一等刑事に通じる無自覚な差別と偏見の持ち主だ。

また、季節や自然現象を擬人化して、街そのものとそこに暮らす人々の悲喜交々《こもごも》を印象的かつ鮮烈に描き出す技法も、明らかにエド・マクベインに倣《なら》ったものだろう。一例を挙げると、「五月を信用してはならない。五月はすぐに裏切る」という幻想的なフレーズに始まる第十八章の幕間で、冷徹な筆致で人の世の有為転変を素描する様は、〈87分署〉シリーズの代表作の一つ『電話魔』の「四月は淑女のようにやってきた」という蠱惑的な一文に続く幕開けを思い起こさせる。

ちなみに本シリーズの中心人物であるジュゼッペ・ロヤコーノ警部が初登場する *Il metodo del coccodrillo*（2012）は、二〇〇六年の長編デビュー以来書き続けている代表作〈リチャルディ警視〉シリーズ同様、探偵役である主人公の単独視点で書かれており、警察捜査小説の体裁をとっていない。マフィアの一員が情報提供者として名指ししたという真偽不明の汚点がついていたために、故郷シチリアからナポリに左遷されてきた余所者のロヤコーノが、土地勘も情報源もない中、論理的思考を武器に連続殺人犯〝クロコダイル〟の正体を突き止めるこの作品で、マウリツィオ・デ・ジョバンニは、同年イタリアを代表するミステリ賞のジョルジョ・シェルバネンコ賞に輝いた。

そして翌二〇一三年、自分でも〈87分署〉スタイルの小説が書けることに気づいたデ・ジョバンニは、ロヤコーノを再起用するに当たって従来のスタイルを捨てて、同作の脇役パルマ警視と新たに創造した個性豊かな五人の警官を加えた警察捜査小説へと思い切って方向を転換する。かくて、事件ごとに捜査に当たる刑事の組み合わせが変わるという集団捜査ものの特性を活かして、メンバー同士がお互いに抱いている印象や感情をより深く描き、流動的で毎回新鮮な発見のあるシリーズとして本格的にスタートすることに成功したのだ。

さて、第一作『P分署捜査班　集結』の幕切れにも結構意表を突かれたが、今回のラストシーンは前作を遥かに上回る。次作 *Gelo*（2014）でこの点に関してフォローされるのか否か、気になって仕方がない。シリーズが順調に翻訳されることを願いつつ筆を擱《お》きたい。

●ジュゼッペ・ロヤコーノ警部登場作品リスト

1 Il metodo del coccodrillo（2012）
2 I bastardi di Pizzofalcone（2013）『P分署捜査班 集結』（創元推理文庫）
3 Buio（2013）『P分署捜査班 誘拐』（創元推理文庫） **本書**
4 Gelo（2014）
5 Cuccioli（2015）
6 Pane（2016）
7 Souvenir（2017）
8 Vuoto（2018）
9 Nozze（2019）
10 Fiori（2020）

訳者紹介　東京生まれ。お茶の水女子大学理学部卒業。英米文学翻訳家。主な訳書、ローザン「チャイナタウン」「ピアノ・ソナタ」、フレムリン「泣き声は聞こえない」、デ・ジョバンニ「集結」、テイ「ロウソクのために一シリングを」など。

検印
廃止

P分署捜査班
誘拐

2021年5月14日　初版

著者　マウリツィオ・デ・ジョバンニ
訳者　直《なお》良《ら》和《かず》美《み》
発行所　（株）東京創元社
代表者　渋谷健太郎

162-0814/東京都新宿区新小川町1-5
電話　03・3268・8231-営業部
　　　03・3268・8204-編集部
URL　http://www.tsogen.co.jp
萩原印刷・本間製本

ISBN978-4-488-29605-6　C0197

英国ペトローナ賞受賞作!

LINDA-SOM I LINDAMORDET◆Leif GW Persson

見習い警官殺し 上下

レイフ・GW・ペーション

久山葉子 訳　創元推理文庫

◆

殺害事件の被害者の名はリンダ、
母親が所有している部屋に滞在していた警察大学の学生。
強姦されたうえ絞殺されていた。
ヴェクシェー署は腕利き揃いの
国家犯罪捜査局の特別殺人捜査班に応援を要請する。
そこで派遣されたのはベックストレーム警部、
伝説の国家犯罪捜査局の中では、少々外れた存在だ。
現地に入ったベックストレーム率いる捜査チームは
早速捜査を開始するが……。

CWA賞・ガラスの鍵賞等5冠に輝く
『許されざる者』の著者の最新シリーズ。